Philip Reeve

INFERNAL DEVICES

邪恶装置

[英] 菲利普·瑞弗 著　姜迪夏 译

上海译文出版社

我们与垂死者一起死去：
看，他们离开了，我们与他们同行。
我们与已故者一起重生：
看，他们回来了，并带着我们一起。
玫瑰绽放与杉树青郁，
经历的时间同样久长。

——艾略特，《四首四重奏》

第1卷

第2卷

第1卷

1 眠者苏醒

最初是一片沉寂。之后出现了一点小火花；一些嗞嗞声搅动起那张已磨损的梦境与记忆之网。再之后，蓝白色的电流发出噼啪爆裂声和轰鸣声朝他蜂拥而来，闯入他大脑中已干涸的回路，就像潮水倾回到海洞那样。他的身体绷得如此之紧，有那么一会儿，他只靠脚后跟与覆盖着装甲的后脑勺来维持平衡。他尖叫，在如冻雨般的静电刺激下，以及不断下坠的感觉中清醒过来。

他记得自己快死了。他记得他躺在湿漉漉的草地上，一张带着疤痕的少女脸庞俯视着他。她对他很重要，他对她的关心已经超过了潜猎者对任何事物应有的关心程度，有一些事情是他想要告诉她的，但是他没法说出来。现在，他的脑子里只剩下了她那张被毁面孔的残像。

她叫什么名字？他的嘴似乎记得。

“赫……”

“它活过来了！”有个声音说。

“赫丝……”

“请再来一下，快点儿！”

“正在充电……”

“赫丝塔……”

“都让开！”

然后，又一次电击洗掉了他最后的一股记忆，现在他只知道他是潜猎者史莱克。他的一只眼睛又开始工作了。透过暴风雪般的图像干扰，他看见许多模糊的身影，看着看着，那些身影渐渐凝聚成了一个个人形，被手电筒的光照亮，背景是洒满月光的漫天云层在匆匆移动着。雨正在不停地下着。一群单生人[1]，头戴护目镜，身穿制服与塑料斗篷，就聚集在他被挖开的坟墓周围。一些人举着石英碘灯，另一些人摆弄着机器，机器上满是一排排发光的阀门与闪烁的刻度盘。许多电线从机器上连出来，伸到他的身体里。他感觉到他那钢铁头盖骨被移除了，头顶被打开，露出了嵌在其中的潜猎者大脑。

“史莱克先生？你能听到我说话吗？”

一位非常年轻的女人正俯视着他。他有着一段模糊的，怎么想也想不起来的关于一个女孩儿的记忆，他想知道那是否就是她。然而不

---

1. 对于复活过一次的潜猎者来说，普通人只活过一次，所以称为单生人。

是：在他的梦境里，那个女孩儿的脸是损毁的，但眼前这张却是完美无缺的；这是一张有着高挺颧骨与白皙皮肤的东方面孔，黑色双眼前戴着粗黑镜框。她的短发染成了绿色。在她的透明斗篷下穿着一件黑色制服，黑色高领上用银线绣着长翅膀的骷髅图案。

她将一只手放在他那已被腐蚀的金属胸腔上，说道："别害怕，史莱克先生。我知道你现在一定觉得非常困扰。你已经死了超过十八年了。"

"死了。"他重复道。

那个年轻女子笑了。她的牙齿洁白，但是并不整齐。与她那小嘴相比显得略大了一些。"也许说'休眠'更为合适。老潜猎者是不会真的死去的，史莱克先生……"

一阵隆隆声传来，太有节奏了，所以不像是雷声。橙黄色灯光在云层上方规律地闪烁着，令高耸于史莱克沉眠之地上方的悬崖投下清晰的剪影。一些士兵紧张地抬头仰望天空。其中一个人说："是那些巨炮城。它们已经突破了沼泽要塞群。不出一个小时，它们的水陆两栖镇就会来到这儿了。"

女人回顾了一眼，说："谢谢你，上尉。"然后，她再次把注意力集中到了史莱克身上，她的双手在他的头骨中飞快地工作着："你伤得很重，于是停机了，但是我们会把你修好的。我是复活军团的伊诺妮·零博士。"

"我什么也不记得了。"史莱克对她说。

“你的记忆被损坏了。”她答道，“我无法恢复它。我很抱歉。”

愤怒与某种恐慌情绪在他心里滋生。他感觉这个女人从自己身上偷走了些东西，尽管他再也不知道那究竟是什么。他想要亮出刃爪，但是完全动弹不得。他就好像只剩下了一只眼睛，躺在潮湿的土地上。

“别担心。”零博士说道，“你的过去并不重要。你现在将为绿色风暴工作。你马上就会有新的记忆。”

在她那笑脸后方的天空中，有什么东西无声地爆裂开来，形成红色黄色的光点。一名士兵高喊：“它们来了！纳迦将军的师正在用孑孑机[1]反击它们，但是那阻挡不了它们太久的……”

零博士点了点头，站起身来离开墓穴，一边拂去手上的泥土。“我们必须立刻将史莱克先生搬离这里。”她再次低下头看了眼史莱克，微微一笑，“别担心，史莱克先生。有一艘飞艇正等着我们。我们会把你送到位于永固湖的中央潜猎者工厂。很快我们就会让你再次活动自如了……”

她让到一边，好让两个魁梧的大家伙走过。它们也是潜猎者；盔甲上喷绘着一个史莱克不认得的绿色闪电标志。它们的钢铁脸庞上一片空白，就好像铁锹一样，除了那两条闪着绿光的细细眼缝之外就再没有任何特征。它们把史莱克从地里抬出来，让他躺在一副担架上。

---

1. 一种单人驾驶的小型飞行器。

操作机器的人们匆匆跟在担架的两侧，沉默的潜猎者们抬着他沿一条小路而下，前往一处加设了防御的飞艇驿站。在那里，一艘接着一艘的飞艇正向着雨水淋漓的天空升飞而去。零博上跑在最前面，一边喊着："快点儿！快点儿！小心！他可是个古董。"

道路变得越来越陡，随后史莱克便明白了她为何如此匆忙，以及她的手下为何如此不安。透过悬崖间的缝隙，他瞥见一片巨大的水体在接连不断的炮火射击下闪烁着光芒。在那片水面上，以及越过水面的远处黑色平原上，许多庞大的物体正在移动着。燃烧的飞艇所发出的亮光点缀着它们上方的天空，带降落伞的照明弹缓缓坠落发出惨白的光芒，在这些亮光的照耀下，他能看见它们的装甲履带，一张张巨颚，以及层层叠叠的钢铁覆盖的堡垒与炮台。

牵引城。一整支牵引城的部队，穿过沼泽地一路碾向前。眼前的景象激起了史莱克脑中的微弱记忆。他记得这样的城市，至少，他记得这样的城市概念。至于他有没有登上过其中的任何一座，他在那里又做过些什么，他都无法回想起来。

当救援者们急匆匆地把他送往等候着的飞艇时，有那么一瞬间，他看见一个长着破碎面孔的女孩儿，用信任的目光仰视着他，期待着他对她承诺过的某件事情。

可是她究竟是谁，还有她的脸为何出现在他的脑海中，这些他都已经再也不知道了。

2　在桃花源的安克雷奇

几个月之后，半个世界之外，芮恩·纳茨沃西躺在床上，望着一束月光缓慢地在她卧室的天花板上移动。时间已经过了午夜，四下里寂静无声，她只能听到自己身体发出的声音，以及这座老房子随地基沉降而偶尔发出的轻柔咯吱声。她不禁要怀疑世界上还有哪儿能像她住的这个地方一样安静：桃花源的安克雷奇，这是一座废弃的冰原城市，它嵌进了一座未知岛屿的岩石嶙峋的南侧海岸，岛屿在一座失落的湖泊中央，湖泊则位于死亡大陆的一个被人遗忘的角落里。

但即使如此安静，她还是睡不着。她转身侧躺，尽力让自己睡得更舒服一点，把热乎乎的被单缠裹在身上。晚饭的时候她又跟妈妈吵了一架。类似的争吵都源于很小的分歧（为了芮恩想跟提尔迪·鱼鸭和雪纹家的小子们一起出门，而不想洗餐具），并很快发展成伴随着眼泪与指责的可怕骂战。陈年的怨恨又被旧事重提，像手榴弹一样在房子里扔来扔去。与此同时可怜的爸爸只能站在一边，无助地喊道："芮恩，冷静点儿！"还有："赫丝塔，求你了！"

当然，芮恩最后还是输了。她洗完餐具，用她最大的力气重重地跺着脚爬上床。从那一刻开始，她的大脑就在飞速运转，不断想出一句句她希望自己之前能说出口的伤人的话。妈妈根本不明白十五岁是什么感觉。妈妈长得那么丑，她在少女时代很可能完全没有任何朋友，更别说像内特·雪纹那样的朋友了，全安克雷奇的女孩儿都喜欢他，而他却亲口对提尔迪说他真心喜欢芮恩。可能从来就没有人曾经喜欢过妈妈，当然，爸爸除外——而爸爸到底喜欢她哪一点，这在芮恩的心目中，就是桃花源里的一大未解之谜。

她又翻了个身，想让自己不去想，但她很快就放弃了，并从床上爬了起来。可能出去散散步会让她的头脑清醒一些。而要是她的父母醒来发现她不见了，担心她可能自溺或离家出走的话，嗯，那样就会给妈妈一个教训，让她不要再像对待小孩子一样对她了，不是吗？她穿上衣服，套上袜子和靴子，蹑手蹑脚地走下楼，穿过静得只能听到呼吸声的房子。

妈妈爸爸在十六年前为他们自己选了这座房子作为住处，那时安克雷奇才刚爬上岸，而芮恩还只是漂浮在妈妈子宫里的一团肉。这是她的家族史，她从小就熟记的睡前故事。弗蕾娅·拉斯穆森告诉爸爸妈妈他们可以选择城市上层的任意一处空房子。他们便选择了这里，位于一条叫作天狼星路的街道上，一栋俯瞰空港的商人的别墅。这是一栋很不错的房子，温暖舒适，设备完善，有瓷砖地面与粗粗的陶瓷暖气管道，墙面用木板和青铜镶拼而成。多年来妈妈爸爸用他们在附近的空房子里找到的家具填满了整座屋子，还用图画、帷幔、从岸边拖回来的浮木以及一些爸爸在他前往死亡丘陵探险时发掘出的古董来进行装饰。

芮恩轻手轻脚地穿过走廊，从前门旁的衣帽架上取下自己的外套，对墙上的印刷品瞥都没瞥一眼，也对装着玻璃前挡的展示柜中所陈列的古代食品加工机及电话机的珍贵碎片毫不关心。她跟这些东西一起长大，它们使她感到厌倦。过去的一年里整座房子开始让人觉得拘紧，似乎她的成长已经超出了房子所能适应的程度。灰尘、木材光亮剂，以及爸爸书本上的熟悉气味让人觉得舒适，但某种程度上又让人觉得窒息。她已经十五岁了，而生活却像一只不合脚的鞋子，挤得她生疼。

她尽可能轻地在身后关上门，沿着天狼星路快步疾走。雾霭如烟般笼罩着死亡丘陵，芮恩呼出的气息如同薄雾。现在刚刚九月初，但她已能在夜风中嗅到冬天的气息。

月亮低悬，星星却很明亮，头顶上方的北极光微微闪烁。在城市的中心，冬宫那锈迹斑斑的尖顶在满布清辉的天空中显得高耸而又黝黑，其上爬满藤蔓，令黑影的轮廓参差不齐。冬宫一度是安克雷奇统治者的府邸，但现在只有弗蕾娅小姐住在那儿，她曾经是这座城市最后的女藩侯，如今却是一位学校教师。芮恩过了五岁生日之后，在冬季的每个工作日里，她都要前往位于宫殿底楼的教室，听弗蕾娅小姐讲解地理、对数、城市达尔文主义以及其他许多很可能一辈子都对她没什么用的知识。那时她对此感到十分厌烦，但现在她已经十五岁了，早已过了上学的年龄，她却疯狂地怀念学校的时光。她再也不会坐在那个亲爱的老教室里了，除非她像弗蕾娅小姐所要求的那样回学校帮忙，教更小的孩子。

几个星期前弗蕾娅小姐向她提出了这个建议，她需要很快得到答复，因为一旦收割的季节结束，安克雷奇的小孩子们就会回来上课。但是芮恩还不清楚自己想不想当弗蕾娅小姐的助手。她甚至不想去思考这个问题。至少今晚不想。

在天狼星路的尽头有一条楼梯，穿过甲板向下径直通往引擎区。芮恩叮叮咚咚地踩着楼梯往下走，一阵夏天的气味向她袭来，她听到由于被自己的靴子踩到而剥落下来的斑斑铁锈掉落在下面稻草堆上的声音。安克雷奇的引擎曾经载着他们在世界之巅的冰原上滑行，搜寻贸易，那时城市的这部分区域充满生机和喧闹。但是这座城市的旅程早在芮恩出生之前便已终结了，引擎区也早就变作了稻草与块茎类蔬菜的储藏室，还是牛群过冬的临时畜棚。一道道暗淡的月光斜斜地穿过上方甲板的天窗与孔洞，让她能看到堆在空燃料槽之间的大捆稻草。

当芮恩年纪更小的时候，这些被废弃的层区曾经是她的游乐场，即使现在当她感觉难过或无聊的时候，她也喜欢来这儿散步，一边在心里想象着要是住在一座移动的城市之上该多么有趣。大人们总是谈论以前那些糟糕的日子，说时刻都有可能会被更大、更快的城市吞噬掉，生活在这种持续不断的危险中是有多么可怕。可芮恩真的想看看那些高耸参天的牵引城，或者坐着飞艇从一座城市飞到另一座，就像妈妈爸爸在她出生之前做的那样。爸爸的桌子上有一张照片，上面是他们俩站在一个叫作“摩托城圣胡安”的城市的系泊平台上，站在他们漂亮的红色小飞艇“鬼面鱼”号的前面。他们从前一定有过冒险经历，可他们从不谈论这个话题。她所知道的全部，就是妈妈爸爸最终降落在安克雷奇，那个恶棍彭尼罗教授就是在这里偷走了他们的飞艇，之后他们就定居下来，满足于桃花源舒适而又乏味的生活。

真倒霉，芮恩一边想着，一边呼吸着大捆稻草散发出的带有花草香味的温暖气息。她更愿意当一名空中贸易商的女儿。那样的生活听起来就十分美好，比她现在的肯定要有趣得多。如今她被困在这个孤岛上，周围的人们只会为了划艇比赛或者苹果大丰收而感到兴奋。

在前面黑暗中的某处有一扇门关上了，把她吓了一跳。她在成长中已经习惯于安静以及独处，所以一想到这儿还有其他人在四周走动，差点儿没把她吓坏。随后她记起来她是在哪儿了。她一边脑子转个不停，一边径直走向引擎区的中心，安克雷奇的工程师泰摩独自一人住在那位于两根层区支柱之间的一间小棚屋里。他是安克雷奇城市下层的唯一居民，因为上层有着那么多阳光照耀下的漂亮公馆，没有人会选择住在这布满铁锈与阴影的下层。不过泰摩是个怪人。他不喜欢阳光，因为他是在海底的贼窝格里姆斯比被抚养长大的，而且他也不喜欢有人陪伴。他一度跟城市的前任工程师老斯卡比俄斯先生关系不错，但自从那位老人去世之后他就离群索居地待在这城市的下层。

那么这个时间点他为什么会在引擎区闲逛呢？芮恩的好奇心被激起了，她轻手轻脚地爬上梯子，来到位于头顶上的一条悬空步道上，从这儿她的视线可以越过旧引擎坑清晰地看到泰摩的小棚屋。泰摩正站在门外。他手里拿着一盏电手提灯并把它高高举起，以便仔细研究他另外一只手里拿着的一张小纸片。过了一会儿，他把小纸片塞进口袋，动身往城市的边缘走去。

芮恩沿着楼梯爬下来，开始尾随着那团光源。她感到十分刺激。当她还是小孩子的时候，她在女藩侯的图书馆里一点一点地读遍了那儿为数不多的儿童书籍，其中她最喜欢的那些故事就是关于那些勇敢的女学生侦探的，她们总能挫败走私贩，并揭露反牵引主义者的间谍团伙。她常常为桃花源里没有罪犯可供侦查而感到遗憾。可是泰摩曾经不正是一个小偷吗？也许他正在重蹈覆辙！

只不过，当然了，在安克雷奇偷任何东西都是没有意义的。在这里人们可以从成千上百废弃的商店与住宅里拿走他们想要的东西。她谨慎地穿过泰摩棚屋后面那些成堆的半拆开的机器，努力想为他的这次午夜游荡想出一个更说得通的解释。也许他只是睡不着，跟她一样。也许他是在为某些事情担心。芮恩的朋友提尔迪告诉过她，很多很多年以前，当安克雷奇首度抵达桃花源的时候，泰摩正爱着弗蕾娅小姐，弗蕾娅小姐也爱着他，但最后他们之间没有结果，因为就算是在当时，泰摩就一直是个很怪的人。也许他每晚都在引擎区的街道上游荡，怀念着他那场失去的恋情？又或许他爱上了其他人，要去和他的情人在城市边缘来一次月光下的幽会？

明天早上她能告诉提尔迪一些非常刺激的八卦了，想到这儿，芮恩十分开心。她加快了步伐。

但是泰摩并没有在城市的边缘停下脚步，他匆匆下楼走向荒芜的大地，接着开始爬山，灯光不断扫着他前方的路。芮恩等了一会儿，然后跟上去，她往下跳入松软的石楠花丛中，悄悄地跟在泰摩的后面，顺着一条小径，通往老斯卡比俄斯先生的水力发电厂里那座嗡嗡作响的石砌涡轮机房。泰摩也没有在那儿停下，他继续往前走，从苹果园之间穿过，又翻过高山牧场，进入了树林里。

在这座岛的顶端，空气中充满松树的木香味，岩石破开薄薄的草皮露出头来，好像巨龙背脊上的骨节。泰摩停下脚步，关了灯，并环顾四周。在他的身后五十英尺处，芮恩躲在纵横交错的树影中。一阵微风吹来，拂乱了她的头发。在她头顶上方，一棵棵树木对着天空挥舞小手。

泰摩俯视着坐落在岛屿南岸弧形曲线中的沉睡城市。接着他转身背对城市，举起手提灯，打开再熄灭，反复三次。他疯了，芮恩想，不——他在给谁发信号，就好像《米莉·克丽丝珀与第十二层的神秘事件》中那个邪恶的校长一样！

毫无疑问，在下方空旷、遍布岩石的北岸海湾，有另外一盏灯闪烁着作为答复。

泰摩继续前进，芮恩再次尾随着他，沿着陡峭的岛屿北侧往下走，离开了城市的视野。也许他跟弗蕾娅小姐又复合了，但害怕流言蜚语，所以不让大家知道？这是一个浪漫的想法，使得芮恩自己都微笑了起来。她跟着泰摩，顺着羊肠小道末端陡峭的一段往下，穿过一片桦木林，来到两个海岬之间的一片沙滩上。

弗蕾娅小姐没在等着他。但等他的另有其人。一个男人站在岸边，望着泰摩嘎吱嘎吱地踩着石滩一路朝他走去。即使从远处看，在北极光的暗淡光辉下，芮恩也很确定她从没见过这个人。

起初她觉得不可思议。桃花源里从来没有陌生人。这里唯一的居民就是那些乘着安克雷奇来到这儿的人，或者从那时起在这儿出生的人，芮恩全都认识。但岸上的男人对她来说却是完全陌生的，而他说话时的声音也是她从没听过的。

“泰摩，我的老伙计！再次见到你真高兴。”

“舒寇叶。”泰摩说道，他听起来有点儿不安。陌生人伸出手来想跟他握手，但他并没有与那人相握。

他们还说了些话，但是芮恩忙着猜想这位新来的人是谁，什么也没听进去。他会是谁呢？他是怎么来这儿的？他想要些什么？

当她想到了答案时，那答案并不是她喜欢的。迷失小子。人们是这么称呼这个团伙的，泰摩曾经是他们的一员，在过去安克雷奇还在冰原上旅行的日子里，他们曾利用长得像蜘蛛一样的奇怪机器在安克雷奇上大肆行窃。泰摩离开了他们，跟弗蕾娅小姐和斯卡比俄斯先生来到这里。可是他真的离开他们了吗？这些年里他是不是一直秘密地与迷失小子们联系，等到城市安顿下来再度繁荣，他就叫他们回来再进行一场抢劫？

但沙滩上的那个陌生人并不是一个小子。他是一名成年男子，有着长长的黑发。他穿着高筒靴，就像故事书里的海盗，外套长到膝盖。他向后一甩风衣下摆，双手拇指插进皮带里，于是芮恩便看见他腰畔的皮套里插着一支手枪。

她明白这已经超出了自己的能力范围。她想要跑回家，把危险告诉妈妈和爸爸。但是两个男人走得离她越来越近，要是她现在逃跑，一定会被发现。她朝着沙滩后面的金雀花灌木丛深处躲去，算好每一次移动的时间，使自己每一次移动的声响正好被小小浪花拍打石滩的声音所淹没。

那个叫舒寇叶的男人正在说话，听上去好像在说什么笑话，但是泰摩突然打断了他。“你来这儿干什么，舒寇叶？我以为我不会再见到迷失小子了。当我在门下面发现你的纸条的时候，真是有点儿吃惊。你在安克雷奇周围鬼鬼祟祟的有多久了？”

“从昨天开始。”舒寇叶说道，“我们只是来打声招呼，看看你过得如何，就像个朋友那样瞧瞧。”

“那为什么不现身？为什么不在白天来跟我谈？为什么要留下纸条在这大半夜里把我拉出来？”

“说实话，泰摩，我本来是想那样做的。我曾经打算把我的贝壳船停在系泊沙滩上，一切都光明正大，不过我事先派了一些摄像蟹来，当然，只是为了安全起见。还好我那么做了，不是吗？发生了什么，泰摩？我以为你是会成为这里的一位大人物的！瞧瞧你：油腻的工作服，邋遢的头发与一个星期没刮的胡子。这一季在安克雷奇流行疯乞丐的装扮吗？我还以为你要跟他们的女藩侯，那个名叫弗蕾娅什么什么的结婚呢！”

“拉斯穆森。”泰摩不高兴地说道，他转过脸去，“我本来也这么以为。但事儿没能成，舒寇叶。那很复杂。并不像你从摄像蟹里观看时心里觉得事情就会如何发展的那样。我从来没有真正适应这里。”

“我还以为旱地人会张开双臂欢迎你。”舒寇叶说道，他听上去很吃惊，“在你带给他们那份地图与其他一切之后。”

泰摩耸了耸肩：“他们都很和气。我只是不适应这里。我不知道怎么跟他们交流，而交流对旱地人来说很重要。斯卡比俄斯先生活着的时候一切还好。我们一起工作，我们不需要说话，工作代替了言语。不过现在他去世了……话说回来，你怎么样？大叔呢？大叔还好吗？”

“说得好像你很关心他一样！”

“我当然关心。我常常想到他。他是不是……”

“老家伙还在，泰摩。”舒寇叶说道。

“上次我们谈话的时候，你曾打算要除掉他，取而代之……”

“我已经取代了他。”舒寇叶说道，咧嘴一笑，芮恩只看见黑暗中一团模糊的白色，“大叔没有以前那么机灵了。他从来没有真正地把盗贼之窟的事业做得很好过。许多他手下最棒的小子们都死了，全是因为他的错。这几乎把他搞垮了。如今他差不多什么事情都依赖我。小子们都听我的。”

“这我相信。”泰摩说。他的话里有一些意思是芮恩所听不懂的，就好像他们是在继续一段很久之前就开始的谈话，在她出生之前就开始了。

“你说你需要我的帮助？”泰摩说道。

“只是觉得应该来问你一下。”舒寇叶说，“看在那些旧日时光的分儿上。”

“你的计划是什么？”

“其实没什么计划，真的。”舒寇叶听起来很受伤，“泰摩，我不是为了什么偷盗行动而来到这里的。我不想抢劫你那些善良的旱地人朋友。我只是来找一个东西，一个小东西，一个没人会在意的特别的小东西。我用摄像蟹查看过，我也派过手下最好的盗贼进来，但是我们找不到它。所以我想，‘我需要一个在这儿内部的自己人。’于是就想到了你，我告诉我的手下说，我们可以依靠泰摩的帮助。”

“哎，那你就错了。”泰摩说道，他的声音在发抖，“我也许不适合这里，但是我也不是个迷失小子。再也不是了。我不会帮助你抢劫弗蕾娅的。我要你离开。我不会告诉任何人你来过这儿，不过我会时刻保持警惕。一旦我听到附近有摄像蟹的动静，或者看见什么东西丢了，我就会告诉旱地人有关你的一切。我就会确保下次你偷溜进安克雷奇的时候他们正等着你。”

他转身大踏步走上沙滩，从离芮恩的藏身之处仅仅一步之遥的地方粗鲁地碾过金雀花丛。芮恩听到他开始上山，摔了一跤并发出咒骂声，然后随着他爬得越来越高，这些声音也变得越来越模糊。“泰摩！”舒寇叶叫道，但叫得并不响，而是一种悄声呼喊，夹杂着受伤与失望的情绪。“泰摩！”随后他放弃了，伫立在原地沉思，一边抬起一只手捋了捋头发。

芮恩开始移动，非常小心和安静，只等待一个他转身背对她的瞬间，然后她就可以从树丛间偷偷溜走。但是舒寇叶并没有转身。相反，他抬头径直望向她的藏身之处，说道：“我的眼睛和耳朵都比老泰摩更灵敏，我的朋友。你现在可以出来了。”

3　贝壳船“奥托里库斯”号[1]

芮恩站起来，转身拔腿就跑，这一切全都在一个恐慌的猛烈动作中完成，然而还没等她跑出两三步，另一个陌生人从她左侧的阴影中走了出来，一把抓住了她，将她抡起来，扔到了地上。“泰摩！”她开口大喊，但一只冰冷的手捂住了她的嘴。抓住她的那个人俯视着她——又是一张苍白的脸，半掩在松垂的黑发之下——与此同时沙滩上的那个人也赶了过来。一支电筒亮了起来，细细的蓝光射得芮恩睁不开眼。

“温柔点。”那个叫舒寇叶的人说，“现在温柔点就好。这是个女人。一个年轻女人。就像我想的那样。”他移开手电筒，让芮恩好把他看清楚。她以为会是个和泰摩差不多岁数的人，可舒寇叶要更年轻

1. 奥托里库斯是古希腊神祇，善于盗窃与欺骗。

些。他正微微笑着："你叫什么，年轻的女人？"

"芮……芮恩。"芮恩好不容易才结结巴巴地说出口，"芮……芮恩·纳……纳……纳……纳……纳茨沃西。"当舒寇叶总算过滤掉了多余的那些"纳"字之后，他的笑容便更加明显而温和了。

"纳茨沃西？不会是汤姆·纳茨沃西的孩子吧？"

"你认识爸爸？"芮恩问。在疑惑中，她不禁猜想她父亲是否也来到了北岸的山坳里参加与迷失小子们的秘密会议，不过当然了，舒寇叶说的是过去的那些日子里的事，远在她出生之前。

"我还很清楚地记得他。"舒寇叶说，"在'钻孔虫'号上他一度是我们的客人。他是个好人。你的母亲应该是他的女朋友，那个脸上有疤的吧？她叫什么来着……对了，赫丝塔·肖。我总是认为从那一点就能够清楚地看出汤姆·纳茨沃西的为人，他能够爱上像她那样的人。外表对他来说没什么意义。他看得更深。这在旱地人中极为罕见。"

"我们要拿她怎么办，阿舒？"那个抓住芮恩的陌生人用一种奇特的柔和声音说道，"要拿她做鱼饵吗？"

"让我们把她带到船上去。"舒寇叶说，"我想要了解汤姆·纳茨沃西的女儿。"

芮恩本已冷静了不少，现在却又开始恐慌起来。"我必须回家！"她尖叫道，试图侧着身子悄悄溜走，不过舒寇叶伸出手挽起了她的手臂。

“就上船一小会儿。”他带着愉快的笑容说道，“我想聊聊。解释一下为什么我像个贼一样潜伏在你们的湖里。好吧，我就是个贼，当然了，不过我想你在做决定之前，应该听听我这边的故事。”

“什么决定？”芮恩问。

“关于你会不会告诉你的父母朋友今晚你在这里看到了什么的决定。”

芮恩觉得自己可以信任他，但她无法确定这一点。她还从来没有过被迫考虑是否要信任别人。她被舒寇叶的笑容所迷惑，目光越过他朝沙滩上望去。海岬之间的水域闪着幽蓝的光泽。一开始她还以为是那个手电筒在她的眼睛里留下的残像，然而后来那片蓝色越来越亮，越来越亮，于是她看见那其实是一道光，从湖的下方穿透水面射上来。某个庞然大物在离岸三十英尺开外浮出了水面。

在泰摩位于引擎区的小棚屋后面，那艘带着他来到安克雷奇的贝壳船正静静地躺着生锈。它叫作“钻孔虫”号，芮恩与她的朋友们还是小孩子的时候，就经常在它那些弯曲的长腿之间玩捉迷藏的游戏。她一直觉得它长得像是漫画里的生物，脚又大又扁，前方的舷窗像凸出的眼睛。她从来没有想象到一艘贝壳船能移动得这样平稳，而当它蹚上沙滩，月光伴随海水一起从它身上滑泻下来时，它那弯曲的外壳又能显得如此光洁流畅。

这艘贝壳船比“钻孔虫”号更迷你，它的身体更扁，更像是一只虱子而不是蜘蛛。芮恩觉得它的外表上涂绘着参差不齐的迷彩图案，但在月光下很难确认到底画了什么。透过凸出的舷窗，她看见一个小男孩正在摆弄各种控制开关，他的脸在玻璃上流下的水影中呈现出扭曲的样子。他操纵着这架机器在岸边停下，随着液压机构唰的一声，从船的腹部底下伸出一条坡道，一直伸到了那边的石滩上。

“贝壳船‘奥托里库斯’号。”舒寇叶一边说着，一边打手势让芮恩上船，“迷失小子舰队的骄傲。请上船。请。我保证我们在把你送回岸上之前不会下潜。”

“要是有更多旱地人过来怎么办？”另外那个迷失小子问。芮恩注意到那其实并不是个小子，而是个姑娘，长得挺漂亮，但眉眼阴沉。“万一泰摩发出警报怎么办？”

“泰摩向我们保证过。”舒寇叶说，“这对我来说已经足够了。”

那个姑娘盯着芮恩，明显并不信服舒寇叶的话。她身上穿着的黑色短马甲敞开着，皮带上插着一支枪。*我没有选择*，芮恩心想，*我必须相信舒寇叶*。而一旦她做出了这个决定，走上斜坡进入贝壳船那泛着蓝光的寒冷船腹就变成了一件容易的事情。不管怎么说，假如舒寇叶想要杀了她，他只需要简单地在沙滩上动手就好了。

她被带往船的后端，某个她猜是舒寇叶私人舱房的地方。帷幔遮住了沉闷的钢铁墙壁。书籍和小饰物到处可见。一炷线香燃烟袅袅，以一种让芮恩联想到遥远地方和优雅人群的香气，掩盖住了贝壳船发霉和金属的气味。她在一张椅子上坐了下来，舒寇叶则坐在了床铺上。那个姑娘等在舱门口，始终盯着他们。那个芮恩之前透过窗口看见的男孩就站在她身后，用瞪大了的惊诧双眼望着芮恩，直到舒寇叶开口说："回到你的岗位上去，俞饼[1]。"

"可是……"

"现在就去！"

那个男孩飞快地逃走了。舒寇叶朝着芮恩苦笑了一下："抱歉。俞饼是个新人，才十岁大，刚从盗贼馆出师。除了在摄像蟹的屏幕上，他从来没见过旱地人。而你又长得这么漂亮。"

芮恩羞红了脸，低头看着地板。她的靴子正往舒寇叶昂贵的伊斯坦布尔地毯上滴着泥水。"盗贼馆"是迷失小子们受训的地方，她记起了这一点。他们是一群很小的时候就被从各座筏城的下层绑架走的孩子，被绑架时他们都小得根本不明白那是怎么回事。然后他们就被带到沉没之城格里姆斯比，接受各种盗窃技艺的训练。而"摄像蟹"就是他们用来窥视受害者的摄像机器人。弗蕾娅小姐曾经让她的学生们做过一整个关于迷失小子的学习项目。当时芮恩还觉得要学这种事情真是毫无意义。

舒寇叶转向了站在门口的那个姑娘："印羽[2]，我们的客人似乎感觉有点冷。帮她拿一些热巧克力吧，好吗？"

"我还不知道有迷失小妹。"等那姑娘走了，芮恩说道。

---

1. 名字原文是 Fishcake，即"鱼饼"，所以作为人名，用了谐音。

2. 名字原文是 Remora，即"鲫鱼"，所以作为人名，用了谐音。

“自从泰摩离开格里姆斯比之后，那里改变了很多。”舒寇叶答道，“这话可就在我们俩之间说说。芮恩，现在我差不多就在运营那个老地方。我费了一番功夫除掉了大叔身边很多粗鲁又喜欢欺负弱小的臭小子，然后我算是说服了他，开始像带来男生那样，也把女生带到下面来。没有姑娘的生活对我们可没好处。她们能影响男生，让他们变得更加文明。”

芮恩朝门口望去。她能看见那个叫作印羽的姑娘在某个像是厨房的地方叮叮当当地摆弄着平底锅。在芮恩眼里，她看上去可不像是一个会让人变得更文明的影响因子。“那么她是你的妻子吗？”她问，然后，因为不想显得太一本正经，于是又加了一句，“或是你的女朋友或者别的什么？”

厨房里头，印羽投过来严厉的一瞥。舒寇叶说：“小羽？不！事实是，一些姑娘其实成为了比男生更棒的盗贼。印羽是我们这儿最好的窃贼之一。正如小俞饼是最好的机械师，即使他年纪还小。在这次行动里，我只要最好的人手和我一起行动，你瞧，芮恩。在安克雷奇里有一样东西是我非常想要的。很多年以前，当我和泰摩一起坐‘钻孔虫’号来到这里时，我看见过它，但当时我没有偷它，因为那时候我不知道它有什么用处。”

“那是什么？”芮恩问。

舒寇叶没有马上回答她，而是等待着，审视着她的脸，似乎需要十分确信她是可以信任的，可以对她说出他即将要告诉她的那些话。

芮恩很喜欢这样。他并没有如大多数人那样，像对待一个孩子似的对待她，“一个年轻女人”，他曾经这样称呼她，而这也是他现在与她交谈的方式。

“我讨厌这么做。”最终他开口说道，一边朝她前倾了过来，专注地望进她的双眼深处，“你必须相信我。我讨厌像这样秘密地过来。如果可能的话，我更愿意正大光明地行事；将‘奥托里库斯’号驶进你们的港口，然后说：‘我们来了，从格里姆斯比来的朋友，来请求你们的帮助。’假如泰摩在这里过得很好，就像我希望的那样，那么这样做也许是可行的。但以他的现状来看，谁会信任我们呢？我们是迷失小子。是窃贼。他们永远不会相信我们想要从你们这里得到的只是一本书，一本你们女藩侯图书馆里的书。”

印羽回到舱中，递给芮恩一个锡杯，里面盛满了滚烫、美味的巧克力。“谢谢你。”芮恩说。她很高兴有人来分散一下注意力，因为她不想让舒寇叶看到他刚刚所说的话在她脸上造成的震惊表情。弗蕾娅小姐的图书馆是芮恩最喜欢的地方之一：一个装满了成千上万本奇妙的古老书籍的藏宝窟。它一度位于冬宫的上层，但现在没人还住在那几层楼里，所以弗蕾娅小姐说仅仅为了那些书而给那几层楼供暖是一种浪费，于是图书馆就被搬到了楼下……

“所以你才找不到你想找的东西！”她蓦然开口说道，“自从你上次来这里之后，所有的书都被重新整理过了！”

舒寇叶点点头，朝她赞赏地笑了笑。“相当正确。”他说，“我们的摄像蟹得需要花上好几星期来找到对的那本书，而我们却没有好几星期可浪费。所以我在想，纳茨沃西小姐，你能不能帮我们这个忙呢？”

芮恩正啜着一口巧克力。安克雷奇的巧克力供应早在多年前就用光了，她已经忘了它的味道是多么好，不过当舒寇叶请她帮忙的时候，她差点儿被巧克力呛到了。“我？”她结结巴巴地说，“我可不是个盗贼……”

“我也不会要你当盗贼。”舒寇叶说，“不过你的父亲是一个聪明人。他与女藩侯是朋友，以我所记得的而言。我打赌你可以从他那儿找出我们想要的那本书可能在哪儿。只要找到它，然后告诉我，我就会派印羽进去，完成剩下的工作。它叫作《锡之书》。”

芮恩本想要拒绝，然而由于她从来没有听说过他所提到的那个书名，她不禁犹豫了。她本来还期待着他会询问安克雷奇的某件珍宝；那本鸿篇巨制的彩色绘本《冰雪诸神行传》，或是沃姆沃德的《安克雷奇史》。她说：“天下有谁会想要读整整一本关于锡的书？”

舒寇叶笑了起来，仿佛她开了个他很中意的玩笑。“那本书不是关于锡的。”他说，“那是它的材质。一页页的金属。”

芮恩摇摇头。她从来没见过那样的东西。“你为什么要得到它？”她问。

“因为我们是盗贼，而我了解到它非常有价值。”舒寇叶说道。

“那毫无疑问！你们这么大老远的一路过来……”

“有人收集这些东西——古书和古物。我们可以用它来交换我们需要的东西。”舒寇叶犹豫了一下，仍旧望着她，随后诚挚地说，“芮恩，请你问一下你的父亲。他一直在博物馆和图书馆里东翻西找的，那是在以前，我认识他的时候。他可能知道《锡之书》在哪儿。”

芮恩一边喝着剩下的巧克力，一边考虑着这事。要是他问她要的是绘本《冰雪诸神行传》，或是某些珍贵的经典，她会立刻说不。可是一本用金属做的书，一本她从来没有听说过的……它不会很重要的，不是吗？可能永远也不会有人惦记它。而舒寇叶看上去又非常非常想要它。

“我会去问问。”她不确定地说道。

“谢谢你！”舒寇叶将她的双手握在他的掌中。他的手很温暖，他的眼睛相当可爱。芮恩想到，要是告诉提尔迪，她下半夜的时候在一位风度翩翩的水下海盗的舱房里喝可可，这会有多么棒。随后她就想到她永远也不能对提尔迪或是其他任何人提起舒寇叶和“奥托里库斯”号。在某种程度上这让事情变得更棒了。她以前还从来没有过一个真正的秘密呢。

“明天六点我会和你在山顶的树林里碰头。”舒寇叶说，“这样方便吗？你能出来吗？”

“那是晚餐时间。会有人找我的。我妈妈……”

“中午，那么。中午，或者稍后一点。”

“好吧……”

“那么现在——你想要印羽送你回家吗？”

“我能找到路。”芮恩说，“我经常在黑暗里闲逛的。”

“我们会让你成为一名迷失小妹的。”舒寇叶说。随后他笑了起来，让她明白他只是在说笑。他站起身，芮恩也跟着站了起来，两人穿过贝壳船里的过道，朝出口斜坡走去，那个新人俞饼从控制舱里朝他们张望。外面夜凉如水，月光皎洁，水波拍岸，如同一切照旧，没有任何事情发生过。芮恩挥挥手，道了声再见，然后又挥了挥手，这才轻快地走上沙滩，穿过树林。

舒寇叶望着她直到她消失在视野之外。那个姑娘印羽走过来站在他身边，将她的手伸进他的手掌里。“你相信她吗？”她问。

“不知道。也许吧。值得一试。我们没时间在这里乱转靠自己来找那东西，而我们也没办法用摄像蟹在这个垃圾场一样的地方做什么事。这些旱地人记得我们。假如他们开始听见通风管道里有带磁铁的小脚丫子噼噼啪啪地踩响起来，他们马上就会推想出是怎么回事。不过别担心——我会告诉俞饼在芮恩家附近设置两只摄像蟹，这样我们就能知道她是否向那儿的人告发了我们。”

“要是她这么做了呢？”

“那么我们就把他们都杀光。”舒寇叶说，“我会让你亲手解决芮恩，用你那把漂亮的小刀。”然后他吻了她一下，两人转身回到了船上。

然而芮恩对此一无所知，她一路走回家里，脑海中满是各种颠来倒去难以自抑的念头，半是内疚，半是开心，感觉就好像自己在刚才短短几个小时里的成长比在过去整整十五年里的还要多。

4 《锡之书》的传说

第二天，晨光静美，湖上方的天空如风铃草花般蔚蓝，湖水清澈得仿佛玻璃一样，桃花源的每个岛屿都整洁而静谧地端坐在自己的倒影之上。芮恩被夜里的冒险经历折腾得精疲力竭，所以睡晚了，但是在她的窗外，安克雷奇正在醒来。从城市中三十来座住了人的房子的烟囱里，柴火的青烟袅袅飘出，渔民们边互道早安，边走下楼梯，前往系泊沙滩。

在湖的北岸矗立着一座斑驳的山丘，远处南岸的死亡丘陵。其山坡下部被灌木丛、松树林，以及长满野花的陡峭草甸所染绿，在草甸其中的一片上正放牧着一群鹿。青葱湖岸边的树林里有很多鹿，有几头甚至游过来，在更加荒芜的岛上安了家。人们花了很多的时间来争辩它们是如何来到这里的：它们是从古代美帝国崩溃的时候起就幸存下来的呢，还是从北方的冰封国度南下而来的呢，抑或是从西面更远处的某些大片绿野一路而来的。但当赫丝塔·纳茨沃西在树丛下风处的藏身之所拉开弓弦时，她所关心的，仅仅是它们身上有多少肉。

弓弦发出一丝轻快柔和的声响。鹿群跳到空中，一落地就开始奔跑，所有的鹿都朝山上的灌木丛中躲藏而去，只除了最大的那一头母鹿，赫丝塔的箭刺入了它的心脏，它摔倒在地死去，细细的腿还踢动着。赫丝塔走上山，将箭拔出来，用一把干草擦净箭头，然后将箭放回背后的箭囊中。血液在阳光下闪着鲜艳的光泽。她把手指蘸入伤口中，往自己的额头上抹了一些血。喃喃自语地向狩猎女神祷告了几句，这样那头鹿的鬼魂就不会来打扰她了。然后她将鹿尸扛上身，开始下山，往她的小船走去。

桃花源的同伴们很少猎鹿。他们说这是因为湖中的鱼和鸟已经能提供足够的肉，不过赫丝塔怀疑真正的原因是鹿的漂亮毛皮和又大又黑的眼睛触动了他们的柔软内心，败坏了他们打猎的兴致。赫丝塔的心不软，打猎是她最擅长的。她很喜欢清晨树林中的寂静和孤独，而且有时候她也更愿意离芮恩远一点儿。

赫丝塔若有所思地回想起来，芮恩曾经一度也是一个小小的爱笑女孩，在湖岸边玩耍拍打水花，或是在赫丝塔给她唱歌的时候依偎在赫丝塔的大腿上。当芮恩用可爱的眼神仰望着她，并用胖鼓鼓的手指划过那道将赫丝塔的脸分成两半的旧伤疤时，赫丝塔曾经以为终于有了一个会因为她的人而爱她，且并不在意她的模样的人。因为虽然汤姆总是说他并不在乎，赫丝塔却从来没有摆脱某种隐隐的恐惧，害怕他在内心深处终究想找一个比她更漂亮的人。

但是芮恩已经长大了，之后终于到了某一天，在她八九岁的时候，她开始像其他人一样看着赫丝塔。她不必说出口，赫丝塔非常了解那种怜悯而尴尬的眼神。当她们一起出门去见她的朋友们的时候，她能感觉到芮恩的尴尬。她的女儿为她而感到羞愧。

“这只是一个人生阶段。”当她向汤姆抱怨时，他这样说道。汤姆非常喜欢芮恩，在赫丝塔看来，他总是站在芮恩一边，“她很快就会克服那种心理。你知道孩子的天性。”

但赫丝塔并不了解孩子的天性。她自己的童年时代在很小的时候就终结了。当时她的母亲和她以为是她父亲的男人一起被她真正的父亲，泰迪乌斯·瓦伦丁，杀死了。她不知道身为一个正常女孩应该是什么样子的。随着芮恩长大，变得更加任性，外祖父那个挺拔的长鼻子挺立在她脸上，就像一把刀从一幅肖像里捅出来那样，这时赫丝塔便发现要对女儿耐心一点会变得越来越难。有那么一两次，她内疚地希望芮恩从来不曾被生下来，只有她和汤姆两个人，就像往昔的旧日时光，他们俩在鸟道上时那样。

当芮恩终于醒来时，太阳已经升得很高了。透过开着的窗户，传来了下方系泊沙滩上渔民们的呼喊声，孩子们的欢笑声，以及爸爸在外面院子里砍木柴时发出的持续不断的笃笃斧声。她的嘴里仍然留有淡淡的巧克力味道。她躺了一会儿，想着现在她所听见的人中没有一个，甚至连整个桃花源里都没有一个人，能知道她所知道的那些事情，一想到这点她便感到十分愉悦。随后她爬下床，跑到浴室去洗漱。她的影像从洗手池上方斑斑点点的镜子中向外望着她：这是一张纤长、狭窄、聪慧的脸。她讨厌自己那个尖尖的鼻子和那张太过狭小的嘴巴周围散布的斑点，但她喜欢自己的眼睛——又大，分得又开的双眼，虹膜显现出幽深的灰色。海员的眼睛，爸爸曾有一次如是称呼它们，即使芮恩并不确定那到底是什么意思，她仍旧喜欢这个名称的发音。她将她那古铜色的头发系到脑后，不禁回想起舒寇叶曾经说过她很漂亮。她以前从没想过自己是漂亮的，不过现在她看出来了，他是对的。

她跑下楼，发现厨房里空荡荡的，妈妈的白衬衫挂在窗外的绳子上。妈妈对于她自己的衣服总是有一种奇怪的虚荣心。她穿得像一个男人，总是穿那些她从极地商场的废弃店铺里拿来的衣服，坚持要将衣物清洗干净并熨烫平整，不让蛾子蛀了它们，仿佛穿着好衣服就能让人们忘记她那张可怕的伤痕累累的脸。这只是证明她的悲哀的另一个例子，芮恩一边想，一边从冷藏柜里的罐子中给自己倒了一杯牛奶，又往昨天剩下的一块燕麦蛋糕上抹了点蜂蜜。有一个看上去这么古怪的妈妈，这并没有什么，只是会令芮恩的生活有点艰难。提尔迪的爸爸，老鱼鸭先生，他只有大约三英尺高[1]，但他是一个完完全全

---

1. 约 90 厘米。

的安克雷奇的男人，所以没有人会真的注意到他的身高。但妈妈是不同的。她很不友好，所以没有人会忘记她的丑陋，忘记她是一个外来人，而有时候那也会令芮恩感觉到自己同样像个外来人。

也许这就是为什么她会感到迷失小子会对她有这么大的吸引力。也许舒寇叶看出了她内心深处还是个外来人，而这才是他为什么会相信她的原因。

她走到了外面的院子里，一边吃着燕麦蛋糕，一边小心地不让蜂蜜沾到妈妈的衬衫上。爸爸正在将小圆木一根接一根地放在砧板上，用砍柴斧将它们挨个劈成两半。他戴着他那顶旧草帽，棕色头发已经不再能遮住他的头顶了，他头上的秃斑有时会被晒到。爸爸看见了芮恩，于是停下了手头的工作，坐了下来，一只手捂在胸口。芮恩觉得他看起来就好像很高兴有一个借口能休息一下，她猜想着是不是他的旧伤又一次给他带来了痛楚，不过他只是说："你终于起床啦？"

"不，我只是在梦游。"她说着，将几片碎木从前面踢开，然后在他身边坐了下来。她吻了吻爸爸的脸颊，将头枕在他的肩上。蜜蜂绕着院子另一头的巢边嗡嗡飞舞，芮恩坐着聆听它们振翅飞翔的声音，一边想着该如何开口询问跟安克雷奇的《锡之书》有关的话题。然后她决定还是先问爸爸些别的事情。

"爸爸，"她说，"你还记得迷失小子吗？"

爸爸看上去很不安，就像她每次问他过去的事情时那样。他摆弄着自己腕上的手镯——这是一个宽宽的，赤金色的结婚手镯，上面他的姓名首字母与妈妈的交织在一起。“迷失小子，”他说，“是的，我不可能忘记他们……”

“我在想关于他们的事，”她说，“他们非常邪恶吗？”

“嗯，你认识泰摩的。”爸爸说，“他并不邪恶，不是吗？”

“他有点儿怪异。”

“嗯也许吧，但他是一个好人。如果你有麻烦了，你可以向他求援。正是因为他，我们才找到了这个地方，你知道的。要是他没有从格里姆斯比逃出来，并带给我们斯诺利·奥瓦尔逊的地图……”

“哦，我知道这个故事。”芮恩说，“不过，我并不想知道关于泰摩的事。我在想其他的人，留在格里姆斯比的那些。他们都很坏，对吗？”

汤姆摇摇头：“他们的头头，大叔，是一个讨厌的坏家伙。他让他们去干坏事。不过我认为迷失小子们本身是善与恶的混合体，就好像你在其他任何地方能发现的那样。有那么一个叫舒寇叶的小家伙，我记得。当大叔想要杀死泰摩的时候，是他救了泰摩，并把地图给了泰摩，让他带给我们。”

“所以他和泰摩一样勇敢吗？”

“在某种程度上，是的。”

“那么你见过他吗？那时他几岁？”

“哦，只是一个小孩子，就像我说的那样。”她的父亲回想起了自己与迷失小子们一起度过的短暂而又可怕的时光，并说道，“九岁或十岁。也许更年轻。”

芮恩感到很开心。如果舒寇叶和爸爸见面时才九岁，那么现在他不会超过二十五岁，也就是说没比她老多少。而且他是一个好人，曾帮助拯救了安克雷奇。

“为什么突然间对迷失小子这么感兴趣呢？”父亲问道。

“哦，没有理由。”芮恩随意地答道。对爸爸说谎，这种感觉很奇怪。他是她在整个世界上最爱的人。他始终像一个朋友一样对待芮恩，而不是一个孩子，她以前总是把所有的事情跟爸爸分享。突然间，她很想告诉他在北岸发生了什么事，然后问他该怎么办。但是她不能这么做，不是吗？这对舒寇叶不公平。

爸爸仍然困惑地看着她，于是她说：“只是想到了他们而已，就是这样。”

“因为他们迷失吗？”爸爸问，“还是因为他们是小子？”

“你猜。”芮恩说。她吃完了燕麦蛋糕，在他的脸颊上留下黏黏的一吻，“我要去见提尔迪了。再见！”

她从院子一旁的大门走了出去，沿着天狼星路走去，明媚的阳光洒在她的头发上，汤姆伫立望着她，直到她转过拐角，他为这高大美丽的女儿而感到骄傲，即使过了这么多年，他还是会对他与赫丝塔生出了这么一个全新的人儿而感到惊奇。

在柴堆下方的阴影里，一只无线摄像蟹将镜头对准了汤姆。与此同时在某个小岛的水下洞穴中，他的影像浮现在一个圆形的蓝色屏幕上。

“她差点儿出卖了我们！”那个叫作俞饼的男孩叫道，“他会猜到的！”

舒寇叶拍了拍他的肩：“别担心。纳茨沃西与其他人一样迷糊。他不会怀疑任何事情的。”

芮恩轻快地走向鱼鸭的房子，却没有转身走进大门。她清楚地知道提尔迪和她的家人今天早上都会在果园里，采摘苹果。她甚至答应过会去帮忙。当时她怎么可能想到自己会找到比这重要百倍的事情做呢？

她抄近路穿过极地商场，随意地瞄了一眼自己在古老店铺积满灰尘的橱窗中映出的倒影，随后沿着拉斯穆森大道，跑上通往冬宫的斜坡。巨大的正门在夏季总是敞开着。芮恩跑了进去，大声喊道：“弗蕾娅小姐？”不过唯一应答她的就只有她自己的声音从高高的天花板上反弹回来的回声。她走回外面，沿着环绕宫殿的碎石小径往前走，看到弗蕾娅小姐正在她的花园里采摘豆子，并把它们放在一个篮子里。

“芮恩！”她高兴地说。

“你好，弗蕾娅小姐！”

“哦，请你就叫我弗蕾娅。”弗蕾娅说道。她弯下腰，将篮子放到地上。似乎弗蕾娅小姐生活的主要目的就是要说服大家仅仅称呼她

“弗蕾娅”，但她在这一点上从来没有得到太多的成功。年纪大一点儿的人都还记得她是拉斯穆森家族的最后一位成员，所以依旧喜欢称她“女藩侯”或者“殿下”又或者“冰原之光”。而年轻人认识她则是因为她是他们的老师，所以对他们来说，她一直都是“弗蕾娅小姐”。

“毕竟……”她一边说，一边对芮恩露出个微笑，用一条手绢在她圆圆的脸上轻轻吸去汗水，“你已经不再是个小女生了。我们可能很快就会成为同事。你有再考虑过，等苹果收获季节结束之后，来帮我带那些小家伙吗？”

芮恩尽力想让自己表现得喜欢这个提议，但又不必真正地承诺会这么做。她担心要是她同意来帮忙管理学校，她可能就会变得像弗蕾娅小姐那样，高大慈祥却一直未婚。她赶紧以最快的速度改变话题，问道：“我能去图书馆里瞧瞧吗？”

“当然！”弗蕾娅小姐说，正如芮恩预计的回答，“你不需要问的！是不是需要某一本特定的书……”

“只不过是爸爸有一次提起的某个东西。《锡之书》。”

芮恩一边说一边涨红了脸，因为她不习惯说谎，但是弗蕾娅小姐并没注意到。“那件旧东西吗？”她说，“哦，它几乎算不上是一本书，芮恩。更像是一件古董。是拉斯穆森家族许许多多传承之物中的一件。”

她们一起走向图书馆。难怪了，芮恩想，难怪迷失小子们需要她的帮助。这间巨大的房间里从地板到天花板都堆满了书，所有的书都遵循弗蕾娅小姐的某种个人体系而排列。由清迈·斯波福思与瑞夫卡·布吉出版的简陋旧平装书与收藏着珍贵的古老卷轴和魔法书的木匣子并排摆在一起。每个匣子上都用细小的金色字体标记着它们里面装着的书的名字，不过有许多已经磨损或褪色得太厉害，难以读清，况且不管怎么说，迷失小子的识字水平可能也不是太高。一个可怜的盗贼怎么会知道在这里该从何处下手呢？

弗蕾娅小姐踩上一架梯子，伸手去够最高处的一个架子。她真的太丰满了，在细细的梯子上爬上爬下，芮恩感到很是内疚，害怕她可能会摔下来，不过弗蕾娅小姐很清楚她要找的是什么，她很快就爬了下来，累得双颊通红，手里拿着一个匣子，上面用独角鲸的牙镶着拉斯穆森家族的纹章。

“来看看。”她说着，从附近墙上的一个挂钩上摘下钥匙并打开了锁。

在匣子里面，硅丝衬里上，躺着舒寇叶描述过的那件东西。这是一本大约八英寸长，六英寸宽的书，由二十张锡片制成，并用一圈圈生锈的铁丝绑在一起。锡片又厚又钝，上面有一片片的锈，边缘被折叠起来，以防参差不齐的金属割伤了读者的手指。在最顶端的那层锡片上，有人画出了一个圆，圆形中央有一只粗略勾画的鹰；在圆形的边缘周围环绕着一圈文字，那下面还有更多的字，但都磨损得太严重了，芮恩一个单词也辨认不出。其他的锡片老化得不是那么严重，花了大力气刻在上面的长长的一行行字母、数字和符号，仍旧可以依稀读得出来。至于它们是什么意思，芮恩便说不清了。封底褪色的标签纸上加盖着安克雷奇的纹章以及“拉斯穆森藏书”的字样，这是唯一能理解得了意义的东西。

“它并不怎么引人注目，对吧？”弗蕾娅小姐问，“不过，它应该很古老了。还有一个关于它的传说，历史学家沃姆沃德曾经在他的《安克雷奇史》中引述过。很久以前，在六十分钟战争那可怕的战后时代，安克雷奇人成了难民，驾驶着一支由漏水的船只组成的舰队，穿越北海，寻找某个可以让他们重建城市的小岛。在路上他们遇到了一艘搁浅的潜艇。瘟疫和辐射风暴杀死了它上面所有的船员，只剩下仅有的一个男人，但也已经快死了。那个男人将一份文件给了我的祖先，铎莉·拉斯穆森，告诉她要不惜一切代价保护好它。于是我的祖先把文件留了下来，并在拉斯穆森家族中代代母女相传，直到那份文件的纸张分崩离析。然后人们就做了一份拷贝，不过因为在那些年头里，纸张稀缺，于是这份拷贝就写在了敲平的旧食品罐头上。当然，复制文件的那些人对于文件里写了什么并不比你我知道的更多。不过这东西来自战前的失落世界，光是这一事实就足以令它变得神圣无比。”

芮恩翻动金属的书页，将书页绑在一起的铁丝发出吱吱的摩擦声。她试着想象很久以前的那个抄写员如何煞费苦心地刻下了这些符号，在延绵数个世纪之久的寒冬黑暗之中，借着海豹油灯的光亮，复制出弯弯曲曲的每一列符号，绝望地尝试着想要挽救从那个被战争摧毁的世界里留下的某些事物。“它是用来干什么的？”她猜测道，“为什么潜艇里的那个人认为它非常重要呢？”

“没人知道，芮恩。也许他来得及说之前就死了，或者也许原因只是被遗忘了。《锡之书》是古代人留给我们的众多神秘事物之一。我们唯一知道的是，在所有这些字符之中，有一个古老神明的名字出现了好几次：奥丁。所以这也许是一份宗教文本。哦，还有封面上的图是美帝国的总统印玺。”

芮恩用批评的眼光审视着那只鹰：“在我看来它更像是某种鸟。”

弗蕾娅小姐笑了。午后的阳光从图书馆的窗户倾泻进来，她站在光线中，看上去十分美丽；就像大地女神本人那样高大而耀眼，芮恩爱她，同时为自己计划对她进行抢劫而感到惭愧。她又问了几个关于《锡之书》的问题，但她其实对答案并不怎么感兴趣。她尽快地将书还了回去，让弗蕾娅小姐好继续园艺工作，并承诺会很快回来商谈关于成为一名教师的事情。

白昼过得飞快，随着太阳爬过天空，冬宫的阴影便扫过了城市的生锈甲板。很快就要到芮恩与舒寇叶相会的时间了。她开始感到越来越紧张。不管他有多么潇洒多么勇敢多么英俊，不管她有多么希望帮助迷失小子，她还是不能从她认识了一辈子的人那里下手偷东西。

《锡之书》迟早会被发现不见了的，而一旦到了那个时候，弗蕾娅小姐就会记起芮恩曾对它表现出兴趣，接着就会知道谁该为这事负责。

而且说真的，《锡之书》究竟是什么？是什么让舒寇叶这么想要得到它？芮恩可不蠢。她知道远古时代流传下来的文件有时候会包含指向某些非常危险的东西的线索：爸爸有一次曾告诉过她，伦敦，也就是他生长的那座城市，被一个叫作美杜莎的机器整个儿炸成了碎片。万一《锡之书》中包含了制造类似东西的说明文件，而舒寇叶也已经找到了释读这本书的方法那该怎么办呢？

她逛到了安克雷奇的南边，走下陈旧的渔人楼梯，来到系泊沙滩上。在那里，她坐在一块古老且锈迹斑斑的履带装置的阴影下，努力想要分析出该怎么做。她那个巨大的秘密曾经如此激动人心，然而现在却开始令她觉得有点像个负担。她希望能有某个人来与她分享这个秘密。但是那个人是谁呢？当然不会是妈妈或爸爸或弗蕾娅小姐，他们一听到桃花源里出现了迷失小子就会被吓呆。提尔迪可能也会恐慌。芮恩想象着将这事告诉内特 · 雪纹，并向他请求帮助，但不知怎的，如今她认识了舒寇叶之后，内特 · 雪纹似乎就没有那么英俊了；他只是一个男孩，相当迟钝，思维缓慢，对于除开捕鱼之外的任何事情都不甚了了。

她没注意到一条手划船正向着沙滩驶来，直到她的母亲下了船，大声喊道："芮恩？你在做什么？过来帮我拎这东西一把。"

"这东西"是一头可怜的小鹿，已经死了并变得僵硬，胸口有一个洞。妈妈正将它拖出船，准备把它带回天狼星路去。在那里她能将它屠宰分割，并把肉腌起来过冬。芮恩站了起来向她走去，紧接着注意到了太阳已经升起的高度。“我不行！”她说。

“什么？”

“我要去见一个人。”

赫丝塔放下鹿，盯着她看：“谁？那个雪纹家的小子，我猜？”

芮恩一直试着不要挑起又一番争吵，但妈妈话音中的声调就足以使她的火气上冲。“嗯，为什么不呢？”她问，“为什么我不行？我可不是非要像你那样总是凄凄惨惨的。我不是一个孩子了。就因为当你在我这个年纪的时候没有男生喜欢过你——”

“当我在你这个年纪的时候，”妈妈说，她的声音低沉而又危险，“我看到过你无法相信的东西。我知道人们会干出什么样的事来。这就是为什么我们一直试图保护你，让你安安全全的，你爸爸和我都是这么做的。”

“哦，我是很安全啊，”芮恩苦涩地说，“你觉得我在桃花源里能遇上什么？在这儿任何人都不会遇到任何事情。你总是暗示你遭遇过多么可怕的事情，说和你相比我有多么幸运，但我敢打赌，你过去的生活比现在的要刺激得多！我敢打赌，爸爸也是这么想的！我见过他望着你们的旧飞艇照片时的样子。他喜欢去外面的世界，在那儿飞来飞去，而且我打赌他现在说不定就会是那样，如果他不是非得和你一起待在这里的话。”

妈妈打了她。这是突如其来的一下大力掌掴，用妈妈展开的手掌扇的。当芮恩的脑袋猛然后仰的时候，妈妈的结婚手镯擦破了她的脸颊。芮恩从很小的时候起就已经不再被扇耳光了。她感觉自己的脸火辣辣的，而当她触摸脸庞的时候，被手镯刮到的地方流出血来，细小而鲜艳的血点沾在了她的手指上。她想要开口说话，但她能做到的只是喘气。

“好啦。”妈妈声音沙哑地说。她看起来几乎和芮恩同样震惊。她伸出手去抚摸芮恩的脸，这一次是轻轻地，不过芮恩一扭身便从她身边跑开，沿着沙滩，跑进了安克雷奇凉爽的阴影下面，在这座古老城市的底下狂奔，很快她跑出了阴影，来到城市后面的牧场上。母亲的声音在她身后某处疯狂地喊着：“芮恩！回来！回这儿来！”芮恩一直沿着树木森森的岸边奔跑，这样在果园里采摘苹果的人们就不会看见她，她跑啊，跑啊，几乎不去想自己在往哪儿跑，直到她泪水涟涟，上气不接下气地来到了岛屿最高处的峭壁之间，而舒寇叶正在那里等着她。

5 海上来的消息

他满怀善意和关切，让她在一块长满苔藓的石头上坐下，解下自己的围巾帮她擦脸，握住她的手，直到她足够平静，能开口说话。

“怎么了，芮恩，出什么事了？”

“没什么。真的没什么。是我妈妈。就这样。我讨厌她。”

“现在我能肯定那不是真的。”舒寇叶在她身边跪了下来。自从她找到他之后，她不认为他的目光落在过她脸庞之外的其他地方，而他遮掩在烟蓝色镜片之后的双眼，此刻正如一双朋友的眼睛那般，亲切而又充满担忧。“你有一个妈妈已经很幸运了。”他说，“我们这些迷失小子都是在很小的时候被绑架了的。我们没一个人知道我们的妈妈或爸爸是谁，尽管我们有时会梦见他们，也会幻想要是我们能遇见他们的话该有多么甜蜜。所以如果你的妈妈对你很严厉，我想这只是表明她担心你。”

“你不明白她的。”芮恩说着，边屏住呼吸以停止打嗝。当她搞定了之后，她说道：“我见到了那本书。”

“《锡之书》吗？”舒寇叶听上去很惊讶，就好像他一直很担心芮恩，以至于都忘了起初将他带到桃花源来的那件事。“谢谢你！”他说，“你在一个早上就完成了可能需要一个贝壳船船员花上一周或更多时间来做的事情。它在哪里？”

“我不知道。”芮恩说，“我的意思是，我不知道是不是该告诉你。除非你告诉我它究竟是干什么用的。弗蕾娅小姐把一切关于它的历史都告诉了我，可是……为什么会有人想要它呢？它是用来做什么的？”

舒寇叶站起身，从她身边走开，视线穿过松林向外遥望。芮恩觉得他看起来很生气，她担心自己触怒了他，然而当他再次转身面对她时，他只是看上去十分伤心。

“我们有麻烦了，芮恩。”他说，“你听说过彭尼罗教授吗？”

“当然。”芮恩说，“他开枪射中了我的爸爸。他差点将安克雷奇引入毁灭。他偷走了妈妈和爸爸的飞艇，驾着它飞走……”

“嗯，他将这些事写成了一本书。”舒寇叶说，“那本书叫作《罪孽赏金》，在书里他提到了那些他称之为‘寄生海盗’的人，他们从冰下而来，进入城市行窃。这本书的内容大多都是垃圾，但它在我们通常去讨生活的那些城市——那些北大西洋上的筏城以及冰原上的滑行城市里，卖得就像热乎乎的蛋糕那样好。那些城市全都开始安装古代科技防盗警报系统，还每天一次地检查城市底腹有没有寄生虫，这就使得要将一艘贝壳船贴到他们上面去的任务变得十分困难。”

芮恩记起了彭尼罗教授。从小到大她就不断听说那个邪恶男人的各种故事。她曾经见过爸爸的胸膛上那条长长的 L 形伤疤，斯卡比俄斯夫人就是从那里将他的胸口切开，取出子弹的。而现在，迷失小子们最终也变成了彭尼罗的受害者！

“可我还是不明白你们为什么要《锡之书》。”她说。

“我们不得不把我们的贝壳船派到越来越南面的地方。”舒寇叶解释道，“直到中海和南大洋里，那儿的筏城不怎么费心守备我们。至少，他们从来没有养成那样的习惯。过去的这个夏天，我们已经开始失去贝壳船。三艘去了南方之后就再也没有回来。没有一句话，没有求救信号，什么也没有。我认为也许这些城市里的一座得到了某种设备，让他们能看见我们到来，于是他们不断击沉我们的贝壳船，或者抓捕它们。而要是一些我们的人被俘虏了，被折磨了，被迫开口……”

“他们就可能会来找格里姆斯比？”

“一点不错。”舒寇叶若有所思地看着她，仿佛很高兴做出选择将这一切告诉了一位如此聪慧、敏锐的姑娘，他再次握起了她的手，“我们需要某个能让我们重新领先旱地人的东西，芮恩。这就是我需要《锡之书》的原因。”

“但它只有一大堆古老的数字。”芮恩说，“它来自某一艘古代美国潜艇……”

“一点不错。”舒寇叶说，“那些古代人拥有远远超过我们现在的潜艇技术。那些船就像城市一样大，能环绕世界巡航，甚至一次也不用浮上水面换气。如果我们有那种技术，我们就再也不用害怕旱地人了。我们可以让整个格里姆斯比移动起来，这样他们就再也找不到我们了。”

“所以你认为《锡之书》是一份潜艇的图纸吗？”

“也许并不全是。但里面可能有足够多的线索，来帮我们了解它们是如何工作的。求你了，芮恩，告诉我们它在哪里。”

芮恩摇了摇头：“弗蕾娅小姐和其他人并不像你想的那样可怕。”她向他保证道，“和我一起进城吧。向大家做个自我介绍。我向爸爸问起过你。他说你帮助我们拯救了桃花源。而且你受到了彭尼罗的伤害，就像我们一样。我想弗蕾娅小姐会很乐意把《锡之书》作为礼物送给你的。”

舒寇叶叹了口气：“要是那样就好了，芮恩。要是那样的话我会很高兴的。但这需要花很多时间。会需要做许许多多的解释，会需要克服许许多多的不信任。而就在我们留在这儿的时间里，可能会有更多贝壳船消失不见，而抓获他们的人可能已经瞄准了格里姆斯比。我很抱歉，芮恩。我们要以迷失小子的方式来做这件事。告诉我这本书在哪里，然后我们今晚就会拿到它，然后离开。或许，当我们拥有它之后，当格里姆斯比再次安全之后，也许那个时候我会回来，向大家介绍自己，然后在我们这两座城市之间就会有和平与友谊了。”

芮恩挣开了他，匆匆忙忙地走进林间，几乎是用跑的，她来到一个可以俯瞰安克雷奇一座座屋顶的地方。他说到要回来时，并不真的是像他所说的那个意思，关于这一点她相当肯定。他这么说只是为了让她感觉好些。一旦他离开这个地方，就永远不会再回来了。他有整整一个世界可以漫游，为什么还要回来呢？在他的世界里，一座座城市或漂浮在海上，或翱翔在天空，或巡行于大地，而在它们之上，天空中满是飞艇。那是舒寇叶所要回去的地方，而对她来说，她唯一能期待的，就是成为弗蕾娅小姐的助教，待在安克雷奇慢慢变老，变得无聊，然后在某一天——假如妈妈允许的话——成为内特·雪纹夫人，自己也生出一大堆无聊的小孩。

“芮恩。”舒寇叶在她的身后说。

“不。”她说道。她转过身来面对着他，尽力不让自己的声音颤抖得太厉害。“不，我不会告诉你在哪里可以找到这本书。我会自己去拿到它，然后把它带给你，就在今晚。然后我会跟你一起走。”她大笑了起来，大大地张开双臂做出一个手势，试图揽住安克雷奇、揽住湖水、揽住远处的丘陵、揽住整个死亡大陆，“我讨厌这个地方。这儿对我来说太小了。当你离开的时候，我想和你一起走。我想要看看格里姆斯比，看看大狩猎场还有那些牵引城，以及鸟道。这是我开的价码。我会把《锡之书》带给你，只要你离开的时候带上我一起。”

6 我们正在建立一个新世界

零博士对待她的工作十分认真。通常她会一直工作到深夜，直到潜猎者车间变得安静空寂之后还要待上很久，忙碌的手指一直在史莱克的胸腔内或在他敞开的大脑中修修补补。当她工作时，会跟他说说话，为老潜猎者补上他在坟墓里的这些年里错过的事情。她告诉他那个叫作绿色风暴的强硬路线派系是如何夺取那些位于古代亚洲和北地的反牵引主义国家的政权的，也告诉他有关他们反抗牵引城市的那场漫长战争的事。她还讲给他听那位不朽的领袖，潜猎者方。

“一个潜猎者？”他惊讶地问道。他已经慢慢习惯了绿色风暴的那些潜猎者：它们是既无思想也无表情的物体，甚至不能给自己充电，而是在活动了几天之后就得让人费力地帮它们取出电池并进行更换。它们就是那种给活死人带来狼藉声名的生物。他没法想象它们中的一员能够领导军队。

“哦，潜猎者方与其余的不同。”零博士向他保证道，“她美丽而又聪明。她有一颗古代科技制作的大脑，就和你的一样，还经历了各种各样的特殊改造。而且她是利用一位著名的联盟特工，方安娜的身体所制造的。绿色风暴希望人们以为方安娜在死后复活，来领导我们对抗野蛮人的这场光荣战争。”

一想到战争，史莱克作为潜猎者大脑深处的本能便被激起了。他舒展开双手，但他所知道的本该收藏在掌中的那些刀刃却没有弹出来。

零博士说：“我已经拿掉了你的指刃。”

“如果赤手空拳，我该如何战斗呢？”他问道。

“史莱克先生，”零博士对他说道，“如果我们只想要一个笨重的战斗型潜猎者，我自己就能造一个出来。我不缺尸体来复活。但你是一件古董，比我们能制造的任何东西都更加复杂。你并不只是一件东西，你是一个人。”她摸了摸他无害的手，“修复一个不仅仅是一名战士的潜猎者，这是一个很好的转变。”

一艘叫作“万物之哀”的飞艇前来将史莱克带往一个被称为“前线指挥所”的地方。他站在零博士身边，在观察船舱中，一路往西，飞过白雪皑皑的崇山峻岭，接着飞越大狩猎场东部的平原，这里现在已经是绿色风暴的领土了，草原上到处都能看到被摧毁的牵引城残骸正在慢慢生锈。

“这片土地是在战争的最初几周中被占领的，已经是将近十四年前的事情了。”零博士说，她仍然热衷于为她的病人补充知识，“最初，当我们的空中舰队飞出山区，向下横扫的时候，那些野蛮人完全被打了个措手不及。我们长驱向西，前头赶着那些被吓坏了的城市，一路粉碎任何胆敢返身战斗的牵引城。但慢慢地，那些城市开始组织在一起，来进行自我防御。有一个由一些讲德语的工业城所组成的联盟，叫作‘牵引城社会’的，挡住了我们向西的势头，并将我们逼回了锈水沼泽。另外又有一些讲斯拉夫语的牵引镇所组成的乌合之众，攻击了我们在勘察加[1]和阿尔泰山的定居地。

“从那时起便一直僵持至今。有时我们往西推进，并多摧毁了几座城市，有时他们往东推进，吞噬掉我们的几座堡垒或农场。”

底下的风景不断变化。近期的战斗带来了累累深坑，处处伤痕。一个个形如贝壳的庞大弹坑闪闪发光，好像是一面面缝在泥浆毯子中的镜子。从这个高度看去，敌人那些战斗郊镇所留下的巨大辙印，与绿色风暴的那些复杂的战壕和防御工事，看上去几乎一模一样。

“他们说，我们正在让世界再一次变成绿色。”零博士叹了口气，“但我们所做的一切，都只是将它变成泥潭……”

---

1. 位于俄罗斯远东的半岛，东邻白令海和北太平洋。

前线指挥所其实是一座被俘获的牵引城。这是一个小小的四层城市，一动不动地杵在锈水沼泽北部的一座小山的斜坡上。它的履带蜷曲着摆在周围的泥地上。城市的轮子和下面的几层被焚毁了，但在上头几层，有朦胧的灯火在逐渐变暗的暮色中闪烁。战舰在临时搭建的空港上来来往往，一群群飞鸟在残破的屋顶上空盘旋。史莱克对那些飞鸟能聪明地绕开众多飞艇而感到惊讶，但等到“万物之哀”号从其中一只的附近飞过，他才看清它们并不是活生生的飞鸟，而是潜猎者，它们的眼睛如他的双眼一样闪烁着诡异的绿光，它们的喙和爪子被刀刃所取代。在下方，泥地中推平出来的道路上，有更多的潜猎者在行进着，一些外形如人类，另一些则更笨重，形如螃蟹，长着许多条腿。

“绿色风暴有许多潜猎者。”他说道。

“绿色风暴需要这么多，因为有很多的战斗要打。”零博士回答道。

“万物之哀”号降落在市政厅围墙下方的一片停机坪上。一个人正在那里等待着他们，那是一个矮小、秃顶的老人，身穿毛绒衬里的长袍，沼泽以西隆隆回响的零星炮火声把他的身形衬得畏畏缩缩的。当他看见史莱克走下“万物之哀”号的跳板时，便咧嘴而笑。“史莱克亲！很高兴再次见到你站起来四处潜猎！还记得我吗？我是老特维克斯亲的助手之一。那时在可怜的老伦敦，我帮忙检查过你的。”

史莱克的大脑曾经能储存一万张单生人的脸貌图像，但现在能回忆起来的只有零博士和几个潜猎者车间里的技师。他仔细观察了这位老人的泛黄牙齿，以及位于浓密双眉之间的一个已被皱纹掩没的红色车轮文身，然后转向零博士，就像一个孩子望着自己的母亲似的以获得求证。

“这是波普乔伊博士。”她柔声告诉他，“复活军团的创始人，也是我们领袖的私人外科机械师。”接着，她对那位老人说，“恐怕史莱克先生对他的前度职业生涯没有留下多少记忆，波普乔伊博士。他大脑的那一部分损坏严重，我没法将它解锁。”

“真可惜。”波普乔伊心不在焉地说，“假如能聊聊关于过去时光的话题的话，可能会挺不错的。不过，说不定现在这样才最好。”他绕着潜猎者走了两圈，伸出手来拍了拍史莱克闪闪发光的新身体，又摆弄了几下从他的钢铁颅骨中延伸出来的电线。“太棒了！”他轻轻地笑了起来，“完成得非常合适，小甜甜！我自己也没法比这做得更好了！”

“我唯愿潜猎者方满意。”零博士温顺地说。

“我们所有人都是如此，小甜甜。现在过来吧，我们最好快点上去。她正等着我们。”

建筑物的长长回廊中点着一盏盏风灯。身穿制服的单生人们匆匆经过，或是大声呼喊下令，或是挥舞着一沓沓纸，或是对着战地电话响亮地说着什么。很多人把他们的头发染成了绿色，以象征他们对绿色风暴的忠诚。他们用简短的战时代码相互交谈，史莱克发现自己能够完美地理解这种代码，毫无疑问，这是零博士做的。他跟着她与波普乔伊走上宽阔的楼梯，心中暗自猜想她还对他做了其他的什么调整。

在楼梯的顶端是两扇遍布弹坑的铜门。“复活军团。”波普乔伊说，门口的哨兵啪地敬了个礼，“为领袖阁下递送而来。”

门打开了。门后的房间又大又暗。史莱克的新眼睛自动切换到了夜视模式，于是便看见另一头的墙壁用装甲板强化过。一条狭长的窗户，就好像面具上的狭窄眼缝，一直敞开着，朝西边眺望。站在窗边的那人并不完全是人类。

“阁下……”波普乔伊开口说道。

“等一等。”一个声音在黑暗中说道。这是一声不容置疑的低语。

波普乔伊等着。在一片寂静中，史莱克检测到了零博士牙齿打战和紧张心跳的微弱声响。

突然间，一个巨大的光脉冲从西方的沼泽中升起，房间中霎时溢满橙色的光芒，这光芒煌煌闪耀，刺眼欲盲，这是第一波爆发的炮火，凸显在无数单兵枪械的枪口闪焰与飘曳于空中的白色针尖点般的磷光弹背景之上。前线指挥所微微晃动，死寂的金属在史莱克脚下吱吱作响。又过了几秒钟后，声音传到了他这里，遥远的隆隆声和砰砰声，就好像正有人在远处某个房间里移动家具一样。

沐浴在她的这场战争的光辉下，潜猎者方从观察缝边转过身来，迎接她的客人。她穿着长长的灰色袍子，面孔是一张青铜铸就的女性死亡面具。她开口道："我们的火炮刚刚朝牵引城社会的先头城市发起了一次轰炸。我很快就要飞出去领导地面攻击。"

"这是又一场辉煌的胜利，我敢肯定，方。"波普乔伊的声音从史莱克脚跟边的某个地方响起。史莱克注意到波普乔伊和零博士两人都跪在了地上，脸贴着光滑的木地板。

"但不是最终的胜利。"潜猎者的声音恍如冬日的寒风拂过冰冻的芦苇丛，"我们需要更强大的武器，波普乔伊。"

"您会拥有它们的，阁下。"波普乔伊承诺道，"我一直都在寻找零零碎碎的可能有用的古代科技。与此同时，我们为您带来了一件小小的东西，以表示潜猎者军团对您的尊重。"

潜猎者方的杏仁形双眼中绿光一闪，聚焦到了史莱克身上。"你是潜猎者史莱克。"她边说，边轻盈地走近他，"我看过你的照片。他们告诉我你已经停止运作了。"

"他已经被完全修复了，阁下。"波普乔伊说道。

潜猎者在距史莱克只有几步之遥的地方停下来，细细地审视着他。"这是什么意思，波普乔伊？"她问道。

"是一件生日礼物，阁下！"波普乔伊直起腰，费劲地嗫嚅道，"是这位零博士梦想着为您奉上的一个小小惊喜。我肯定您还记得伊诺妮·零；那个王牌飞艇驾驶员，老零开的女儿。她是一位天才；已经是军团里最优秀的外科机械师了。（当然，除了您忠诚的在下之外。）嗯，伊诺妮有了这个想法，把老史莱克亲挖出来，并修好他，以此来纪念您被光荣复活的周年庆！”

潜猎者方盯着史莱克，什么也没有说。零博士颤抖得非常厉害，以至于史莱克能感觉到通过地板传来的震动。

“别告诉我你已经忘记了啊？”波普乔伊欢快地说道，“从我在盗贼之窟恢复你的生命的那一天算起，已经十七年了！你到了甜蜜的十七岁了，方。生日快乐！”

潜猎者方用她那冷漠的绿色眼睛望着史莱克：“我该拿他怎么办？”

零博士第一次抬起头来：“我认为——认为——您可以将他留、留在您的身边，阁下。”她说，“他会很好地服务于您。当您勤勉工作来为世界清除移动城市这种癌症时，史莱克先生就会不断看、看顾着您。”

“好、好、好啦。”波普乔伊模仿着她那种吓坏了的口吃语气，嘲笑地说，“他会不断看、看、看顾。一名像您自己一样强大的保镖，而且拥有同样高等的意识……”

“我不确定他是否和我一样强大。”潜猎者方说道。

“当然不了！”波普乔伊赶紧说，“阁下并不需要保镖，小甜甜！你在唠叨个什么劲啊？”他朝等候着的潜猎者憨笑了一声，“我只是觉得他也许会逗您一乐，方。”

潜猎者方将头歪在一侧，依旧打量着史莱克：“很好。这个作战单位令人印象深刻。把他安排成我的工作人员。”

走廊尽头一扇高大的门打开了。一名身穿制服的助手深鞠一躬并宣布道：“阁下，您的飞艇已经准备好，可以从前面离开了。”

潜猎者没有对波普乔伊再置一词，转身走开了。

“太棒了！”当她离开之后，波普乔伊说道。他站起身来，打开了一盏氩气灯，然后在零博士起来时拍了拍她的屁股，她不禁涨红了脸。“干得好，小甜甜。火之花很高兴。人们说你是猜不透她在想什么的，不过我可是将她组装起来的那个人，你得记住这一点。我对那张面具后面在想什么可是相当有把握的。”他一边用一块手帕擦拭秃头上的汗水，一边瞄着史莱克，“那么，史莱克亲觉得我们这位耀眼的领袖怎么样？”

“她很强。”史莱克说。

波普乔伊点了点头：“她就是那样的。是我最伟大的成就。她体内有一些令人惊讶的机械结构，有比你的更加古老的潜猎者大脑。那些古代科技的物件奇怪到了就连我都没法确定它是如何工作的地步。我再没能造出另一个与她类似的潜猎者。不过也许一个就已经足够了，对吗，史莱克亲？”

史莱克转向窗口，看向远方的那场战斗。一层层辉光射入天空，就好像来自大地中的某条幽深裂缝一般。夜空中布满飞艇。他觉得为这个潜猎者方服务会是件好事：服从某个与他一样强大的人，而无须从柔弱的、能被轻易挤扁的单生人那里接受命令，这是好事。他会忠诚于她，而且也许，在一段时间之后，这份忠诚可能会填满他心灵中的空虚，并让他摆脱反复出现的那种他失去了某件珍贵之物的感觉。

那张脸，那张伤痕累累的脸。

它像一只飞蛾一般在他的脑中拍打翅膀，然后便消失了。

7 她离家出走了

夜幕降临，一弯指甲似的月亮从死亡丘陵上的迷雾中升起。芮恩穿戴整齐，躺在她位于天狼星路家中的床上，倾听她父母的低沉说话声从他们的卧室里透过墙壁隐约飘来。没过多久那些声音就隐入寂静之中。睡着了。她又等了一会儿，仅仅是为了确定无疑。有时候他们的沉闷生活让她真想要大声尖叫。睡着了，在这个时刻，在这么一个可爱的，月色皎洁的晚上！不过这倒合乎她的计划。她穿上靴子，轻轻地走出她的房间，下了楼梯，安克雷奇的《锡之书》沉沉地放在她肩头的包里。

将它偷出来是这么的容易，感觉根本就不是在偷东西。这不是偷，芮恩不断地向自己保证这一点：弗蕾娅小姐并不需要《锡之书》，而在安克雷奇也不会有其他人关心它去了哪里。这根本就不能算偷。

但即便如此，在将自己花了整个晚上写好的纸条留在面包箱边，然后蹑手蹑脚地溜到外面被星光染成银色的街道上时，她还是忍不住为自己在桃花源里的生活就此终结而感到悲哀。

离开舒寇叶后，她笔直跑下山，朝着冬宫跑去。弗蕾娅小姐仍在花园里，与斯卡比俄斯夫人聊着那些孩子将会在月亮节上表演的戏剧。芮恩去了图书馆，取下弗蕾娅小姐早先给她看过的那个旧木匣。她取出《锡之书》，再次锁上匣子，将它安全地放回架子上原先所在的地方。透过打开的窗户她能听到弗蕾娅小姐正在说："请你，温窦莲，叫我弗蕾娅就好，我们彼此相识得已经够久了……"

芮恩溜出图书馆，出了冬宫，然后匆匆忙忙赶回家，将《锡之书》妥帖地捂在她的外套下面，尽量不去思考自己像个贼一样。

月亮仿佛一片被风吹起的羽毛，挂在冬宫的尖顶之上。弗蕾娅·拉斯穆森的窗口里亮着一盏灯，当芮恩匆匆经过时，她想，再见，弗蕾娅小姐，接着便感觉好像会哭出来一样。

之前在家里的时候更糟。整个晚上她都被即将离开爸爸的念头弄得快要流下眼泪来，她甚至开始觉得自己将会想念妈妈。不过那个念头只出现了一小会儿。总有一天她会回来，而且是以迷失小子的公主的身份，一切都会变好的。她在上床之前给了爸爸一个特别的拥抱。这令他吃了一惊。他大概以为她只是在为最近与妈妈的争吵而感到沮丧吧。

她走进引擎区，快步朝城市的边缘走去。她才刚刚离开城市上层的阴影，正沿着两个废弃仓库之间的一条宽阔街道前行时，泰摩挡住了她的去路。

芮恩把她的包包搂紧了一些，想要从他身边溜过去，但是他移动脚步，再次挡住了她的路。他的双眼在垂如牢笼的头发之下闪闪发亮。

“你想要做什么？”芮恩问，她尽力让自己听起来凶巴巴的，而不是听起来像在害怕。

“你不能走。”泰摩说。

“为什么不？我想走就能走。不管怎么说，我不明白你在说什么。”

“舒寇叶。我昨晚看到了。当我到达山顶后回头观望，我看见你从那艘贝壳船里走出来。他要你帮助他了吗？你同意了吗？”

芮恩没有回答。

“芮恩，你不可以相信舒寇叶。”泰摩对她说，“我和他一起工作的时候，他还只是一个男孩，然而即使在那个时候，他便已经十分狡诈。他知道如何去利用别人，如何隐藏他真正的想法。不管他让你帮他做什么，都不要去做。”

“那么你会怎样阻止我呢？”芮恩问。

“我会告诉汤姆和赫丝塔。”

“为什么不也告诉弗蕾娅小姐呢，趁你要说的时候？”芮恩嘲弄道，“我很确定她会想要知道的。可是你不会那么做，对吗？如果你要告诉妈妈和爸爸的话，你一看见我从‘奥托里库斯’号里出来的时候就会那么做了。你不会背叛你自己的人。”

“你根本不懂——”泰摩开口道，但就在他忙于寻找合适词汇的当口，她从他身边一冲而过，迅速远离。她奔跑的脚步声叮叮咚咚地从街道尽头的金属楼梯上一路而下，之后随着她跳下最后一阶楼梯踩到地上而再次回复了宁静。包包撞上了她的身体侧边，她的心脏怦怦直跳。她回过头来察看泰摩是否在追她，但他只站在那里，望着她离开，一动也不动。她挥了挥手，然后转身朝山上跑去。

那天晚上赫丝塔很快就睡着了，但当汤姆开始迷迷糊糊的时候，有什么事情隐约惊扰到了他。只是之后他才意识到那是临街面的门关上的声音。

他躺在黑暗中，听着自己的心跳声。有时他觉得心脏颤颤巍巍的，有时会有疼痛，或者不完全是疼痛，而是感觉到体内多年前被彭尼罗的子弹射入的地方有什么东西不对劲。劳作总是让它变得更糟。今天早上他真不该砍那些木柴的。但是柴火总得要砍好，如果他没有砍的话，他就不得不向赫丝塔解释他心脏附近的疼痛，那样她就会担心，并让他去咨询安克雷奇的医生温窦莲 · 斯卡比俄斯，而温窦莲就会想要给他做个检查，他害怕她也许会发现什么。最好不要去想这些。最好只要感谢诸神给了他这些年与赫丝塔还有芮恩共度的美好时光，等事情真的发生时再去为未来担忧。

但他的未来已经在向他跑来，沿着拉斯穆森大道，穿过极地商场，来到天狼星路；它穿过院子大门，疾跑上台阶；它重重地拍打着他的屋子前门。

“伟大的魁科啊！”汤姆说道，他吓了一跳，坐起身来。在他身边，赫丝塔呻吟着，翻了个身，慢慢地清醒过来。汤姆掀开被子，穿着睡衣跑下楼。透过前门上的玻璃面板，能看到一个模糊的身影像幽灵一样浮现出来，并用拳头捶打着木板。有一个声音喊着汤姆的名字。

“是泰摩吗？”汤姆说，“门没锁。”

这不是泰摩第一次用坏消息吵醒汤姆了。以前有一回，安克雷奇还在冰上行驶的时候，那次赫丝塔独自登上“鬼面鱼”号飞走，泰摩就从黑夜中出现，向汤姆警告发生了什么事。那时候他还只是一个小男孩。如今，他披着一头长发，蓄着胡子，眼睛瞪得又大又狂野，看上去就像是某个疯狂的预言家。他冲进大厅，撞翻了帽架，还把汤姆的古代移动电话外壳收藏品扫到了地板上。

“泰摩，冷静下来！”汤姆说，“发生什么事了？”

“芮恩。”前迷失小子说，“是芮恩……”

“芮恩在她的房间里。”汤姆说道。但是他突然感到一阵不安，他回想起了芮恩向他道晚安时那种奇怪的拥抱方式，以及她脸上划破的痕迹，虽然据她说那只是因为她走进了一丛荆棘。他已经感觉到有些不对劲了。“芮恩？”他朝楼上喊道。

“她走了！”泰摩叫道。

“走了？去哪儿了？”

赫丝塔下楼刚走到一半，还在披上她的衬衣。她立刻往回跑了上去，汤姆听到她踢开了芮恩的卧室门。“诸神在上！”她大声喊了起来，然后重新出现在楼梯顶端，“汤姆，他说得对。她带走了她的包还有大衣……”

汤姆说：“我想她是和提尔迪一起出去玩午夜探险了。这里是桃花源。能有什么会伤害到她呢？”

“迷失小子。”泰摩说。他来回踱着步，双手深深地插在他肮脏的旧外套口袋里。他身上散发出来的野生动物的气味充斥着整个客厅：“你还记得舒寇叶吗？他留了张便条，想让我帮助他，偷某个东西。不知道是什么。芮恩一定是跟着我，于是被抓住了。他在利用她。她到他那儿去了。”

赫丝塔走进了厨房，回来时拿着一方纸片。

“汤姆，看……”

这是他们的女儿留下的一张便条。

最亲爱的爸爸和妈妈：

我已经决定要离开桃花源。有些迷失小子来了这儿。别担心，他们没有恶意。他们要带我一起走。我会见识到筏城，还有大狩猎场，还有整个广阔世界，并进行冒险，就像你们当年那样。我很抱歉不能对你们说再见，那样你们只会试图阻止我离开。我会好好照顾我自己，并很快回家的，到时带回各种各样的故事来对你们讲。

爱你们的芮恩×××××

赫丝塔跪到地上，扒开大厅里的地毯。地毯下面是一个保险箱，是以前住在这里的那个商人用来收藏贵重物品的。现在里面只装着几个纸盒的子弹，以及一把枪。赫丝塔拿出枪，把绑在外面的油布解开。

“他们在哪里，泰摩？”她问道。

“小赫——”汤姆说。

“我应该更早就告诉你的。”泰摩喃喃自语地说，“可那是舒寇叶。舒寇叶。他救过我一命……”

“在哪里？”

“北岸的一个小水湾。那里的树林几乎延伸到了水边。求你了，我不想任何人受伤。”

“之前就应该想到的。”赫丝塔边说边检查枪的功能。大部分她以前从阿尔汉格尔斯克猎手团那里夺来的枪，都在城市还在海上的时候就被她从城市艉部扔了出去，不过她将这一支留了下来，以防万一。它并不像其他枪那样漂亮，枪把上没有咆哮的狼头，枪管上也没有银色的雕镂。它只是一支沉重的、黑色的点三八口径幸灾乐祸型手枪——一支丑陋的、可靠的杀人工具。她将子弹装进其六个弹舱之中，将弹舱啪地合上，然后把枪插进腰带，推开汤姆朝门口走去，顺手从衣帽架上一把抓下她的外套。“叫醒其他人。”她对他说，然后便出门走进了黑夜之中。

从岛屿顶端，芮恩能看见“奥托里库斯”号像一只沙蟹那样蹲在她第一次见到舒寇叶的那个小水湾里。从贝壳船打开的舱门中透出蓝色的光芒，粼粼地映在水面上。她动身沿着陡峭的羊肠小径朝它走下去，在松软的泥土上跌跌滑滑，在凸出的树根上磕磕绊绊，她穿过树林和金雀花丛，朝那个仿佛蜘蛛又好像螃蟹的黑影轮廓跑去，大口吸进的冷风在喉咙后部散发出隐隐森寒。

舒寇叶正站在浅水处，那条通向打开的舱门的斜坡底部。印羽与他在一起，当芮恩走近时，她看到俞饼也走下斜坡加入他们的行列。“准备好离开了吗？”她听到舒寇叶问。

“只需按个按钮就能走。”那男孩回答。

贝壳船的引擎保持着空转，一缕薄薄的废气从它背后的可密封排风管口飘散而出。一只闪闪发光的摄像蟹急急忙忙地沿着贝壳船的一条腿爬上去，回到位于船壳上的端口中。其他摄像蟹纷纷沿着沙滩迅速爬了回来，它们看起来真太像蜘蛛了，以至于芮恩差点儿想逃走。但她对自己说，假如她想和迷失小子一起旅行，她就得习惯它们，于是她就逼着自己冷静地从它们之间穿过，走下了石滩。

“是我。”当舒寇叶朝她脚步声的方向转过身来，她轻声地呼唤道，“我拿到了《锡之书》。”

坐落在桃花源中的安克雷奇醒了过来，愤慨而又警惕。赫丝塔沿着小路爬到树林里时，她能听到一扇扇门在她身后的城市里砰然关上，人们大声喊叫着，他们已经准备好了各尽其力去对抗迷失小子。等她走到岛屿顶端附近，一些年纪较轻的人几乎都快赶上她了，不过她还是将他们甩在后面很远——他们沿着曲曲折折的小径行走，而她却是直冲而下，一路冲过灌木丛，滑下山麓，带起一大片弹跳的石砾。她感到很兴奋，为芮恩终于需要她了而感到快乐。她的父亲无法从迷失小子手里把她救出。桃花源里也没有其他人能做到。只有赫丝塔有力量对付他们，当她杀死了他们所有人之后，芮恩就会清醒过来，意识到她自己曾处于什么样的危险之中，然后她就会心怀感激，她和赫丝塔就会再一次成为朋友。

赫丝塔滑进小山底部的一丛荆棘之中，回头望去。没有其他人的踪迹。她从腰带中拔出枪，朝那个小水湾走去。

“在这儿。”芮恩说着，把那个沉重的包从她肩头拿了下来，将它递给舒寇叶，“它在里面。还有我的东西。”

印羽说：“最好告诉她，小舒。是时候离开了。”

舒寇叶抽出《锡之书》，并开始翻阅，同时无视她们两人。

“我要和你一起走，还记得吗？”芮恩说，她开始渐渐感到不安，因为这可不是她所期待的欢迎方式，“我要和你一起走。这是交易。”

她能听出自己的声音里潜藏着一种孩子气的抱怨意味，她知道自己看上去并不是勇敢、成熟、富有冒险精神的样子，可那些正是她想要舒寇叶从她身上看到的。她突然想起来，她对他来说什么都不是；仅仅是一种得到《锡之书》的方法而已。

“就这样了。”舒寇叶自言自语地说。他把芮恩的包包扔回给她，然后将《锡之书》交给俞饼，俞饼立刻将它塞进挂在身边的一个小皮包里。

“我要和你一起走。”芮恩提醒舒寇叶道，“我要和你一起走，不是吗？”

舒寇叶朝她走近几步。当他开口说话时，声音里多了一分嘲弄的语气：“事情其实是这样的，芮恩，我一直在考虑这件事，毕竟，我们的地方不够大。”

芮恩飞快地眨着眼睛，想要阻止眼泪流下来。她把她的包包甩在石滩上，大声喊道：“你答应过你会带上我一起的！”她能看到印羽望着她，小声地对小俞饼嘀咕着什么，逗得他也忍俊不禁。他们一定是觉得她有多么愚蠢啊！

“我想要见识各种东西！”她大喊道，“我想要做各种事情！我不想留在这里，嫁给内特 · 雪纹，然后当一名学校老师，慢慢变老，死去！”

舒寇叶似乎被她发出的噪音激怒了。“芮恩。”他沉声呵斥道，而就在同一瞬间，仿佛传来了愤怒的回音，另一个声音从黑暗中响起，喊道：“芮恩！”

“妈妈！”芮恩倒抽了一口冷气。

“该死！”印羽喃喃地说。

舒寇叶什么话都没有说，只是从他的皮带上拔出气手枪，向沙滩射击。在枪口发出的蓝色闪光中，芮恩看见她的母亲正大步穿过石滩。子弹呼啸着飞过她身边，她却毫不畏缩。她将自己的枪僵直地举在面前。乓，它响了起来，乓，乓，乓；沉闷而平淡的声音，就好像书本被啪地合上。第一颗子弹当的一声在“奥托里库斯”号上弹开；接下来的两颗嗖嗖地飞过湖面；第四颗击中了舒寇叶两眼之间。某种黏稠潮湿的东西泼了芮恩一脸一身。

“舒寇叶！”俞饼尖叫了起来。

舒寇叶跪了下来，然后向前摔倒，屁股朝天，脸浸在哗哗的水波中。

俞饼跌跌撞撞地蹚过浅水朝他跑去，印羽正拔出她自己的枪，俞饼挡到了她。“俞饼，上船！”她尖叫道，“回格里姆斯比！”赫丝塔的两颗子弹随即射穿了她，将她轰得向后倒去，沉入湖中。

“舒寇叶！”俞饼号啕大哭。

赫丝塔重新装填她的手枪，空弹壳在她脚边的石滩上四处弹跳。她喊道："芮恩，到这儿来！"芮恩虽然吓得浑身发抖，但还是欢喜地跌跌撞撞朝她走去，可是突然间，俞饼的手臂便绕在了她的腰上，将她向后拖去。舒寇叶的手枪枪口直顶着她的下巴。

"放下枪！"俞饼大喊，"否则我就，我就杀了她，我就杀了她！"

"妈咪！"芮恩细声叫道。她没法顺畅地呼吸。突然间她便明白，她已经得到了她所想要的全部冒险。现在她只渴望着能安全地回家："妈妈！救命啊！"

赫丝塔慢慢地向前移动。她举着枪，但却不敢扣动扳机，他们都知道这一点；会有太多误中芮恩的危险。

"让她走！"她下令。

"什么，这样你就能朝我开枪了吗？"俞饼抽抽噎噎地说。他扭着芮恩，以保持她的身体挡在他与她的母亲之间，他开始将她一起拖上登船的斜坡。他的枪还是顶在她颌下，将她的头推得高高抬起。她能感觉到他在颤抖，尽管她能轻易地制服他，她却不敢去尝试，害怕万一枪走火。他拉着她钻进舱口，进入贝壳船中，然后胳膊肘砸在收起斜坡的按钮上。赫丝塔朝着液压装置开枪，但是射偏了，跳弹呼啸着穿过湖面。"妈咪！"芮恩再次大喊，就在舱门关上的一刹那，她短暂地瞥见母亲正喊着什么作为回应。随后俞饼推着她走过一道门，进入了一个堆满乱糟糟一片电子设备的控制舱里。随着他开始用一只手操纵各种开关，芮恩感到贝壳船颤抖起来，而他的另一只手仍然用枪指着她的脑袋。“求求你。”她说道。船舱开始晃动。芮恩看到沙滩后面的山坡上亮起了灯光。“救命！”她大喊。波浪拍打在船舱的舷窗上，有那么短短的片刻，她瞥见了月亮，透过不断上涌的湖水，月亮颤动不停，形如虚幻。然后它消失了，引擎的音调随之变化，于是她想，我们已经下潜了，现在我永远也回不了家了！随后胃里一阵翻腾，她便昏了过去。

赫丝塔跑下沙滩，朝着贝壳船开枪，直到其黑色的船体消失在一片沸腾的白色水花之中。然后就再没有别的可做，只有一声又一声地呼喊着芮恩的名字，直到声音沙哑，却毫无用处，“奥托里库斯”号的尾波拍打冲刷着湖岸，最终消退成一片沉寂，于是她孤独的叫喊声便成了唯一剩下的声音。

不，并不是一片沉寂。慢慢地，赫丝塔开始觉察到其他的声音：狗的吠叫，人的呼喊。提灯和电筒在山坡上闪烁。鱼鸭先生冲过金雀花丛跑了过来，手里挥舞着一支有他人两倍那么高的古董猎枪，高声叫道：“他们在哪里，那些水下的恶魔？让我来对付他们！”

更多的人跟在他身后。赫丝塔上前迎接他们，一边耸肩将向她伸来的一只只手和一个个问题甩到一旁。

“你没事吧，纳茨沃西夫人？”

“我们听到了枪声！”

“是迷失小子吗？”

那两具尸体在浅水中轻轻晃动，波浪在他们身边鼓荡，将几缕长长的红色牵扯进湖中。泰摩跪在其中一具尸体的边上，用一种柔和而困惑的声音叫道：“舒寇叶。”空气中飘荡着硝烟与引擎废气的难闻味道。

汤姆跑了过来，傻乎乎地四处张望，却只看到他女儿的旅行包被遗弃在石滩上。“芮恩在哪里？”他问，“赫丝塔，发生了什么事？”

赫丝塔转过身去，没有回答。最后，是弗蕾娅·拉斯穆森走到他身边，将他的手握在她的掌心中，说道：“哦，汤姆，他们已经走了，而我想芮恩和他们在一起；我想他们已经带走了芮恩。”

8 被绑架了

“爹地,妈咪的脸好有趣哦。”

“我知道。”

“可是它为什么这么有趣呀?”

“因为在她还是个小女孩的时候,一个坏人把她割破了。”

“那疼吗?”

“我想是的。我想那非常疼,还疼了很久。不过现在都好了。”

“那个坏男人还会回来吗?”

“不,芮恩,他死了。他已经死了很久了。在桃花源的安克雷奇是没有坏人的。所以我们才住在这里。我们在这里很安全;没人认识我们,也没人会试图伤害我们,更没有饥饿的城市会来吞吃我们。这里只有我们,十分安全;妈咪,还有爹地,还有芮恩。”

童年的对话在芮恩记忆中轻声回响，随后她慢慢地恢复了知觉。她正躺在一个小船舱的地板上，舱里有一个金属的洗脸池和一个金属的抽水马桶。马桶里有一股化学品的气味。一个朦胧的蓝色灯泡在天花板上的栅笼中亮着。墙壁在微微震动。她能听到“奥托里库斯”号的马达突突转动的声音，还有另一个声音，似是吱吱作响，又似是窃窃私语，她猜那是水紧紧压迫船壳的声音。

好吧，现在坏人来到了桃花源里的安克雷奇了，她想，而且他们带着他们想要的东西逃走了，而我却帮助了他们。唯一遗留的问题是，他们会拿我怎么办？

爸爸曾经有一次被迷失小子带走，然而他平安无事地幸存了下来，并且回到安克雷奇娶了妈妈。所以这一定意味着芮恩也是有希望的，不是吗？但一想到爸爸就让她想起了妈妈，也让她想起了妈妈所做的事，于是那段回忆便令她心中填满了瘆人的恐惧。在脑海中，她能听到子弹击中舒寇叶时的血肉破裂和飞溅之声，就好像是永远也不会减弱的回声。

她不确定自己在这里躺了多久，她颤抖着，呜咽着，因为太过震惊和痛苦而没法挪动身体。最后，坚硬的地板变得很不舒服，于是她不得不站了起来。控制住，芮恩，她生气地对自己说。

沾在她衣服上的东西干了，呈现出棕色、松脆的样子，好像是打翻了的炖牛肉。她从那个金属洗手池里接了些水，试着将它擦洗掉，然后尽她可能地洗了洗脸和头发。

过了很久，一把钥匙在锁眼里咯吱转动，门被打开了。俞饼走了进来，望着她。那把枪仍旧在他手中。他的脸在蓝色的光下显得生硬而苍白，仿佛他是用象牙雕刻出来的一样。

“我很抱歉。”她说道。

“闭嘴。”俞饼说。他的声音听起来也很生硬，“我应该杀了你。”

“我？”芮恩扭来扭去，想要钻进甲板里，“可是我没有做任何事啊！我给你们带来了《锡之书》，就像舒寇叶要求的那样……”

“可你那个女巫母亲杀了他！”俞饼大喊道。他大声抽泣，身体颤抖，手里的枪也随之抖动不已。芮恩猜想他是否会朝她开枪，但他并没有那么做。她既对他感到害怕，又对他感到生气，还觉得有一点儿得为他负责，这些情绪都同时冒了出来。

“我非常抱歉。”她说，“还有对印羽也是。”

俞饼大声地抽着鼻子。“小羽是舒寇叶的女人。”他说，“大家都说他爱上了她。他根本不会真的带你和他一起走的。我听到他和小羽谈起你，说你有多么傻……”他又开始哭了起来。“没有了舒寇叶，迷失小子该怎么办？”他问道，“对他来说这不错，他和小羽一起进入了幽冥之国。可我们剩下的人呢？可我呢？”

他再次望向芮恩。在这犹如地府的灯光下，他的双眼墨黑，如同两个通往虚空的孔洞：“我应该杀了你，这样你的妈妈就会懂得某个你爱的人被带走是什么感觉。但那样做就会让我变得和她一样坏，不是吗？”

他退了回去，砰地关上门，钥匙在锁眼中旋转。

“我要去追她。”汤姆说。

每个人都礼貌地无视了他。他们觉得去追赶芮恩是件不可能的事，不过他们都很客气，没有说出口来。他们认为所发生的事情带来的冲击让他开始胡言乱语。而他的确是被震惊了；当他们第一次告诉他芮恩离开了的时候，他相当麻木。他在沙滩上到处乱跑，对着波涛喊她的名字，就好像带走了她的迷失小子可能会听见他的喊声，并变得心软。直到他的心脏在体内仿佛扭曲起来，跳动得如此痛苦，以至于他觉得自己就要死在这片石滩上，死在这个时刻，再也不能见到芮恩了。

但他没有死。一些善良的人把他带上了一条小船，划回了安克雷奇，现在他与赫丝塔和弗蕾娅还有和十几个其他的桃花源居民们一起坐在冬宫内的某个小房间里。

“这是我的错，你瞧，”他解释道，“今天早上她就问起过迷失小子。我应该猜到是发生了某些事情。”

“不是你的错，汤姆。”鱼鸭说，他瞪向沉默而忧郁地坐在丈夫身边的赫丝塔，“假如某些人没有冲在我们其余人前面并开枪的话……”

另外几个桃花源人低声赞同着他的话。他们一向尊重赫丝塔，因为她从阿尔汉格尔斯克的猎手团手中救下了他们，但他们从来没有喜欢过她。他们全都记得她杀死朴特·马思嘉的方式；即使当时已经不再需要杀人，她还是杀了他，而且在他死后仍旧对他的身体砍了又砍，砍了很久。难怪诸神会对一个可以做出这种事来的女人降下厄运。令人惭愧的是他们等了十六年才将它降下，而且还降到了她那个好心的丈夫和可爱的女儿头上。

赫丝塔明白他们在想什么。“我只是在自我防卫。”她说，“我是在保护我们所有人。我曾经向弗蕾娅保证过我会照看这个垃圾场，使它免受伤害，而这正是我所做的。你们想要责怪谁的话，就责怪他好了。”

她指着泰摩。他正别扭地坐在一个远远的角落里。但似乎没人认为泰摩做的有什么不好的。他以前的朋友来向他求助，而他已经拒绝了。你不能指望他背叛他们。他们是他的自己人。

“不管怎么说，迷失小子究竟是为了什么才到这里来的？”阿丘克先生问。

“还有迷失小妹。”鱼鸭说，他仍然怒视着赫丝塔，“那些被她射死的孩子当中有个姑娘。”

“但到底是什么在这么多年之后又把他们带回了安克雷奇？”

每个人都转过头去看着泰摩。他耸了耸肩：“不知道。没问过。我当时想，我知道得越少越好。”

“哦，诸神在上！”弗蕾娅突然开口说道。她跑出了房间。等她回来的时候，手里拿着一只空匣子，里面曾经一度装着安克雷奇的《锡之书》。“芮恩来问起过它，”她说，“它就是迷失小子到这里来找的东西。”

“为什么？”汤姆问，“它完全没有什么价值，对吗？”

弗蕾娅耸耸肩：“我不这么认为。不过事实就是，它不见了。他们一定是要芮恩帮他们拿到这本书，然后……”

“那个愚蠢的小——”赫丝塔开口说道。

“安静，小赫。”汤姆厉声喝道。他想起了芮恩小的时候，想起了当时她是有多么害怕打雷或是噩梦，那时他会紧紧抱着她，直到她恢复平静。他无法忍受想到她被困在那艘贝壳船上，既孤独又害怕，更没有人去安慰她。“我要去追她。”他又说了一遍。

“那么我也一起去。”赫丝塔握着他的手，赞成道。他们以前曾经分开过一次，当时赫丝塔是关在盗贼之窟里的一名囚犯，那时候他们曾发誓他们将永不分离。她说：“我们要一起去。”

“可怎么去呢？”弗蕾娅问。

“我会帮忙。”

泰摩站了起来。他背对着墙，在房间里绕着圈走，灯光在他的眼睛中闪烁。“这是我的错。”他说，“我以为要是我不帮助他们，他们就会离开。我没想到他们会找上芮恩。我已经忘了舒寇叶有……曾经有多么聪明。”他的一只手放在自己的喉咙上，摸着大叔试图绞死他时绳索在那儿留下的红色闪亮伤疤。他说：“我记得芮恩的出生。她很小的时候我就和她一起玩。我会帮忙的。‘钻孔虫’号会带你们一路前往格里姆斯比，如果需要的话。”

“你的那艘旧贝壳船？”赫丝塔听起来很生气，就好像她觉得泰摩是在嘲弄他们。

“我以为‘钻孔虫’号好多年前就坏掉了。”汤姆说，“那年夏天，你和斯卡比俄斯先生挖掘了港口水道……”

“我已经把它修好了。”泰摩说，“你以为我在引擎区花时间干了些什么？从我的肚脐眼里拔毛毛吗？我一直在修理‘钻孔虫’号。好吧，是修理‘钻孔虫’号并且从我的肚脐眼里拔毛毛。它并不完美，但它能够出航。当然，没有燃料……”

“我估计在旧的空港燃料槽里还剩下一丁点儿。”阿丘克先生说，“而且我们可以在水电站给它的蓄电池充电。”

“那么只要几天时间它就能准备就绪。”泰摩说，“或许是一个星期。”

“那时候芮恩已经在千里之外了！”赫丝塔说。

“没关系。”汤姆坚定地说。通常赫丝塔才是那个态度坚定的人，而汤姆只是照着她说的做，不过这次他对此完全确定。他必须把芮恩找回来。如果失去了芮恩，继续活下去还有什么意义呢？他牵起赫丝塔的手，想必她也有同样的感觉。“我们会找到她的。”他承诺道，“我们过去曾经面对过比迷失小子糟糕得多的事情。即使我们得一路走着前往格里姆斯比，我们还是会找到她。”

9 信息

“奥托里库斯”号沿着死亡大陆的蜿蜒河道向东南行驶。俞饼认识回到大海的路，因为他在从格里姆斯比来的路上曾经帮舒寇叶绘制过这些水道的地图。要沿着“奥托里库斯”号穿过死亡丘陵来到桃花源的路线回溯过去可太简单了，只是一路上俞饼一直在想着，上次我们经过这个湖的时候舒寇叶还在这里，或者，上一次我们越过这条沙堤的时候小羽说了那个笑话……

他必须得做一些事情。但他能做什么呢？他曾经爱过小舒，他现在仍然爱着小舒，但小舒已经走了，哭泣不会把他带回来。他能做什么呢？他必须得做一些事情……

以前总是会有人来告诉他该做什么。他从来没有独自行动过，也没有制订过自己的计划，除了那一次，在桃花源里，那个被恐慌所驱动的时刻，他抓起了那支枪指着芮恩，以阻止芮恩的妈妈向他开枪，而即使是那一次，也没有达到他想要的目的，因为结果他把芮恩变成了俘虏，可他却不知道该拿她怎么办。

在桃花源那场战斗之后的第三天晚上，他停下了贝壳船的引擎，爬上了船顶。美洲大陆的死亡丘陵阴沉沉地耸立在星光闪烁的夜空下。显然，死亡女神与所有掌管战争和复仇的神祇都眷顾着这片土地，俞饼放开嗓门，好让他们都听见他的呐喊："我会为你报仇，舒寇叶！我会为你报仇，小印！总有一天我会再次找到赫丝塔·纳茨沃西，当我找到她的时候，我向你们保证我会杀了她。"

次日，贝壳船抵达了海岸，悄悄地爬过一长片阴沉沉的盐碱地，如松了口气般地滑进灰色的大海之中。安全地潜入深水下，俞饼设置好回家的航线，然后到船尾去看看他的俘虏。芮恩蜷缩在马桶边的地板上。望着她脆弱、熟睡的脸，俞饼真希望自己从没有抓过她，因为她很漂亮，而且这一切都不是她的错。但现在让她走已经为时太晚了。

他用脚捅捅她。"我们现在到海里了。"等她醒来后他说道，"你不用再待在那儿。我们头顶上有五十英寻[1]深的冰冷海水，所以你别想着要逃走。"

"到海里了？"芮恩知道大海离桃花源里的安克雷奇有好远的一

1. 1英寻等于6英尺，约1.83米。

段路。她咬着嘴唇，不让自己哭出来。

“我会把你带到格里姆斯比去。”俞饼说，“大叔或某个年纪较大的小子会知道该拿你怎么办。你可以自己清洗一下，如果你想的话。您可以从印羽的更衣柜里拿一些她的旧衣服。”

“谢谢你。”芮恩低声说道。

“我不是为了你做这些的。”俞饼厉声说道，以向她表明他并不心慈手软，“是因为这臭味，明白吗？我不能一路呼吸着你的臭气到格里姆斯比去。”

芮恩走到船尾。一连四天她除了那个带马桶的小隔间内部就什么也没见过，所以在此之后，连“奥托里库斯”号里的狭窄过道也显得十分宽敞。印羽的更衣柜上装饰着从偷来的杂志上剪下来的照片：各种发型和衣装。有一些照片上是印羽和舒寇叶在开怀大笑，他们的手臂相互搂着对方。更衣柜里有一个化妆袋，一只泰迪熊，还有一本关于释梦的书。芮恩拿了几件衣服，把它们换上，然后走过去凝视着洗手池上方镜子里她的倒影。那其实并不真的是一面镜子，只是一片磨光的金属，用螺栓铆在墙上。她看上去已经变得老了一些，身形也更加单薄，裹在印羽那不显线条的黑色衣服中。迷失小妹芮恩。当她把自己的臭衣服塞在贝壳船船员用来装赃物的某个袋子里，并扎紧袋口之后，除了靴子之外，身上就再没剩下什么来自桃花源的东西了。

芮恩坐在船舱里，听着俞饼在舰桥上发出的响动。她的胃咕噜噜地响了起来，但那个迷失小子并没有给她任何食物，她也不敢问他要。这真是有点尴尬，被一个比她年轻得多的人当成囚犯关押起来，但俞饼的情绪正处于一种脆弱的平衡之中，芮恩害怕要是自己惹烦他的话，他可能就会杀了她。所以最好还是保持安静。她从洗手池的龙头里喝了些味道糟糕的水，然后思考起如何逃生。一个个大胆的计划在她的脑海中浮现，但没过几秒就像肥皂泡一样破裂。就算她用什么办法制服了那个抓住她的小孩，她也没可能驾驶贝壳船回到桃花源。她被困在了这里，而这都是她自己的错。她之前真是蠢得令人难以置信，蠢得实在太过危险；如今她明白了这一点，这令她感到羞愧，因为她一直以为自己还挺聪明的。弗蕾娅小姐难道不是一直都说芮恩比桃花源里的任何其他年轻人都更有脑子吗?

“好吧，芮恩。”她一边说着，一边搂紧自己以感觉舒服些，“如果你想要活下去，并且找到回到妈妈和爸爸身边去的办法，你就得开始利用他们。”

“奥托里库斯”号离岸一百英里的时候，信号传了过来。俞饼一开始以为那一定是一条来自另一艘贝壳船的信息，尽管他并不知道还有任何其他贝壳船正在大洋的这一侧开展行动。但随后他留意到了一些奇怪的事——这个信号在贝壳船之间的通信频率上广播，同时也在贝壳船用来从无线摄像蟹那里接收图像的波长上广播。

他拨动一些开关，工作站上方的一排圆形屏幕慢慢地亮了起来。

芮恩蜷缩在船舱的地板上，听到声音传来。她蹑手蹑脚地来到控制舱的门口，偷偷往里张望。俞饼正盯着屏幕。所有的六个屏幕上都显示着相同的奇怪图像：一座城市，从上面俯视的图像，它在平静的海面上巡游。从这个像素颗粒粗糙，叠影重重的屏幕上，很难说清这座城市的规模有多大，但它看起来很赏心悦目，有许多华丽的白色穹隆和圆顶，还有大量修长的三角形旗帜迎风飘动。

“那是什么？”芮恩问。

俞饼朝四周环顾了一眼，不过就算他发现她站在那儿而感到惊讶，他也并没有表现出来。他再次转过去面对一个个屏幕。“不知道。”他说，“我从来没有见过像这样的东西。它在不断重复。瞧。”

图像变了。一个相貌和善的男人和女人并排坐在一张沙发上。他们似乎径直望着芮恩和俞饼，虽然他们是陌生人，还穿戴着富有的城里人才会穿的长袍和头巾，但在他们悲伤而温柔的微笑中，有着某种使芮恩想起她自己父母的东西，想起了他们一定有多么想念她。

“你们好，深海之下的孩子们！”那个男人说，“我们代表**世绑亲组织**——世界各地筏城被绑架儿童的双亲组织，向你们讲话。半个世纪以来，男孩们——最近女孩们也是——不断从横越大西洋与冰封荒原的那些城市中消失。仅仅是在最近几年，由于探险家宁禄·彭尼罗的努力，我们才发现是寄生海盗在秘密地盗窃和抢劫这些城市，并且偷走了孩子们，训练他们成为像他们自己一样的盗贼。”

“又是彭尼罗！”芮恩恼怒地说。

“嘘！”俞饼说了一声，“听下去！”

现在是那个女人开始说话了，她仍然微笑着，但同时也在一边流着泪，一边俯身凑近观众：“现在，胜地筏城布赖顿[1]的善良人们将我们带到了北方，进入了你们所居住的水域。如果将你们的无线电设备调到 680 千赫，你就能收到布赖顿的归航信标信号。我们知道你们可能不记得妈咪和爹地，因为你们太小的时候就被从他们身边偷走，但他们都一直非常想念你们。不过假如你到我们这里来，乘着你们的潜艇到布赖顿来见我们的话，我们肯定你们中的很多人将会认出你们自己的家人，而他们也会认出你们。我们不想伤害你，或是把你从你的新朋友身边或者从你那在波涛之下令人兴奋的新生活之中带走。我们只希望得到一个机会再次见到我们那些亲爱的迷失了的孩子……”

从这里开始，这个女人的语调升高了，变得颤抖起来，她把脸埋在手帕里，而丈夫则拍着她的胳膊，接过了话头。

“世绑亲组织有许多成员。”他解释道，图像再次变化，显示出一群人聚集在城市的其中一座观景平台上，“我们中的每一个人都失去了一个孩子，并渴望着再次见到他，了解在他身上发生了什么。或者，确切地说，还有她。哦，深水之下的孩子们，如果你能听到这段消息，我们求求你，到我们这儿来！”

图像又持续了一会儿，悲伤的音乐回荡着，而世绑亲组织的成员们全都微笑着朝摄像机挥手，海风吹拂着他们的外衣和长袍还有帽

---

1. 布赖顿是英格兰东南部的海滨城市，是一个度假胜地。

子。然后图像被一条印刷体的标识所取代，上面写着，世绑亲组织——夏季远征行动。（与布赖顿市长及市议会联合举行。）音乐消失了，出现了片刻的黑暗，随后信号传送再度开始。“你们好，深海之下的孩子们……”

“瞧见了吗？”俞饼转身面对芮恩，问道。他忘记了她是他的人质，急切地想要与别人来分享这段惊人的消息。他的双眼闪闪发光，整张脸容光焕发，芮恩第一次意识到他有多么年轻。他只是个小男孩，远离家乡，渴望着爱与关怀。

“你觉得我应该怎么做？”他问，“我检查过了布赖顿的归航信标。他们离得很近。大概在我们西南方向五六十英里外。我从来没听说过有哪座城市会到离死亡大陆这么近的地方来……”

俞饼想象着那座载满了妈妈和爸爸的城市就在五十英里之外漂浮，芮恩能感觉到一股渴望的意念在狭小的船舱中不断累积。要是她能说服俞饼去往布赖顿会合的话，那会怎么样？她能肯定她在布赖顿会比在格里姆斯比下面好得多。俞饼也会是这样，说不定吧，所以她不需要为此感到内疚。

芮恩走进船舱，在俞饼旁边的转椅上坐了下来。“他们来这儿也许是因为他们正在寻找迷失小子。”她说，“他们可能已经花了好几个星期曲折向北航行，反复播送这段消息。舒寇叶告诉我说一些贝壳船失踪了。他认为一些不好的事情发生在了迷失小子身上，可要是他们只不过是听到了那段消息，然后前去寻找他们的家人了呢……”

“那么，为什么他们还没有与格里姆斯比联系呢？”俞饼问。

“也许他们过得太开心了。”芮恩说出一个可能，“也许他们很害怕舒寇叶会因为他们私自前去布赖顿而惩罚他们。”

俞饼凝视着屏幕：“那些人看上去真有钱。迷失小子只会带走那些没人会想念的孩子们——那些住在下层甲板的没人要的孤儿和捣蛋鬼……”

“这是舒寇叶和大叔告诉你的。”芮恩说，“万一这不是真的呢？万一他们有时也会从有钱人家把小孩带走呢？不管怎么说，即使一个孤儿说不定也是会有人想念的。甚至就连一个捣蛋鬼的妈咪和爹地也会想要找回他，假如他是被人偷走了的话……”

两颗大大的泪珠顺着俞饼的脸庞滚落，在屏幕的光芒映照下亮如珍珠。

“我要向格里姆斯比发送一条传信鱼，问问大叔该怎么做。”他做出了决定。

“可是俞饼啊……”芮恩说，“他可能会告诉你别去！”

“大叔最有道理了。”俞饼说。不过他听上去并不十分确定。

“不管怎样，等你得到答复的时候，布赖顿可能已经驶远了。秋天就要到来。风暴降临，大海翻腾。弗蕾娅小姐总是教导我们说，那些筏城到了秋天就会驶向更安全的水域。所以这可能是你唯一的机会……”

“但这是一条订好的规矩。是他们在盗贼馆里教给我们的。永远不要暴露你自己。永远不要给旱地人机会发现迷失小子，这是舒寇叶说的……”

“这些旱地人看上去早就已经知道了你们的一切。”芮恩提醒他道。

俞饼摇了摇头，用手掌根擦去泪水。一面是他在盗贼馆里受到的训练，一面是他的父母可能就在屏幕上那些微笑人群之中的希望，两者正进行着博弈。他不记得他们，但他确信一旦他面对面地遇到了自己的父母，他会立刻认出他们来。

“好吧。”他说，“我们会靠近些。我们会好好地瞧瞧这个叫布赖顿的地方，如果我们能行的话就派一些摄像蟹上去。查一查这些世绑亲组织的人是不是诚实可信……”他看着芮恩，并对她感到同情。毕竟，她可没希望能在那座等待着的城市上找到她的父母。

“你一定很饿了。”他说。

“相当饿。”芮恩承认道。

俞饼对着她羞涩地笑了笑：“我也是。通常是小羽来负责做饭。你知道怎么做饭吗？”

10 父母陷阱

通常在每年这个时候，胜地筏城布赖顿会一直在中海上游弋，时不时地还会下锚，以便那些来自在海岸边徘徊等待的移动城镇的游客，能够乘坐气球和摩托艇前来，探索布赖顿上的娱乐场所和水族馆，还有沙滩和精品店。但最近几个季度以来生意一直很差，所以城市议会已经同意冒险前往北大西洋，寻找那些寄生海盗。

现在他们开始对这个决定感到后悔了。最初那三艘贝壳船前来联系的时候可是引起了相当大的兴奋之情，那时候还是在亚速尔群岛[1]东部。一群群游客从大狩猎场上的城市里乘着飞艇蜂拥而来，来看这些新到的陌生人。但那已经是好几个星期前的事情了。从那时起就一直没有迷失小子的踪迹，于是那些拉在城市艏部上方的，写着“世绑

1. 位于北大西洋中部。

亲组织夏季远征行动”与“布赖顿欢迎寄生海盗”的长长横幅，也开始看起来有点破旧和悲伤了。

俞饼驾驶着“奥托里库斯”号，在距离布赖顿约一英里之外上浮到了潜望镜可及的深度。从他第一次收到来自世绑亲组织的信息以来，已经过去了一个晚上。早晨的天空色泽犹如一枚虎斑贝的内壳一般，灰色的大浪在海面上下起伏。当轮到芮恩来看潜望镜的时候，她根本看不见布赖顿，只能看到海浪，时不时地能在浪头之间瞥见上风方向的远处有一个大岛，四周环绕着脏兮兮的白色悬崖，还有片片云雾环抱着岛屿的顶峰。

然后她才意识到那根本不是一个岛；她以为是悬崖的东西，其实是一排排白色的建筑，而她以为是云的，则是从密集的烟囱和排气管释放出的蒸汽和废烟。这是一座城市，一座三层的筏城，另有两片延伸区域通过蜘蛛般的构架与中央船体相连，一排巨大的桨轮拍击大海，搅起的泡沫飘向城市艉部。“哦！”芮恩惊讶地叫了起来。她在书里见过城市的照片，不过她从来没有真正了解过那些城市究竟有多大，可真比桃花源里的安克雷奇大多了。一座座尖塔、穹隆，以及屋顶所形成的参差不齐的城市轮廓之上，许多飞艇正来来往往，另有一座圆形的甲板，由众多庞大的气囊悬吊在距城市上层数百英尺的高空，用一根根粗粗的缆绳系在下方的城市上。芮恩能看见甲板边缘有绿色的树木，还有一座有着不可思议的洋葱形圆顶的建筑。

“那是什么啊？”她抽了口冷气说道。

“那个叫作‘云中9号’。”俞饼说。他设法让之前派出去的爬在潜望镜上的摄像蟹拍到了一张这座城市的照片。他拿出了“奥托里库斯”号上那本破旧的《凯德牵引城年鉴（海事版）》的复制本，对比着凯德小姐的布赖顿示意图和屏幕上的图像：“它是某种空中公园。中间的那幢大房子是布赖顿市长的居所。”

“天啊！”芮恩呼吸粗重了起来，“我的意思是——天啊！”

“没有巨颚。”俞饼一边说，一边查看屏幕，以确保布赖顿自从《凯德年鉴》出版以后没有添加任何讨厌的东西。休闲街上方的旋转平台上安装了几门防空火炮，但并没有比任何身处这个乱世之中的城市安装更多的武器。“这里只是一处游乐胜地。”

他降下潜望镜。当他关掉了摄像蟹的信号之后，屏幕上便再次充满了来自布赖顿的广播，由于贝壳船现在如此的接近，所以信号也更清晰，更强了。“我们只想再次见到我们那些亲爱的迷失小子们。”世绑亲组织的那个女人正如此说道。俞饼感觉内心中升起了一种傻乎乎的，然而又是快乐的希望。如果她就是他的妈咪呢？妈妈和爸爸是一条捆绑你的锁链，是一种痛苦，是一种限制，他们不让男孩们成为小子。这是他一直以来在盗贼馆里学会的吟诵之词。如今他面临着与自己的父母相会，他却发现自己从来没信过那些话。他一辈子都在想念父母双亲，而在他听到这段来自世绑亲组织的讯息之前，他甚至都没意识到这一点。

他驾驶着“奥托里库斯”号航行得更深、更近，一直驶入了布赖顿的船体下方的阴影之中。一条条拖曳电缆和一组庞大而复杂的船舵阵列在昏暗中悄然浮现：绿色的海藻森林在贝壳船前灯照出的锥形亮光中打着旋。在城市的船艄附近，一个金属球体悬挂在电缆上；俞饼猜测它就是那个世绑亲组织用来将他们的讯息向大海传播的机器。

一声当的金属声响彻船舱。芮恩还以为一定是船舱里有什么东西掉到了地上，但那个声音又响了一次，然后再是一次，奏出了一种节奏，就好像有人正用一把锤子仔细地敲着船的外壳。

“哦，诸神啊！”俞饼突然开口说道。

“啥啊？”芮恩问，“那是什么声音？”

俞饼正在疯狂地摆弄着贝壳船的各种控制开关，驶向城市边缘之外更明亮的水域。“舒寇叶告诉我们，有一次他在一座大型掠食筏城下方碰上过这样的事情。这是一种古代科技的侦听设备……妈咪和爹地们现在知道我们在这里了！”他真不知是该害怕还是该高兴。

随着一声刺耳的摩擦声，贝壳船笨拙地侧倾，令芮恩摔倒在地。一开始她还以为是俞饼所做的什么事导致的。“你应该提前警告我的。”她边揉着撞到了舱壁上的手肘，边抱怨道。随后她便看见那个男孩看上去就和她一样惊讶。

“发生了什么事？”她低声问。

“我不知道，我不知道！”

接下来的感觉不会有错。“奥托里库斯”号正快速上升。它冲破海面，将海水震散成白色泡沫，阳光直射进船舱中，在黑暗中经过了这么多天之后显得亮得刺眼。当芮恩能再次看清的时候，贝壳船正高高地悬挂在波涛上空，向一侧摆去，来到了一片从布赖顿的船艏探出的宽阔金属甲板上方。人们穿过甲板跑来，并不是她在屏幕上见过的面带笑容，衣着考究的妈妈和爸爸，而是长相粗鲁强硬，身穿橡胶工作服的男人们。一看到他们，芮恩就感到一阵强烈的恐惧。然后，她的目光越过他们，便放松了下来，因为在一条俯瞰着甲板的休闲街上，有一排人站在扶栏之后，他们看上去很像是被从筏城绑架走的儿童的双亲：个个眉开眼笑，喜上眉梢，兴奋地指着下方那艘落在甲板上的贝壳船。

俞饼早已在那架通向舱顶出口的舷梯上爬了一半路。当他推开舱盖门，一阵欢呼声猛然灌进了贝壳船里，又有一个响亮的、放大了的声音开始喊了些什么，词句伴随着阵阵回音，混淆不清。

芮恩跟着他爬上舷梯。在船壳外，俞饼正蹲在潜望镜支架的边上，紧张地四下张望，被阳光和雷鸣般的欢呼声弄得手足无措。将贝壳船从海里拖起来的磁力抓斗松开了，在头顶上方晃荡着，一边滴着水，另一头则连在一台起重机的长臂上。

休闲街上的人们叫喊着，欢呼着，在空中挥舞着手臂。芮恩拍了拍俞饼的肩膀，让他放心。身穿橡胶衣的那些人环绕着贝壳船围成了一个松散的圆形，并小心翼翼地进一步接近。芮恩猜想他们一定是码头工人或者渔民，被雇来将贝壳船拉上城市。她对他们微笑，但他们并没有对她回以微笑。她竖起耳朵，渐渐开始听清那个轰然作响的声音在说些什么。

“……而对于你们之中那些刚刚来到我们这儿的人来说，”那个声音在阵阵麦克风尖啸声中咆哮着，“布赖顿抓获了第四艘海盗潜艇！那儿就是它的船员们，正慢慢爬到外壳上——正如你们能希望遇见的那样，是一对神情绝望的年轻匪徒！但别担心，女士们先生们，世界很快就将永远摆脱这些寄生虫了！”

“这是一个陷阱！”芮恩说道。俞饼还没有理解那个播音员在说些什么，转过身来用震惊苍白的脸望着她。“这不是真的！”她大喊着，站起身来，叫道，“俞饼！这是一个——”

然后两个男人从贝壳船的一侧爬了上来，在他们之间展开了某个东西，那原来是一张网。他们把网抛在了俞饼身上，俞饼乱踢乱挣，叫喊着伸手去够芮恩的手。“这意思就是他们不是我们的妈咪和爹地吗？”他问她，他的声音尖细，带着哭腔，“你撒谎！你对我撒了谎！”

随后一双有力的手从后面抓住了他，将他从芮恩身边扯开，而另一双手则抓住了她，这是一双粗鲁的手，戴着橡胶手套，散发着鱼腥和油污的气味。一张网盖在了她身上，虽然她不停扭动，用拳头和脚猛揍猛踢，还是无法阻止抓住她的人把她扛在他的肩上，抬着她爬下贝壳船的侧翼，然后将她重重地扔在了甲板上。她听到俞饼的呜咽突然转为一声凄厉的惨叫，片刻之后她就明白那是为什么了。一个男人抓住她的胳膊，用一支灼热的烙铁烫在了她的手背上，烙上了一个标记：

史金

“妈咪！妈咪！”他们拖走俞饼时，他还是在大吼着，仍然不愿相信世绑亲组织和所有那些微笑的父母都只不过是个诱饵。

“把他放开！”芮恩一边尖叫，一边因为被烫伤的手上传来的疼痛而流着眼泪，“他才只有十岁！你们怎么能这样残忍？他以为你们是他的父母！”

“这正是计策所在，孩子。”一个身披防水斗篷的高大魁梧的男人在她上方弯下腰，他凝视着她的脸，嘴里打了个嗝，喷出带着威士忌味的闷浊热气。“等等。”芮恩听见他说道，“看啊，威姆斯小姐——这一个是个姑娘。”

一个神情冷淡，身穿黑衣的美丽女人把他推到一旁。她的手上有一个和芮恩一样的标记，不过她的那个标记已经很久了，消退成了一个凸起的疤痕，并不比周围的皮肤颜色更深。“有趣。”她看着芮恩说，“我们听到过有谣言说存在女性的寄生者，但她是我们所见到的第一个。”

“我不是一个迷失小妹！”芮恩隔着细密潮湿的网眼喊道，“我是‘奥托里库斯’号上的一个囚犯，俞饼把我从我的家里带了出来……”

那个女人朝她冷笑一声：“我不在乎你是谁，姑娘。我们是奴隶贩子，而你只是商品，这就是我们所关心的。”

“可我是——你不能把我变成一个奴隶！”

“恰恰相反，孩子。我们与彭尼罗市长的合同非常清楚，在我们打捞起来的这些寄生机器中的任何人，都将成为史金公司的财产。”

“彭尼罗市长？”芮恩叫了起来，“你不会是说……不会是宁禄·彭尼罗吧？”

那个女人看上去对于一个迷失小妹能知道那个名字而感到十分惊讶：“是的。宁禄·彭尼罗在这过去十二年或更久的时间里，一直是布赖顿的市长。

“但他不会是！谁会想要彭尼罗当市长？他是个骗子！一个叛徒！一个偷飞艇的贼！”

威姆斯小姐在一个笔记板上做了些记录。“带她去奴隶棚。”她对她的一名手下说，“将这次猎获通知史金先生。我相信这是一个好兆头。我们可能正在接近海盗的巢穴。”

11 四人对抗格里姆斯比

在他们出发的那个早上，当“钻孔虫”号终于准备好了，而赫丝塔和汤姆正等着泰摩对引擎做几个最终测试的时候，弗蕾娅·拉斯穆森来到了系泊沙滩上，并宣布她也要一起走。不管汤姆或赫丝塔说什么，似乎都没法改变她的想法。

“这会很危险的。”

“哎，你们可不都去么。”

“这里需要你。”

“哦，在桃花源的安克雷奇没有我它自己就能运转得很完美。况且，我已经告诉阿丘克夫人，在我离开的时候，她可以当代理女藩侯，你们不会想让她失望吧，对不对？她都给自己做了一顶特别的帽子和别的好多……”弗蕾娅眉开眼笑地爬上了“钻孔虫”号的登船梯，把她那个笨重的旅行袋扔进了舱口。

“你难道不明白吗，冰雪女王？”赫丝塔说，“我们可不是去格里姆斯比进行社交拜访的。我们是去把芮恩带回来，而假如我必须得杀死每一个挡我路的迷失小子……”

“你就只会把事情弄得更糟。”弗蕾娅刻薄地说，“已经杀了太多人了。这就是为什么你需要我一起去。我可以跟大叔谈谈，让他看清原因。”

赫丝塔发出一声恼怒的吼叫，朝泰摩看去，他肯定不会想要弗蕾娅一起去吧，但泰摩什么都没说，只是越过闪闪发光的水面盯着远方。

所以就这么决定了下来，于是这趟航行就像一次春游野餐一样地开始了，贝壳船朝着湖里驶去时，汤姆和弗蕾娅站在“钻孔虫”号打开的舱口挥着手，而所有在桃花源的安克雷奇的人在沙滩上站成一排，在他们几个上路时朝着他们欢呼。

随着城市在岬角后方离开视野，“钻孔虫”号收起一条条长腿，准备下潜，弗蕾娅走进船舱，泰摩正俯身在生锈的控制开关上方。但汤姆待在外面的船壳上，直到最后一刻，他还望着两侧经过的海岸线，以及粼粼水光中倒映出的青葱山坡。鸟儿在芦苇荡中鸣叫，它们的歌声模仿着汽车报警器声音和移动电话的铃声，那一定是它们的远祖听来的，这是来自一个已经消逝的世界的声音化石。它们让汤姆想起了他在死亡丘陵中开始发掘的那些古代定居点，以及他在那儿出土的一批源自那些被遗忘的生活的古物，他还能与芮恩一起回来，完成他的工作吗?

“我们会回来的。”汤姆爬进船舱来到赫丝塔身边时，向她承诺道。但赫丝塔什么也没说。她不认为她还会再看到桃花源的安克雷奇了。

在“钻孔虫”号拥挤的控制舱里，泰摩没办法避免与弗蕾娅·拉斯穆森说话。他真想知道这是不是就是她决定跟来的原因之一。湖水浸没了前方的舷窗之后，她便在他身边坐了下来，将斯诺利·奥瓦尔逊的古代地图铺在了驾驶员的控制台上，并说道：“那么，你还记得回格里姆斯比的路吗?”

他点了点头。

“我就知道你记得的。”她说，“我很惊讶你以前没有动身。”

“去格里姆斯比吗?”他转过头来看看她，但她那种亲切而仔细地望着他的样子让他觉得不安，所以他转而盯着那些开关，“为什么我会想要回格里姆斯比?你难道忘了上一次我在那里的时候发生什么事了吗?如果舒寇叶没有割断绳子放我下来……”

“但你仍然想要回去。”弗蕾娅轻声说道，“否则你为什么会修理‘钻孔虫’号?”

泰摩斜眼望着贝壳船前方淤泥翻动的黑暗，假装在防范着沉在水底的岩石。“我想过。”他承认道，“那正是麻烦所在。我没法不去想它。甚至是在桃花源的最初几周里，尽管那时候有太多事情要做，而每个人又都是如此的热情友好，还有你……”

泰摩侧眼瞥了她一眼，然后转开视线。她仍然还望着他。为什么她总是对他这样好？十六年前她曾经向他表示过爱意，但出于某种他至今无法完全理解的原因，他拒绝了她。要是弗蕾娅将他放逐回了海里的话，他也是不会责怪她的。

“这就是我在下层甲板生活的原因。”泰摩承认道，“因为那里是安克雷奇中最像格里姆斯比的地方。每一个夜里，当我做梦的时候，我就会听见大叔的声音。‘回格里姆斯比来，泰摩。’那个声音这么说道。”他紧张地看着弗蕾娅。他从来没把这件事情告诉过任何人，他生怕她可能会觉得他是疯了。有时候，他自己也觉得自己疯了：“大叔对我说着悄悄话，就好像我小的时候，他从盗贼馆天花板上的扬声器里说着悄悄话那样。甚至就连沙滩上的海浪也在用他的声音说话。‘格里姆斯比是你的家，泰摩，我的孩子。你没法与那些旱地人共处。回格里姆斯比来，回家来。’”

弗蕾娅伸手去触摸他，但想了想还是没有这么做。她说：“但是当舒寇叶出现，请求你帮他时，你拒绝了他。你本来可以把《锡之书》给他，然后与他一起乘坐‘奥托里库斯’号回去的。”

“我是想那样做的。”泰摩说，“你不知道我有多么想要那样做。”

“但是你没有。你选择了安克雷奇，而不是格里姆斯比。”

“只是因为我害怕了。”泰摩说，“只是因为我害怕当我到了那里之后，我会发现我与迷失小子们在一起时并不比与旱地人在一起更合适。也许我已经两者都不是了。也许我根本什么也不是了。”

于是弗蕾娅便抚摸了他。她把她的手放在他的肩上，然后感觉到他畏缩地退开，飞快而又害羞，像是一头受惊的动物。有时候她觉得泰摩现在对她来说依旧神秘，就好像多年之前，当他第一次从海里来到她身边时一样的神秘。如果他当时就让她与他相爱的话，他一定会快乐得多。而她也是一样。这并没有完全毁了她的生活，因为她遇到了太多太多其他的好事情，但有时她的确会感到悲伤，因为她没有丈夫，也没有自己的孩子。对她来说，似乎有一些人——泰摩就是其中之一，赫丝塔·纳茨沃西则是另一个——他们就是不懂得该如何快活起来。

或者说，还有别的原因吗？她想象着海滩上的波浪用大叔的声音对泰摩说话，于是感到一阵害怕和不安。如果在桃花源里大叔都能对他说话，那么等他们到了格里姆斯比之后，泰摩会变成什么样？要是在那儿事情变得糟糕起来，转变成一场战斗，那么泰摩是会站在她这边，还是站在大叔那边？

12 大海里的生意

“就是这样，大人！保持住！微笑！”

一盘闪光粉随着砰的轻轻一声而爆炸了，一团烟雾像派对气球一样升入云中9号上方阳光明媚的空中。宁禄·彭尼罗，探险家、作者以及市长，正再一次让《布赖顿夜间稿件报》为他拍摄照片，这一次是和迪格比·斯林白克以及萨多娜·弗莱斯科一起合照，他们俩正是在布赖顿向大西洋中发送的消息里扮演世绑亲组织的那两位悲伤的父母的男女演员。

“那么，大人，”当摄影师将一块新的感光板装进照相机里时，《布赖顿夜间稿件报》的记者问道，“您是否能为我们的读者讲述一下，是什么给了您点子，然后发起了这场对抗海盗的远征行动呢？”

“我认为这是我的责任，”彭尼罗眉开眼笑地说，一边调整着他那条在阳光下闪烁着美丽光芒的市长链徽的位置，“毕竟，是我第一个向全世界警告了这些海上歹徒的存在；你可以在我的那本城际畅销书《罪孽赏金》(在任何一家好书店里都只需二十五个布赖顿银币就能买到）中读到我与他们的遭遇。近年来，我们得到了越来越多的关于他们发动袭击以及入室行窃的报告，并且开始推断出他们的组织是如何运行的。我认为，将我们的城市驶向北方，并尽我所能地抓住他们更多的人，是我的责任。”

“当然，大人，有些批评您的人认为这全都是宣传噱头，是设计用来吸引游客到布赖顿来以及卖出更多本您的书的……”

彭尼罗发出嘲笑的声音：“我的书不需要宣传的噱头就已经卖得足够好了。而假如我们清除海洋中这些寄生虫的消息能将更多的游客带到布赖顿来，那又有什么不对的呢？布赖顿是一个旅游城市，而市长的工作就是帮助促进它。况且，请容许我提醒你，我们这次小小的钓鱼行动并没有花布赖顿纳税人的一分钱。由于我所达成的一项合作伙伴交易，所有的水下传感设备和贝壳船陷阱都是由我们最杰出的生意人之一，纳贝斯克 · 史金先生来支付的。这个假的世绑亲组织也是史金的主意。我知道有些人认为这很残酷，但你得承认它成效卓著。史金完美地理解这些没有父母的乡巴佬的心理，你瞧。他自己就是一个孤儿，你明白吗：是一个来自下层甲板的小赤佬，通过自力更生爬到了现在的位置，所以他知道怎么才能吸引到他们。”

“那么大人您是否认为我们很快就能抓到更多的海盗呢？”

“等着瞧好了！”彭尼罗咯咯地笑了，他在摄影师对准了拍摄另一张照片时摆出了他最棒的姿势，“我们从最初三艘贝壳船中抓到的小子们都是一些硬骨头，不肯透露他们基地的位置。而最近抓到的这一艘船里有一个更加年轻的小子，还有一个姑娘，要撬开他们的嘴会容易得多。我相信接下来的几天就会带来巨大的成果！”

事实上，接下来的几天所带来的是天气的变化。一场席卷死亡大陆的风暴将大海切割成一排排陡峭的白色海浪，将布赖顿剧烈地上下抛动，就连本城居民都感到反胃，而一大批从大狩猎场飞来观看彭尼罗的手下钓捕海盗的游客都乘上了他们的飞艇和空中游艇，赶回家去了。布赖顿的人们（那些还没感觉太难受以至于无法走路的）透过狂暴的风雨凝视着飘浮在潮湿天空中的云中9号的底部，不禁想问为什么他们曾经同意让彭尼罗把他们带到这片狂野而不友好的海域中来。

在颠簸的甲板下方，布赖顿最下面的一层，芮恩躺在她那个狭窄牢笼的地板上，位于史金公司的牢棚之中，真希望自己已经死了。在她头顶上方，一盏氩气灯来回摆动，将光芒挥洒在金属墙壁以及一排排等待着装进更多被诱上城来的迷失小子的牢笼上。俞饼就躺在其中之一里面；其他几个笼子里关着更早些时候抓到的贝壳船的船员们。芮恩手上的烧伤疼得厉害。她猜想在她的余生里——尽管可能不会剩下很多——都会带着这个凸起的伤痕了。

“我们要沉了吗？”当史金公司的守卫过来朝她晃悠着手电筒以查看她是否还活着时，芮恩问道。

守卫咯咯地笑了："感觉像是要沉了，对吗？不过布赖顿摆脱过比这更糟的风暴。不用担心，我们很快就会抓起你其余的同党。"

"他们不是我的同党。"芮恩苦涩地说，"我不是一个迷失小子……"

"改改你的口供吧，亲爱的。"那人不耐烦地说，"我们最早拉起你们来的时候，我就听到你在鱼市甲板上对莫妮卡·威姆斯讲过同样的故事。而回答还是一样的。你是什么人不重要。现在你是一件商品。你会在新玛雅卖出一个好价钱的。"

旧日地理课的记忆在芮恩的脑海中翻腾；冬宫教室里的那个大球体，以及弗蕾娅小姐所说的话："这里是新玛雅，以前曾经被称为南美洲，不过那是在将它连接到北美洲的那条地峡，被六十分钟战争中的缓速炸弹所摧毁之前的事了。"

新玛雅是数千英里之外！如果他们把她带去那里，她怎么还能找到回家的路？

卫兵倚着她的笼子，不怀好意地隔着栅栏看着她："你不会以为史金先生会试图把一群海盗当作家奴和保姆来卖掉吧，嗯？你最终会在他们那些巨大的新玛雅神庙城市之一上成为角斗士。他们那儿的竞技场里有很棒的演出。一帮帮奴隶相互对战，或者与改装过的大马力拆解机器以及抓来的绿色风暴潜猎者战斗。鲜血和内脏飞得到处都是，不过这些都是为了纪念他们那些可笑的新玛雅神明们而做的，所以其实是相当崇高的。"

不管是不是崇高，芮恩都不认为自己会喜欢这个。她必须得找到一条出路来离开这团可怕的混乱。但是尽管她的大脑被弗蕾娅小姐称赞过，现在却被那些城市里的格斗所占据，没法去想任何别的事情。

“我希望我们沉到海底去！”等那个守卫离去时，她在他背后虚弱地喊道，“那是你们应得的报应！我希望在你们抓到更多可怜的迷失小子之前，我们就沉到海底！”

但第二天风暴便缓解了，海浪平息下来，那天傍晚又有三艘贝壳船的船员们懦弱地哭泣着被拖入奴隶棚。到了那天夜里又多抓到了四艘贝壳船，次日又有三艘，其中之一觉察到了陷阱，在磁力抓钩抓到它之前就逃跑了，但布赖顿追赶上去，投下了深水炸弹，直到一条白色的水柱从海中冲了出来，淋了右舷观察甲板上欢呼的观众们一身，而贝壳船和迷失小子们就只剩下碎块在海面上下浮动。

“消息现在一定已经传到格里姆斯比了。”林虾说，他是较早之前被抓到的小子之一，脸色苍白地从他的笼子里望着周围的牢棚里逐渐装满俘虏，“老大叔会做点什么的。他会救我们的。”

“消息已经传到格里姆斯比了。”新来的人说。

“我们就是从那儿来的……”

“我们几天前收到了那条消息。”

“大叔说这是一个陷阱，我们该听，但我们还是偷偷溜了出来。”

“我们以为我们的妈妈和爸爸就会在这里……”

林虾垂下头，开始哭泣。他曾经在西部群岛领导过袭击团伙来对抗定居镇，残酷地屠杀任何反抗他们的旱地人，然而在这里，在史金公司的仓库里，他只是又一个迷失的少年罢了。

芮恩伸手从栅栏间穿过，拉了拉俞饼的袖子。这个新人蜷缩在她边上那个笼子的地板上。自从他们被带进来之后，他就没有对芮恩说过一句话。她猜他是在为发生在他身上的事情而责怪她。也许他是对的。要是她没有那么渴望着想说服他来布赖顿就好了！

“俞饼，”她轻轻地问，“有多少迷失小子？我的意思是，一共有多少。”

俞饼看都不想看她，但过了一会儿之后他喃喃自语地说：“大约六十个，我估计。这还不算大叔，以及那些年纪太小没法乘坐贝壳船的新人。”

“但这里至少就有四十个了！”芮恩说，“格里姆斯比一定已经几乎空了……”

仓库的门嘎吱嘎吱地打开了，放进来了另一拨人。更多的囚犯，芮恩想，都懒得去看他们了；这真是太令人沮丧了。不过沉重的脚步声在她的牢笼边停了下来，她抬头看时，便发现那些新来的人并不是迷失小子，只是两名史金公司的守卫，还有可恶的威姆斯小姐。

“把她带出来。”威姆斯小姐吩咐道。芮恩警觉起来。威姆斯小姐终于接受了她并不是一个迷失小妹的事实吗？也许史金公司已经意识到她永远不可能在新玛雅的竞技场里混出个样子来，所以打算把她扔下船去，不再浪费任何更多的食物和水来让她活下去吗?

“主人想要见你。”威姆斯小姐说。那些被俘的迷失小子透过他们的笼子望着芮恩被带走。

奴隶棚后面的一扇门通向某个并不比碗橱大多少的房间。守卫将芮恩推了进去，然后跟在她身后挤了进来。仅仅在威姆斯小姐拉下墙上的一根操纵杆，令芮恩感到地板在自己下方一颠之后，她才意识到这是一部电梯。安克雷奇的所有电梯早在多年前就已经没法工作了，不过这一部运行得十分完美，它上升得如此之快，以至于芮恩觉得她的胃好像被留在了下头。

芮恩是被兜在网里拖到奴隶棚的，所以她不怎么清楚史金公司大楼的布局。这是一座高塔，其下面的几层深深埋于布赖顿的底下，关押着俘虏来的奴隶。中间的几层楼位于城市的第二层，设有几处特殊的房间，用以放置奢侈品，并作为管理人员的办公室。较高的那几层从胜地筏城最顶层一个称为女王公园的时尚区刺入天空之中，这正是公司的创始人，纳贝斯克·史金先生的办公室。这最顶层的部分如同冰山一样洁白美丽，让人根本猜想不到潜伏在下方的另外十分之九的危险建筑。当地人都把它称为胡椒瓶。

电梯在最顶层停下，芮恩走出电梯，便来到了一个宽阔的圆形房间。房间装饰得很漂亮，挂着黑色毛绒窗帘，配着黑色地毯，黑色的墙上悬挂着镶在金框里的黑色图画。但令芮恩屏住呼吸的是从窗口望出去的景色。她正俯瞰着布赖顿的重重屋顶：阳光明媚，彩旗飞舞，一艘艘空中游艇和空气脚踏船正从港口升起，大群大群的海鸥或是绕着烟囱盘旋，或是远远地高飞到波光粼粼的大海之上。城市桨轮溅起的水雾随着一阵轻风洒遍整座城市，阳光穿过水雾，让街头到处都是飘动的彩虹。

一时间，芮恩几乎忘了她的凄惨遭遇，她的饥肠辘辘，还有她的手被烙印的痛苦。喜悦从她心底浮现。她正置身于一座筏城之上；在一座她一直梦想着的美妙城市之上，而它甚至比她所能希望的还要更加美丽。

“那个女孩到了，史金先生。”威姆斯小姐大声说道，她的声音里带着芮恩从没听到过的奉承讨好的语调。一名守卫把芮恩扭转过来，让她面对着一个坐在黑色转椅里静静地看着她的人。

纳贝斯克·史金一动不动地坐着，一条腿架在另一条腿上，随着他的脚轻微地上下晃动，一只漆皮鞋反射出闪闪亮光，而这就是他唯一的动作。他一身鸽灰色的西装、灰色的手套、灰色的头发、灰色的眼睛、灰色的脸、灰色的声音。他说：“我很高兴见到你，我亲爱的。”但是他听起来并不高兴。他看起来也不高兴。看起来就好像他完全不知道高兴为何物一样。他说：“莫妮卡告诉我，你自称是从安克雷奇来的。”

“我是的！”芮恩叫了起来，她很感激终于有人准备要听听她的话了，“我的名字是芮恩·纳茨沃西，我是被绑架的——”

“没人能从安克雷奇来。”史金站起身来绕着她走。双眼始终盯着她。“安克雷奇多年前就沉没了，在格陵兰的西面。”

“不，它没有！”芮恩脱口而出，“它——”

史金举起一根手指，然后转向他的桌子。他转回身时，手里已经多了一样东西。是芮恩从弗蕾娅小姐那儿偷来的那本书。她都把它完全忘光了，直到现在才想起来。

“这是什么？”他问。

“那是《锡之书》。”她说，“只是一件来自黑暗世纪的老古董。‘奥托里库斯’号就是为了它而去安克雷奇的。我认为它和潜水艇有关。我帮迷失小子们偷到了它，但一切都搞砸了，最终俞饼抓了我当人质，而如果你能带我回到那里的话，先生，我相信我的妈妈和爸爸还有弗蕾娅小姐都会奖励你的……”

“又是安克雷奇。”史金把书放下，审视着她，“为什么你还坚持这个荒唐的故事？除了鱼之外，安克雷奇不是任何人的家。布赖顿的每个人都知道这一点。我们敬爱的市长彭尼罗用他那本有关安克雷奇末日的书赚了相当一大笔钱。《罪孽赏金》的结尾就是安克雷奇沉入了我们那位坚持原创的市长描述为‘水下坟墓’的地方。”

“哎，彭尼罗是个骗子！”芮恩生气地说，她心想彭尼罗能活下来根本都是太不公平了，更别提他还从他的谎言里发了财，“他是个胆小鬼，也是个骗子，当他以为阿尔汉格尔斯克要吃了安克雷奇的时候，他还开枪射了我爸爸，还偷了妈妈和爸爸的飞艇，好让他能逃离安克雷奇。他不可能知道在那之后发生了什么事。无论他写了什么，肯定都是他编出来的。”

纳贝斯克·史金的一条灰色的眉毛扬起了八分之一英寸，这就是他表示惊讶的方式。同一时刻，芮恩有了一个主意。她是在整个外部世界里唯一知道安克雷奇真相的人。这当然会令她变得有价值吧？比起同其余的迷失小子们一起当作竞技场奴隶拍卖掉可要有价值得多！

她感觉好像身在一个庞大而黑暗的房间里，而自房间另一头，离她非常遥远的地方，有一扇很小的门打开了；她能看到一条出路。

她说：“安克雷奇找到了一条通往死亡大陆上的某一小片绿色大地的路。它在那里蓬勃发展了起来，我就是证据。你难道不觉得彭尼罗会想要知道这个吗？”

纳贝斯克·史金本打算让她再次住口，但当她说话的时候他犹豫了，他的眉毛挑起了整整四分之一英寸。他再次于他的椅子中坐了下来，眼睛仍然盯着芮恩。“解释。”他说。

“好吧，他会想要知道安克雷奇的事的，不是吗？”芮恩结结巴巴地说，“我的意思是，如果他通过把我们的事告诉大家而赚到了那么多钱，那么想想看他要是了解到事情的真相会有多么感兴趣。他能写一个续集！他能组织一场远征把我送回家，然后把这事写成一本书！”而即使他不能这么做，她想，至少在那座飘浮宫殿一样的东西里作为一名奴隶活下来，总比在新玛雅的竞技场里要来得好。她急切地说：“他会渴望要和我说话的。”

史金缓缓点了点头。一丝微笑在他薄削的嘴唇周围闪了一闪，然后就放弃了继续存在的努力。彭尼罗在接受《布赖顿夜间稿件报》采访时提到了甲板下层的事，他提醒大家史金的出身就是鼹鼠村的潮湿小巷里的一名小贼，这在他们俩之间制造出了裂痕，深深地激怒了史金。也许这个姑娘正是他的神祇所送来的礼物；是一个让他报复布赖顿的荒唐市长的方式。

“如果你的故事是真的，”他说，“你可能的确会引起彭尼罗市长的兴趣。但你怎么能证明这一点呢？”

芮恩指着《锡之书》，它正躺在他的办公桌上：“那就是证明。它是一件著名的宝物，来自女藩侯的图书馆……”

“我不记得彭尼罗在他冗长地细数安克雷奇的财宝时曾经提到过它。”史金说，“假如他认不出它来呢？那就只剩下了你自己的话，而谁会相信一个奴隶兼迷失小妹的话呢？”

“他可以问我各种事情。”芮恩急切地说，“他可以问我的妈妈和爸爸还有斯卡比俄斯先生还有弗蕾娅小姐的事情，那些在他的书里没有提到过的事情，那些只有在安克雷奇生活过的人才知道的事情。”

“有意思。”史金又慢动作地点了点头，“莫妮卡。”他说，“这个女孩要转移到第二层。请确保她从现在起被当作一件奢侈品来对待。”

“别忘了俞饼。”芮恩说，“他也去过安克雷奇。”

“的确。”史金说。他瞥了一眼威姆斯小姐，“安排一下，将那个男孩带到审讯室。是时候我该和他谈谈了。”

13 零博士

飞艇载着伊诺妮·零从永固湖而来，驶入天京城上空大群大群的其他飞艇之间。她从船舱的窗口往下看去，愉快地望着一幢幢漆得色彩艳丽的房子建筑在山脊上，保持着不可思议的平衡，众多花园就仿佛是窗台上的花盆箱，高架运河中闪耀着粼粼阳光，市民们的鲜艳长袍云集在蜘蛛般的桥梁和陡峭如梯的街道上。这座城市高踞于山国的中央山脉之上，曾经是反牵引主义的诞生之地。永固大喇嘛就是在这里创立了反牵引联盟，而联盟在这里建都也已经有一千年了。

然而如今联盟已逝，过去的最高议会被推翻了，到处都是绿色风暴留下的战争痕迹。随着飞艇朝碧玉宝塔那儿的军事系泊平台降去，伊诺妮发现越来越难以无视那些丑陋的混凝土火箭炮台，它们破坏了天京众多公园的景色，军队那些难看的风车在山崖上吱吱呀呀地旋动着，生产出清洁的能源以供军需。十四年来，不允许任何人做任何与军需无关的事情，而城市的平民区则到处都是被长久忽略的迹象。无论伊诺妮望向哪里，建筑物都已年久失修，巡逻的巨舰所投下的阴影在腐朽的屋顶上滑过。

碧玉宝塔既不是玉做的，也不是一座宝塔。这只是一个遗留下来的名字，是天京的建造者们最早逃进这片山区中时和他们一起带过来的，它或许一度属于低地上的某座景色怡人的避暑行宫。但这个名字并不适合那座阴森的岩石堡垒，当伊诺妮走下船，来到积雪的平台上时，它就浮现在她头顶上。大门上端的尖刺上，扎着一颗颗头颅，那些是反战的示威者，以及没能循环利用家中废品的人，他们的脑袋在山风中变得又干又脆，就像是黄蜂的巢。墙上漆着巨大的标语：**把世界再次变绿！**以及**最后加把劲就能碾碎泛日耳曼牵引小虫！**

潜猎者方的精英空中军团的士兵们把守着内门，当伊诺妮将背包拽到肩上，动身从系泊平台沿着阶梯上行时，他们跨前一步拦住了她的路。

“证件，年轻人。”负责的副官大声吼道。这是一个伊诺妮已经习惯了的错误。在绿色风暴控制的地区，所有多余的粮食都专门供应给前线的战士们，于是她童年时期的多年饥饿就留给了她像十四岁少年一样微不可见的扁平胸部。她耐心地等着那个副官检查她的通行证，然后看到他意识到她是谁时脸色立刻变了。“让她通过！让她通过！”他一边喊着，一边用剑脊抽着他的手下，以惩罚他们来期盼零博士不会惩罚他自己，“马上让她通过！这是零博士，领袖的新外科机械师！”

绿色风暴夺取权力的时候，伊诺妮才四岁，她对于战争前的时光没有清晰的记忆。她的父亲是在与盗贼之窟的海盗之间进行的一场冲突中被杀的，对她来说仅仅是家庭神龛中某张照片上的一张脸而已。

伊诺妮在遥远的阿留申[1]的一个空军基地里长大，害羞而聪明，她的母亲在那儿工作，是一位机械师。在学校里，她唱那些宣传歌曲，比如《东方的绿》还有《我们感谢潜猎者方带给我们幸福的童年》。在家里，她的睡前故事是她的飞行员哥哥埃诺给她讲的，那些遥远战场上的胜利。她的玩具是残破的潜猎者，从勘察加的战地被运回来，堆在基地的后面。她为它们感到难过，所以开始尝试让它们好起来，当时她并不理解它们都已经死了，最好还是让它们安息。她学习掩盖在它们盔甲之下的秘密，学习印在它们大脑上的文字。她在潜猎者一途上的能力变得如此优秀，以至于只要基地指挥官手下的某个潜猎者发生异常，他就会开始召唤这个零家的姑娘，而不是他自己的外科机械师。她用这种方式为母亲和她自己赚到了额外的配给，直到十六岁那年，绿色风暴听说了她的天赋，便将她送到一座训练机构，然后又送到了位于阿尔泰山中的一个前线复活军单位里。

在那个战壕和掩体形成的地下世界里，她熬过了漫长而又血腥的

---

1. 阿留申群岛位于白令海与北太平洋之间。

二二年冬天。死亡的士兵们被打捞队从冰冻的淤泥里拽出来，扔到复活台上，伊诺妮和她的同事们在那儿将他们变成潜猎者，然后送他们大步回到前线去。

她对自己很快就不再感觉到恐惧和怜悯而感到惊讶。她学会了不去看她改装的那些人的脸。这样一来他们就根本不是人，而只是破碎的物品，不得不被剥离下来，并尽可能快地修好。在复活室里存在着一种伊诺妮所喜欢的战友般的关系。其他那些外科机械师在工作的时候相互开着玩笑，彼此逗弄，但因为伊诺妮是如此的年轻，他们管她叫“小妹妹”并悉心照料她。她的快速而又仔细的工作方式，以及能轻易地解决他们不能解决的问题，都给他们留下了深刻的印象。有时她听到他们用诸如“天才”这样的词来谈论她。

伊诺妮为自己令他们高兴而感到骄傲，也为自己参与了为改善地球所进行的抗争而骄傲。那年冬天，敌人的城市一次又一次地试图推进，想要穿过将它们的狩猎场与绿色风暴的领土分割开的那片饱受炮火蹂躏的地狱，它们是如此庞大，数量是如此众多，以至于有时候在伊诺妮看来，根本就没有什么能够阻止它们。但绿色风暴的火炮将炮弹对准它们的履带倾泻而下，而绿色风暴的运输机也将一架架孑孓机扔在它们的上层建筑上，绿色风暴的战舰引导着守卫战斗机，勇敢的绿色风暴火箭兵们从城市的巨大车轮之间爬进去，在城市下方炸出洞来，让一队队绿色风暴的潜猎者可以蜂拥而入。通常到了最后，当城里有太多的人被杀，那座城市就会放弃战斗，悄悄溜走。有时候，当一座城市受到严重破坏，其他城市就会将目标转向它，将它撕碎。

一开始伊诺妮对一拨拨呼啸而来的巨炮城的密集轰炸感到十分恐惧，狙击手的子弹嗖嗖地划破交通壕上方的寒冷空气。但几个星期过去了，然后又是几个月，她慢慢地习惯了这种恐怖。这就和在复活室里改造那些尸体一样，你会学会不再对各种事情产生感觉。甚至当她母亲所在的空军基地被水陆两栖郊镇吞吃了的消息从阿留申传来时，她也没有什么感觉。

然后，在二三年的春季攻势期间，伊诺妮认出了打捞队扔在她面前的尸体中的一具。他胸口上的痣排列成了一种她熟悉的图案，就和她小的时候，他所教给她的星座图案一样。即使在她揭开别人盖在他脸上的那块浸透血的碎布之前，她便知道那是她的哥哥埃诺。因为他们相互往来的信件都被屏蔽了，所以她甚至都不知道他已经到了她所在的战区。

她一边盯着他，一边机械地拉上橡胶手套。她不想要复活他，但她知道如果她拒绝的话会发生什么。有时候前线的战士会试图阻止复活军拿走他们战友的遗体并复活他们，于是绿色风暴会宣布他们是牵引主义潜伏分子，他们会被枪毙，然后与他们的战友一起被复活。伊诺妮不想被枪毙。望着埃诺，她所有的情感又回来了，她对于死亡的恐惧也回来了，如此突然，又是如此强烈，她几乎没法呼吸。她一点也不想变得像埃诺那样，冰冷而又无助地躺在台子上。

“外科机械师？”她的助手之一问道，“你不舒服吗？”

伊诺妮想要生病。她挥手叫他走开，试图控制自己的情绪。就算是去思考不要复活埃诺都是错误的。她告诉自己，她应该为她的哥哥而快乐，因为有了她的缘故，他的身体就算是在死后也能继续与野蛮人战斗。可是她并不快乐。

她的助手们都在盯着她，所以她说："手术刀。骨锯。肋骨扩张器。"然后投入工作。她切开埃诺的身体，拿出他的内脏器官，用引擎、蓄电池架子，还有防腐液泵来代替它们。她切掉他的双手，用一双潜猎者的钢手来代替。她切掉了他的生殖器官。她取出了他的眼球。她剥掉了他的皮肤，然后将一张电极所连成的神秘网络植入他的肌肉纤维。她打开了他的头骨，将一个桃核大小的机器装进他的大脑，然后看着他扭动、颤抖，因为此时那个机器正舒张开一条条电线丝般细的纤毛，沿着他的脊髓向下延伸，连接到他的神经系统，以及她之前安装上的其他机器。

"这不是真的你。"她对他说。她一边工作一边不断对他轻声说着话："你已经到了幽冥之乡，而这只是你留下来的一件东西，是我们可以使用的东西，就好像循环利用一只玻璃瓶或者一个板条箱。绿色风暴不是告诉过我们，为了改善地球，要回收利用一切东西吗？"

当她完成了之后，她将他交给一个下级外科机械师，来安装外骨骼和指刃。然后她走到外面抽一支烟，一边望着一艘艘飞艇在无人地带的上空熊熊燃烧。

就在那一次之后，死人开始跟她说话。这似乎有点儿奇怪，他们怎么会那么啰唆，而她自己的哥哥则什么也没有说。不过在埃诺事件之后，她总是会去瞧瞧复活台上死人的脸，而当她望着他们的脸时，她就能听到他们在她的脑海里窃窃私语。

他们都问她同样的问题。*谁来终结这一切？谁将会终结这场永无休止的战争？*

“我来做。”伊诺妮·零向他们保证，她轻轻的声音淹没在雷鸣般的炮火声中，“至少，我会试试。”

“小甜甜！”当她终于来到波普乔伊位于宝塔顶上的办公室里时，他欢快地喊道。他正在收拾东西。在他办公桌上敞开的大箱子里，伊诺妮能看见各种书籍、文件、纸张、一幅潜猎者方的裱框肖像，以及一个搪瓷杯子，上面印着复活军团的标志和口号：“你不必是一个疯狂科学家才能在这里工作——但是那样会很有用的！”波普乔伊正站在一把椅子上取下一帧盗贼之窟空军基地的照片，然后用他的袖口拂去灰尘，再将它放进箱子里。随后他给了零博士一个飞吻。

“恭喜！我刚去见过方，正式任命下来了！你在老史莱克亲身上做的事深深打动了她，所以终于决定让我退休了！我要出发去我在永固寺的周末度假地，享受辛勤工作换来的休息。钓钓鱼啦，一边再搞几个业余兴趣项目啦，我甚至可能会写一本我的回忆录。而你，小甜甜，你将是接替我的人。”

真奇怪，伊诺妮想。这正是她自从在战壕里顿悟以来一直为之而

奋斗的事情——成为潜猎者方的私人外科机械师。为此她克服了她那天生的羞怯，努力争取要调到中央潜猎者工厂来。为此她忍受了波普乔伊博士那讨厌的幽默感和咸湿的手。为此她花了好几年来追寻那个臭名昭著的潜猎者史莱克的坟墓，又花了好几个月来修理他，向所有人证明她能至少和波普乔伊做得一样好。然而现在这一刻终于到来时，她却甚至都笑不出来。她的膝盖感到疲软。她抓紧了门框，不让自己摔倒。

“振作起来，小甜甜！”波普乔伊不怀好意地看着她，“这是好消息！权力！金钱！而为此你所要做的就是时不时地检查领袖阁下的润滑油量，给她的身体外表上个光，仔细留心可能出现的锈迹。她基本上是不可毁灭的，所以你不会有太多问题。假如你有任何担心，只要给我捎个信儿就好。否则的话……”

否则的话，我就是独自行动了，伊诺妮·零一边想着，一边爬上通向宝塔最高层的楼梯，那儿是潜猎者方自己的居所。当然，一切全都错了：如果这个世界上有正义存在的话，那么像波普乔伊这样引起了这么多苦难和罪恶的人，就应该受到折磨。而恰恰相反，他将以奢华的生活来过完他这一辈子，钓钓鱼，搞几个业余兴趣项目。但至少，由于退休，他会给伊诺妮·零一个机会来履行她对死者的承诺。

当她走过时，哨兵们啪地站直了。听差们在她面前低身鞠躬，为她推开通向潜猎者方的会议厅的大门。办事员和参谋人员们从一张锈水沼泽的大地图上抬头看过来，懒得对伊诺妮的鞠躬回礼。方也抬起了头，她的绿色眼睛灼灼闪亮。她几个小时前才刚从前线返回，盔甲上结了一层干涸的泥巴，以及城镇战士们的鲜血。“我的新外科机械师。”她低声说道。

“为您服务，阁下。”伊诺妮·零喃喃地说着，在潜猎者面前跪了下来。等她聚起勇气抬起头时，每个人都已经回到了他们的作战地图上，唯一还落在她身上的视线是来自史莱克先生的。

所以一切都妥善无误。她已经打入了内部，成为了核心工作人员之一。很快她就会实施她在阿尔泰前线满是虱子的床铺上构想出来的那个计划。她要刺杀潜猎者方。

14 成交!

后来，芮恩有时会告诉大家她知道身为一名奴隶是什么样的感受，然而现在她对此还一无所知。这种古老的贸易在那些年里十分繁荣。那场漫长战争的双方将俘虏批发卖给史金这样的人，他再将他们装上漏风而又供暖不足的空中货轮，沿着鸟道运出去，送到那些巨型工业平台上去工作，或是为绿色风暴挖掘无边无际的战壕和城市陷阱。身为奴隶对他们来说就意味着艰辛的体力劳动、破碎的家庭、随意的残酷对待，以及早早就不得善终。而至今为止芮恩所必须忍受的最糟糕的事情却只是彭尼罗的著作而已。

在与史金的首度会面之后，他们将她转移到了胡椒瓶中间几层的一个舒适牢房里。她有了一张柔软的床，一个用来盥洗的水池，一天三顿饭，以及一件相当合身的麻布新衣服。她还得到了一本《罪孽赏金》，是威姆斯小姐送来的，“附致史金先生的敬意”。

每天有几个小时，装着铁栏杆的窗外有一面镜子，会将一束从上层甲板的某个天窗里射下来的阳光反射过来，将芮恩的牢房照亮。当她蜷缩在床上，打开彭尼罗那本书耸人听闻的封面时，她几乎都能幻想自己是在天狼星路上自己的卧室里，因为她以前经常就是坐在那儿的窗边读书的。但她从未读过像《罪孽赏金》这样的书。这是太奇怪了，她知道了一辈子的地方、人物和故事，全都被篡改和扭曲得那么厉害!

她一直害怕读到妈妈和爸爸会使她的思乡之情愈发强烈，不过她无需担忧。爸爸根本就没在彭尼罗的书里出现。至于赫丝塔·肖，“一位金棕色头发的天空亚马孙女战士，她那张神圣的面容被一道苍青色的疤痕损毁，是因为某个土匪用匕首划破了她丝缎般的脸颊”，她勉强才认出那是妈妈。

一天晚上，芮恩躺着睡不着觉，气愤地想着她所读到的一切，她突然发现自己犯了另一个可怕的错误。她原以为自己还很聪明，说服了史金带她去市长那里，可当时她以为《罪孽赏金》里说的事大多数都是真的。她没料到彭尼罗对于他在安克雷奇度过的那段时间撒了多少谎。假如讲出真实的故事，芮恩就会破坏他的名声和职业生涯。彭尼罗可能真的会想要买下她，但不会是由于他能写一本关于她的书。他会想要让她闭上嘴，快速而永久地闭上嘴。

芮恩独自待在牢房里，把脸埋在枕头里害怕地啜泣着。她都干了什么啊？她该如何撤销它呢？她从床上跳下来，开始朝门走去，想要喊一名守卫来。她会告诉史金她在安克雷奇的事情上撒了谎，其实她只是一个迷失小妹，同时对彭尼罗教授也不感兴趣。不过那样的话她就会回到一开始的局面，或许还更糟——史金会说她是在浪费他的时间。她能想象得到一个像史金这样的人对那些浪费他时间的人会有非常不愉快的报复手段。

“快想想，芮恩，快想想！”她低声说。

与此同时，在她的脚底下，布赖顿城强大的米切尔与尼克松引擎轰然运转，推动这座城市稳步向北航行。

与芮恩会面之后，史金又审讯了俞饼。结果那个新人非常合作。他累坏了，也吓坏了，渴望有某个新主人来照顾他，告诉他该做些什么。在纳贝斯克·史金和和气气地说了几句之后，俞饼就证实了芮恩所说的关于安克雷奇的事情。又说了几句之后，他就把格里姆斯比的位置告诉了那个奴隶贩子。

史金的手下将这些信息传达给了市长和议会。布赖顿调整了它的航线，很快，舰桥上的那些古代科技仪器就在下方深处探测到了一座沉没城市的尖顶。布赖顿在其上方盘旋了一会儿，广播着它的那段欺骗性的讯息，又成功地诱出了几艘贝壳船。等再没有更多贝壳船出现之后，彭尼罗便决定这趟远征是该结束了。

原来的计划是要派人乘坐捕获的贝壳船下去，探索海盗的老巢。但这次向北的航行比预期花了更长的时间，现在已经到了夏末，将会有更多风暴到来，而布赖顿人民的注意广度[1]比苍蝇还短，他们已经开始厌倦了。于是便投下了一些深水炸弹，造成了几场壮观的水下爆炸和大量漂浮的碎片，城里的商店用网子将这些碎片捞起来，并作为格里姆斯比的纪念品来出售。彭尼罗发表了一场讲话，宣布北大西洋现在对于众多体面的筏城来说，已经再一次地安全了。然后布赖顿掉头向下，将航线设置为回到中海，它已经答应与一个牵引城市聚落在那里会合，一起庆祝月亮节。

次日下午，芮恩的门被打开了，一大群黑衣守卫拥进她的牢房，后面跟着纳贝斯克 · 史金。

“哎，我亲爱的，”他说着，瞥了一眼她床上的那本《罪孽赏金》，“你的心被我们市长的冒险抓住了吗？你在他的记述中有注意到任何错误吗？”

芮恩几乎不知道从哪里开始讲。“这全都是垃圾！”她气愤地说，“安克雷奇的人根本没有逼迫彭尼罗指引他们穿越冰封高原，他们只是让他做代理领航员，这是一项巨大的荣誉，而他把这个任命给搞砸了。并不是他击退了猎手团，而是我的妈妈干的，她也没有被马思嘉杀死，像是在书里写的那样，她还活着。而且她根本不会把安克雷奇的航线出卖给阿尔汉格尔斯克。至于她临死的时候对彭尼罗说，

1. 心理学名词，指一个人在单项行为中可以集中注意力的时间。

'带上我的飞艇，拯救你自己'，这完全就是胡扯。彭尼罗偷走了那艘飞艇，还开枪射了爸爸，这样他才能驾驶飞艇离开——当然了，他根本没有提到爸爸。另外说到弗蕾娅小姐在第八十一页上做的事情……"

她停下来，忽然想起了她现在面对的困境。史金正与以往一样仔细而又审慎地看着她。也许给她这本书只是一种测试她的手段，看看她面对着所有那些彭尼罗的谎言时，还会不会坚持她关于安克雷奇的故事。

"有趣。"史金说着，朝一名守卫打了个响指。那个守卫机灵地站上前来，将一副漂亮的银色手铐铐在了芮恩的手腕上。"我一直怀疑大人他的冒险故事有点儿水分。我想是时候让我们领你去见他一面了。"

他们沿着胡椒瓶里的楼梯下到一个车库里，一辆曲线流畅的黑色甲壳虫车已经等在了那里。"那俞饼呢？"当史金的手下把芮恩推进车里去时，她问道，"你对可怜的小俞饼做了什么？"

"他将留在胡椒瓶。"史金在甲壳虫车后座上坐下，坐在她身边，然后看了看他的怀表。"云中9号。"他对司机说，于是甲壳虫车出发了，驶到了外面巷区[1]的昏暗街道上。这片区域到处是古董店和

1. 现今布赖顿的一个地区，以狭窄的小巷和各种小店而闻名。

廉价旅馆，占满了布赖顿的中层。

其他情况下，芮恩可能会迷上一路上店铺里的那些堆满了各种杂物和古代科技物品的橱窗，还有穿着奇特的行人，以及贴满三流剧团小广告的城市甲板支撑柱。可是，现在她忙于思考该如何让自己活下来。这完全是一个时机问题，她想。如果她足够聪明，也有足够的胆量，那么她说不定还是能够在不让彭尼罗意识到她是谁的前提下脱离史金的魔掌……

甲壳虫车爬上一条长长的坡道，来到城市上层。它一路鸣响汽笛，将游客从前面的路上赶开，飞快地沿着海洋大道行驶，这是一条环绕布赖顿上城区的椭圆形休闲街。甲壳虫车驶过了酒店和餐馆、棕榈树和迷你高尔夫球场、露天市场、花卉时钟和宾果[1]赌场。它经过一座横跨在海池湖浅水一侧的桥梁，湖里是过滤清洁过的海水，边上是人工沙滩。最终它到达了老斯坦因[2]广场，这是一个圆形广场，一条条粗大的钢缆从这里将云中9号系在了布赖顿上。那片飘浮甲板就悬浮在芮恩头顶上方约两百英尺高的地方。抬头看去，她可以瞧见一间玻璃幕墙的控制室从其腹部凸伸出来，就好像一座精巧的、上下颠倒的玻璃温室。有些人在里面走来走去，操纵着一排排的黄铜杆，来调整云中9号的倾角和高度。环绕着甲板的边缘安装着一个个小型引

1. 一种博彩性质的游戏。

2. 现今布赖顿的一条公路，斯坦因在古语中意为“石头”。

擎吊舱，芮恩猜想在天气不好的时候它们就会被用来将云中 9 号保持在城市上空。不过在这个风平浪静的下午，只有少数引擎吊舱开动着，起到了风扇的作用，将布赖顿的废气烟雾从市长的宫殿吹走。

在老斯坦因广场的中央，云中 9 号的拖缆固定在巨大而生锈的支柱上，一辆黄色的缆车正等候着要将游客们带到上面的穹顶宫[1]去。史金的甲壳虫车吱的一声在它边上停下后，身着红衣的士兵们急匆匆地跑来检查史金和他手下的证件，并用古代科技的金属探测器在他们衣服上扫来扫去。

“曾有一度，不管是什么人都可以上去，在穹顶宫的花园里漫步。”史金说，“但自从战争开始以来，一切都改变了。当然，我们这一部分世界里没有战斗发生——非洲的反牵引主义者没有胆量进行绿色风暴圣战——但彭尼罗仍然害怕破坏分子或者恐怖分子可能会偷袭他。”

这是芮恩第一次听说牵引城与绿色风暴之间的战争。这就解释了为什么在这座城市的休闲街区都有那些又大又丑的炮台，以及为什么安保措施如此严格。

“您来云中 9 号的目的是什么，史金先生？”指挥官问。

“我有一件有趣的商品要给市长看。”

---

1. 布赖顿的著名豪华宫殿，由英国国王乔治四世在登基前建造，具有浓郁的印度风格。

“我可不确定大人他目前要买奴隶，先生。”

“哦，他不会想要错过机会把这个人加进他的手下员工之中的。我建议你让我们赶快上去，别再拖延，除非你希望在城市第三层度过余生，每天干的活就是从海池湖的湖水过滤器上摘除阴毛……”

于是就没有更多反对意见了。史金和他的这帮人很快就被迎上了缆车。缆车抖动了一下，芮恩从巨大的车窗望出去，看见布赖顿向她下方坠去。“哦，看哪。”她喃喃地说道，望得出了神，但史金和他的手下对此都已经司空见惯了。

突然间，机械增压引擎吊舱所发出的巨大呼啸声充斥在缆车中，几道阴影飞速掠过缆车窗外。在云中9号的缆绳所构成的网络之外，一群外形凶猛而尖锐的物体划破了午后的晴空。芮恩尖叫一声，以为在云中9号上面发生了爆炸，那些是泼洒下来的碎片。然而这些物体排成整齐的队形，掠过布赖顿的一片片屋顶上空，它们的影子飞速滑过繁忙的街道。

“可是它们没有气囊啊！”芮恩喊道，“没有充气隔舱！它们怎么能停留在天上的？比空气还重的飞行器是不可能的！”

一些史金手下的人笑了起来。那个奴隶贩子自己看上去也略显高兴，似乎她的无知越发增加了她故事的可信度。“不是不可能的。”他说，“比空气更重的飞行器的秘密，是在几年前由那些面对绿色风暴空中舰队时急于自卫的城市再次发现的。没有什么比十四年之久的战争更能促进技术进步的了……”随着那些飞行机器俯冲回来，天空中到处都是引擎的轰鸣和空气制动器的厉声尖啸，史金不由得提高了嗓门："这支部队被称为飞貂军。一支空中部队雇佣军，由我们那位受人尊敬的市长所雇佣，来保护他的宫殿……"

那些机器飞驰而过时，芮恩再次转向窗口。它们是一些外表脆弱的新奇玩意儿，全都是绳索、轻木，还有浸了漆的纸构成的。它们的驾驶舱极其简化，只剩下一个凹背座椅和一堆操纵杆。一些有两只蝙蝠一样的翅膀，其余有三只或四只，或是十只，其中某些翅膀挂在吱吱作响的黑色物体下拍打着，就好像是坏掉的雨伞。在它们巨大的引擎吊舱上涂绘着老鹰、鲨鱼、裸女，以及一个个放荡俗气，蛮不在乎的名字：去你的，重力！还有糟糕的一天、机内压力重重，还有延迟的满足感就在现在！一个头戴护目镜的女飞行员从某个叫作"战斗树袋熊"号的机器驾驶舱里朝芮恩挥了挥手。芮恩也对她回以挥手，但那支中队早已飞远了，逐渐缩小为远处海面上空的一簇斑点。

缆车载着芮恩穿过云中9号的底腹，到达位于穹顶宫花园里的终点站时，她还在发抖。她一直相信爸爸和弗蕾娅小姐知道关于安克雷奇外部世界的一切事情，但是很明显，从他们穿越冰原时起的这十六年里，世界已经变化得太多。他们对这场可怕的，几乎和芮恩年龄一样大的战争一无所知。而她更怀疑他们甚至是否能想象得出她刚才所见到的那种怪异的飞行机器。这使她觉得离他们更加遥远了。

油然而生的思乡之情慢慢退去，她的看守者带她走出上层缆车终点站，沿着砾石小路走向云中9号的中央枢纽。彭尼罗的宫殿就在那里，一个个糖果粉色的尖塔以及蛋白酥皮般的圆顶矗立在到处是棕榈树、柏树、装饰塔和喷泉的花园之中。一群群色彩艳丽的长尾小鹦鹉在头顶上方盘旋，而在鹦鹉的上面，云中9号的透明气囊在阳光下闪闪发亮，如同一堆硕大无朋的气泡。

“请问您的来意？”一名家奴站出来拦住了史金的路，问道。

“纳贝斯克·史金。”奴隶贩子回答道，而这回答已然足够，那个奴隶鞠了一躬，结结巴巴地说了些话，挥手示意访客们继续向前，走上一道优雅的白色楼梯，直通一片宽阔的阳光露台。阳光露台的中央是一个泳池，一个人躺在池中的充气床上漂漂游游，身穿一套金光闪闪的泳衣。一只手里托着一杯鸡尾酒，另一只手拿着一本书，圆圆的脸侧对着太阳，懒洋洋地躺着，正是宁禄·彭尼罗。

芮恩曾经估算出彭尼罗肯定至少有六十五岁了，所以她本来还以为会看到一个身体相当虚弱的人。然而彭尼罗保养得很好。他瘦了一些，绝大多数的头发也掉了，不过除此之外他看上去与芮恩所见过的他的照片相差不大，那些照片都是在彭尼罗那段作为安克雷奇首席领航员的短暂而不愉快的任期期间拍摄的。一群迷人的奴隶少女踩着水围在他的浮床边上，手中端着各种新鲜饮料、书签、一盘盘蛋糕和糖果，还有一位忙碌的市长可能会需要的其他各种东西。一个与芮恩年纪差不多的少年，长得又高又黑，如同一条夜里的影子，站在游泳池边，打着一柄鸵鸟羽毛的扇子。

“看得出来，我卖给你的那个绿色风暴囚犯已经安顿得不错了。”史金开口说道。

“啊？哦！”彭尼罗睁开眼睛坐了起来，“啊！下午好，史金。”他在充气床上扭过身来，瞥了那个年轻人一眼。“是啊，彭尼罗夫人对他很满意。他是个很方便的扇风人，挥扇的动作很可爱。而且他和餐厅墙纸的颜色也很搭配。”他再次看看史金，芮恩觉得他看到那个奴隶贩子后并不是特别高兴，“不管怎样，纳贝斯克，老伙计，是什么风把你，嗯，啊……”

史金微微欠身：“这个女孩是从我们上周捞上来的贝壳船里抓到的。我想你可能会想买下她放在穹顶宫中。”他朝芮恩做了个手势，于是他的手下们把她朝池岸推近了些，让市长能将她看得更清楚些。

彭尼罗盯着她：“迷失小妹，呃？她洗刷得挺干净，我得说。不过我想我们已经都同意了，不再需要他们那帮人之中的任何一个继续在布赖顿晃荡。你不是打算要把他们全部卖给新玛雅吗？”

“是唯恐他们中的某个人可能会知道你过去的几桩尴尬事吗，彭尼罗？”史金说。

“呃？你是想暗示什么？”

“这个姑娘，”史金宣布道，“是最近才从死亡大陆来到这里的。来自一座人们以为早已遗失，但实际上却在那片凋零之地欣欣向荣的城市。一座我相信大人您一定有着美好回忆的城市。”

史金往身后伸出手，从他手下人之一那里拿了一样东西，往泳池对面扔去，扔在了彭尼罗的充气床上。《锡之书》。彭尼罗把它捡起来，迷惑地皱着眉头，仔细地瞧着封面，然后将它翻过来，望着它背后的纸标签。

“诸神在上！”他抽了口冷气，一抖手将饮料洒进了池里，“安克雷奇!”

“这个姑娘，”史金说，“并非别人，正是你的旧日旅伴赫丝塔·肖的女儿。”

“哦天哪！”彭尼罗惊叫起来，突然抽搐般地一倾，整张充气床都翻了。

“我很担心地发现，她所讲述的故事与大人您那本城际畅销书《罪孽赏金》中所讲述的事件版本之间有着某些差异。”纳贝斯克·史金解释道，不过他看上去就完全没有一丁点儿担心，就那么站在泳池边上，斜拄着他那支黑色的钢手杖，望着彭尼罗在水里翻腾，“所以我觉得最好还是给大人您一个机会来买下她，以免她的讲述会被公众所知，并且……令大人您的众多读者产生疑惑。自然了，她的标价也将是十分高昂的。比方说，一千个金币？”

“绝不！”彭尼罗拍打着水花，在泳池较浅的那一侧，以一个身穿金光闪闪泳衣的老绅士所能展现出的全部尊严站了起来，“你就是一个强盗，史金！我不会被你这种幼稚的尝试所吓倒，呃……这不是真的对吧？这不可能是真的！赫丝塔·肖没有女儿——而且无论如何，啊，安克雷奇沉没了，不是吗？与上面所有的人一起沉入了水中……”

“问她吧。”史金轻快地说着，用手杖的尖端指着芮恩，“问这位纳茨沃西小姐。”

彭尼罗直愣愣地瞪着芮恩，他的眼神中充满了恐惧，以至于有那么片刻，芮恩都几乎要为他感到抱歉了。“好吧，姑娘？”他问道，“你怎么说？你真的是从安克雷奇来的吗？”

芮恩深吸一口气，握紧了拳头。现在她正面对着这个传说中的大叛徒和大反派，她感觉比以往任何时候都更不确定自己的计划是否能成功。

“不。”她说。

史金转过身来瞪着她。

“这当然不是真的。”芮恩说着，努力露出一个紧绷的浅笑，“安克雷奇在很多年前就沉没在北极海水里了。每一个读过您的鸿篇巨著的人都知道这一点，彭尼罗教授。我只是一个来自格里姆斯比的可怜的迷失小妹。”

在从胡椒瓶来的一路上，芮恩已经在心里翻来覆去地想过了她要讲的故事，她不觉得它会被推翻。当然了，如果有人问其他迷失小子，他们都会说芮恩不是他们之中的一员，而且俞饼也知道她的真正身份——可是为什么彭尼罗会相信他们的话而不是芮恩的呢？她可以说史金曾经贿赂了迷失小子们来支持他的说法。

“我从来没有去过安克雷奇。”她坚定地说。

史金的鼻孔翕张着："那么很好——这本书，《锡之书》，上面加盖了安克雷奇统治者的印玺——你怎么解释这件事？"

芮恩早已想好了答案。"我把它从格里姆斯比带出来的。"她说，"它是献给大人您的礼物。迷失小子们很多年前偷来了它，正如我们从各种各样的城市里偷来各种各样的东西。安克雷奇是一片残骸，沉在大海的最底下。没有人住在那里。"

"可是她亲口告诉我她是赫丝塔·肖的女儿！"史金说，"她为什么要说谎？"

"因为您那些奇妙的书，大人。"芮恩一边解释，一边尽她所能用崇拜的眼神凝视着市长，"我读过它们每一本。每当我的贝壳船贴到一座新的城市下面，我总是先去偷书店，希望能找到一本宁禄·彭尼罗的新书。我告诉史金先生我是从安克雷奇来的，就只是因为这样他就会带我来见您。"

彭尼罗看上去又充满了希望。他太想要相信她了。"但是你的名字，"他说，"纳茨沃西……"

"哦，这不是我的真名。"芮恩轻快地说，"我在大叔的记录里查过了赫丝塔·肖，那里说她通常都和某个姓这个的人一起旅行。"

"哦，真的吗？"彭尼罗试图掩饰自己松了一口气，"我从来没有听说过他。"

芮恩微笑起来，她为撒谎是如此的简单而高兴，也为自己原来如此擅长撒谎而高兴。她的故事并不十分合理，然而当你对某些人说出他们想要听到的事情时，他们就会倾向于相信你——世绑亲组织教会了她这一点。

她说："我本打算把这个伪装继续进行下去，教授，我希望您会把我带回您的家里。就算我只是您最卑贱的奴隶，至少我能与《罪孽赏金》以及……其他所有名著的作者接近了。"她装作认真地垂下目光，"可是当我一见到您时，先生，我就意识到您绝对不会被我的谎言所蒙蔽，所以我决定把真相告诉您。"

"非常值得称道。"彭尼罗说，"也相当正确。我在一瞬间就看穿了它，你知道么。虽然奇怪的是，你的确和可怜的赫丝塔长得有点儿像。这就是为什么你刚出现的时候吓了我一跳的原因。那个年轻的女人是我非常、非常心爱的，没能救得了她是我一辈子最深的遗憾。"

哦，你这个烂骗子！芮恩想，但她嘴里说出来的却是："我猜我现在必须离开了，先生。我猜史金先生会希望从我身上赚得利润。不过我是带着高兴而离开的，因为至少我已经和这个时代最优秀的作者说上了话。"

"绝对不行！"彭尼罗从泳池里爬出来，浑身滴着水站在那儿，挥手赶开那些慌忙带着毛巾、衣服和一个便携式更衣帐篷围到他身边来的少女，"我不会听任这事发生的，史金！这个讨人喜欢的聪明年轻人已经显示出了勇气、进取心，还有正确的文学判断力。我禁止把她当作一个普通的奴隶卖掉。"

"我有我的花费要考虑，大人。"史金现在真的生气了，他气得白了脸，竭力控制住自己。

“那么我会买下她的。”彭尼罗说。他不是一个感性的人，但他不喜欢看到这个独具慧眼的姑娘因为热爱他的书而受到惩罚——此外，家奴也是可以抵税的。“我的妻子总是可以再多用几个侍女来打理这个地方的。”他解释道，“尤其是现在，有很多月亮节舞会的筹备工作要进行。告诉你吧，我会给你二十个银币来买下她。这可比正常价格高多了。”

“二十个？”史金冷笑一声，似乎这么一笔钱少得根本就不值得考虑。

“成交！”彭尼罗飞快地说，“我的人会付给你钱。下一次，我亲爱的朋友，可尽量别再那么容易上当受骗了。老实说，怎么可能会有人相信这姑娘是从美洲来的呢？太荒谬了！”

史金微微欠身。“如你所言，大人。荒谬。”他伸出手来，“《锡之书》，请把它给我。”

彭尼罗一直在翻看《锡之书》，他啪地一下合上它，将它紧紧搂在胸前：“我不这么想，史金。这姑娘说过这是给我的礼物。”

“这是我的财产！”

“不，它不是。你与议会的合同中规定，任何你钓上来的迷失小子都是你的。然而这东西不是迷失小子，在任何想象所及的范围内都不是。它是某种古代的密码，可能很有价值。身为布赖顿的市长，要得到它，呃，做进一步的研究，这正是我的职责。”

史金长久地盯着市长，然后又盯着芮恩。他露出一丝微笑："毫无疑问，我们会再见面的。"他愉快地说着，转过身，打了个响指，让他的人跟上，自己轻快地走开了。

彭尼罗的少女们聚集在他周围，用更衣帐篷将他围了起来。于是有短暂的片刻，没人来理芮恩。她忍不住笑开了花，为自己的机智而兴奋得涨红了脸。也许她仍然是一个奴隶，但她是个时髦的奴隶，住在市长本人的房子里！她会得到可口的食物和漂亮的衣服，可能永远用不着举比一盘小蛋糕更重的东西。而她将会遇到各种各样有趣的人。比如说，那些英俊的飞行员，他们可能会被她说服，带她飞回桃花源的家。

她唯一的遗憾是自己没能把俞饼一起带上来。她觉得自己该为那个男孩负责，她希望那个奴隶贩子不会把怒火发泄在他头上。但一切都会好起来的。不管用什么办法，她总是会逃跑的，而到了那个时候，也许她也会找到办法来帮助俞饼。

纳贝斯克·史金不是一个会显露自己情绪的人，等缆车将他在布赖顿的甲板上再度放下来的时候，他已经控制住了怒气。到了胡椒瓶，他用并不比惯常的冷淡更强几分的语气与威姆斯小姐打了招呼，并对她说："把那个迷失小子带来见我。"

没过多久，他就平静地坐在他的办公室里，一边看着俞饼大口吃着第二碗巧克力冰激凌，一边再次听他叙述"奥托里库斯"号前往桃花源的航行。这个男孩说的是真话，史金能确信这一点。但是试图利用他来诋毁市长是没有意义的：他年纪太小了，很容易受到影响；假如事情走到上法庭这一步，彭尼罗的律师们会把这孩子撕成碎片。史金若有所思地闭上眼睛，在心里描绘桃花源的样子：“你确定能再次找到那个地方吗，孩子？”

“哦是的，史金先生。”俞饼嘴里塞得满满地说。

史金十指相对，指尖抵着下颌，对他微微一笑。“好。很好。”他说，“你知道，孩子，有时候，我会得到某个太有用或者太聪明，因而令我不会放手的奴隶，例如威姆斯小姐。我希望你会是另一个这样的人。”

俞饼紧张地回以一个微笑：“你的意思是，你不打算把我卖给那些新玛雅的魔鬼了，先生？”

“不，不，不，不，”史金摇头向他保证道，“我想要你为我服务，俞饼。我们会把你作为一个学徒来加以训练。明年夏天的时候，等天气好转，我会装备起一支探险队来，而你将带着我们前往桃花源里的安克雷奇。我想那些桃花源人或是安克雷奇人或者随便他们是怎么称呼自己的人，一定会在奴隶市场上卖个好价钱的。”

俞饼听得睁大了眼睛，然后咧嘴一笑：“是的，史金先生！谢谢你，史金先生！”

史金靠在椅子上，他的怒气已经平息得差不多了。他会向整个世界展示安克雷奇幸存了下来，以此来报复彭尼罗。至于那个奸诈的小泼妇芮恩，等史金公司把她所有的家人和朋友都变成奴隶时，再让她瞧瞧自己感觉有多聪明吧。

15　深海之下的孩子们

贝壳船“钻孔虫”号是在迷失小子们开始使用无线摄像蟹之前很久就建造的。就连它的无线电设备也在很久以前就停止工作了。它没有任何办法接收到来自布赖顿的广播，所以赫丝塔、汤姆和弗蕾娅永远不会发现泰摩想要与父母相遇的愿望是否超过了他对朋友们的忠诚。“钻孔虫”号听不到世绑亲组织的邀请，所以便向北游进了格陵兰海沟幽深而寒冷的水域之中。在芮恩与彭尼罗面对面的同一个仲夏午后，“钻孔虫”号的乘客们终于看到了格里姆斯比。

汤姆以前曾经到过这座水下城市，但赫丝塔和弗蕾娅只是从他的描述中知道了它。所以在泰摩驾驶贝壳船接近的时候，她们相互争来挤去，以便能看得更清楚些。

格里姆斯比一度曾经是一座巨大的工业筏城。但现在它只是一座沉没的残骸，躺在一道海底山脉的斜坡上。海藻和藤壶还有铁锈都努力地想要给它涂上一层伪装，将建筑物和桨轮的轮廓变得模糊，直到已经变得很难说清格里姆斯比到哪里为止，海底山脉又从哪里开始。

“灯光呢？”汤姆问。他关于迷失小子的巢穴所记得最清楚的，就是从格里姆斯比沉没的市政厅的各个窗户里透出来的那种恍若梦幻般的灯光。然而现在，整个城市都躺在一片黑暗之中。

“出了什么问题了。”泰摩说。

有一些东西正撞击着“钻孔虫”号的船壳。碎裂的木片和残破的塑料碎片在前灯的光束中旋转着。贝壳船正在驶过一片到处漂流着残骸的区域。

“整个地方都死了——”赫丝塔说，然后突然停了下来，因为如果那是真的，那么芮恩可能也死了。

“快看盗贼馆！”泰摩震惊地低声说道。一座高大的建筑从右舷一侧滑过，他在这座建筑里度过了大部分的童年时光，而现在它黑暗无光，海水从敞开处涌入，墙上巨大的锯齿状裂口边上有各种垃圾在打着旋。“钻孔虫”号激起的尾波传到之处，牵得一个少年的尸体缓缓地翻着筋斗旋转。其他人的尸体则在一条浸满了水的玻璃钢管道里翻翻滚滚，这条隧道以前是将盗贼馆与市政厅相连的。“电厂也不见了。”他们经过一座像蛋壳一样被砸碎的圆顶建筑时，泰摩补充道，他的声音听起来十分紧张，压力重重，“市政厅看起来还没事。尽管没人在里面。我会瞧瞧我们能不能进去。”

从泰摩逃离这个地方起已经过了十六年，不过在那之后他在梦中已经成千上百次地驾驶贝壳船回到船坞之中。他调整贝壳船的方向，朝着市政厅底部的水密门驶去。门是开着的。银光闪闪的鱼儿穿梭进出。

“还是一个人也没有。”他说，“这扇门应该是关着的。而且应该有哨卫潜艇来检查我们。”

“也许他们试着在无线电里和我们通话，但是我们听不见他们。”汤姆满怀希望地提出这个可能性。

“我们该做什么？”弗蕾娅问。

“我们进去，当然了。”赫丝塔说。她检查了一下插在腰带上的枪，还有靴子里的匕首。假如这里还有任何迷失小子活了下来，她会让他们瞧瞧瓦伦丁女儿的厉害。

“钻孔虫”号轻盈地滑入隧道之中。自动门在前方打开，又在后方关闭。“紧急电源一定是启动了。”泰摩说，“那是……”

“这可能是一个陷阱。”赫丝塔说，“他们可能在等待着我们。”

但并没有人正等着“钻孔虫”号。它在船坞的众多圆池之一中浮出水面，然后它的乘客们爬了出来，来到了冰冷而陈腐的空气里。一片黑暗之中，只有几盏昏暗的红色应急灯还亮着。空气泵费力地喘着气。汤姆记得这片巨大的空间里曾经挤满了迷失小子们以及一艘艘贝壳船，但现在这里已经废弃了。一座座系泊起重机悲哀地站在空空如也的圆池边，仿佛是在一座废弃博物馆里的恐龙骨架。一艘粗壮的货运潜艇停在船坞另一头的一个码头里，舱门敞开着。一艘拆解了一半的贝壳船躺在一座修理厂里，但没有任何那些应该在它上头工作的机械师的迹象。

汤姆从“钻孔虫”号的船舱中取出一盏手提电灯，向前走去。他还抱着希望可能会在哪儿找到芮恩，能看到她安全地活着，跑过来拥抱他。他将提灯的光照进起重机下方一片漆黑的阴影里。有那么一两次他以为自己瞥见了一个摄像蟹从光束中溜开。除此之外便没有其他东西还在移动。

“所有的人都在哪里？”他低声说。

“嗯，其中之一在这里。”赫丝塔说。

船坞后方的大门半开着，在门槛上躺着一个与芮恩的年龄差不多大的少年，他蜷缩着身体，双眼空洞地瞪着，已经断了气。赫丝塔推开汤姆走过去，跨过尸体。在船坞外面的走廊里还躺着另外六七个，有些是被剑刺死的，另外的一些是被鱼叉枪里射出的金属矛杀死的。

“看起来似乎迷失小子们相互之间发生了战斗。”她说，“他们真不错，给我们省了麻烦。”

汤姆小心翼翼地跨过那个死去的少年，抬头望去。冰冷的水滴啪嗒啪嗒地落在他仰起的脸上。“这个地方就像一个生锈的锡罐一样漏水。”他喃喃地说。

“大叔会知道该怎么修好它。”泰摩说。其他人转过头来看着他，对他语气里的信心感到惊讶。他自己也觉得吃惊。“是大叔建造了格里姆斯比。”他提醒他们道，“他把最初的几间房间建成水密的，又造了第一艘贝壳船，全是他一个人干的，没有其他人帮忙。”他点了点头，手指忍不住摸上了自己的脖子。绳索勒出的旧伤痕依然在那儿，在指尖下坚硬可辨，不断在提醒着他，自己到了最后曾经多么地恐惧和仇恨大叔。但在那之前，在很长的一段时间里，他都是热爱着他的。现在，他又回到了这里，而盗贼馆则已经变成了一片废墟，迷失小子们也不在了，于是他发现那些恐惧和仇恨也都随之消失了，只有热爱之情还存留了下来。他回想起了当年他蜷缩在自己的床铺上，大叔低如耳语的话音在整个漫长的夜班轮值时段中都会从天花板上的扬声器里飘出来，那时候他曾经多么的有安全感。那时候整个世界都是单纯的，而他也是幸福的。

“大叔最有道理。”他喃喃地说。

远处走廊里的阴影中突然有什么动了一下，赫丝塔立刻举起了她的枪。但在她来得及开枪之前，弗蕾娅便抓住了她的胳膊，而汤姆也大声叫道：“小赫，别！”他的声音激起的回声来回震荡，传入通向上方的楼梯和两侧的通道，而那张被他的提灯光束射住了一瞬的脸，便立刻随着其主人向后冲进阴影之中而消失了。

“没事的。”弗蕾娅一边说着，一边越过赫丝塔，她的手向前伸出，“我们不会伤害你的。”

黑暗中忽然便充斥着窸窸窣窣的轻柔脚步声。一双双眼睛在提灯的光亮下闪闪发光。格里姆斯比的孩子们从他们的藏身之处爬了出来，脏兮兮的小脸苍白如花瓣。他们都是新人，年纪还太小，没能在迷失小子之中占据一席之地。有几个才九岁或十岁的样子；其他大多数孩子则更加年幼得多。他们用受惊吓的大眼睛瞪着来访者们。一个年龄和胆子都比其余孩子大些的女孩走近了弗蕾娅，说：“你们是我们的妈咪和爹地吗？”

弗蕾娅跪了下来，好让她的脸和那些孩子们的脸齐平。“不，”她说，“不，我很抱歉，我们不是的。”

“但我们的妈咪和爹地都来了，是不是啊？”另一个孩子小声说道。

“有过一条讯息……”

“他们说他们接近了。”一个小男孩说，他拽着泰摩的手，认真地仰视着他的脸，“他们说我们应该去他们那里，于是很多大孩子们都想去，即使大叔说不行……”

“后来其他的小子想要阻止他们，他们就与他们战斗，把他们杀死了！”

“然后他们无论如何还是走了。他们带走了所有的贝壳船。”

“我们想要和他们一起去，但是他们说地方不够大，而我们只是些新人……”

“然后就爆炸了！”一个女孩说。

“不，那是再后来，傻瓜。”另一个说，“那是深水炸弹。”

“砰！”最小的那个孩子喊着，挥舞手臂来演示，“砰！”

“后来所有的灯都灭了，我想有些水漏了进来……”

所有的孩子们都在同时七嘴八舌地说着，往汤姆的提灯亮光中挤进来。赫丝塔向其中之一的孩子伸出手去，但他却往后退去，依偎在了弗蕾娅身边。

“芮恩在这里吗？”赫丝塔问，“我们正在寻找我们的女儿，芮恩。”

“她走丢了。”汤姆解释道，“她上了‘奥托里库斯’号。”

一张张小脸朝他转来，表情像没写字的书页一样空白。那个年纪较大的女孩说：“‘奥托里库斯’号没有回来。最近三个星期里离开的贝壳船没有任何一艘回来。”

“那么芮恩在哪里？”汤姆喊道。他之前吓坏了，以为会发现芮恩也死了。不过没有找到她的话，也几乎一样糟糕。他的目光从一张困惑的小脸转到另一张：“以魁科的名义，到底发生了什么啊？”

孩子们从他身边退开，他们吓坏了。

“大叔在哪里？”泰摩问。弗蕾娅对他微笑，好让孩子能看出他是一位朋友，所以他们应该回答他的问题。

“也许他也离开了。”赫丝塔说。

泰摩摇了摇头：“别傻了。大叔不会离开格里姆斯比的。”

“我想他在楼上。”一个男孩说。

“他很老了。”另一个犹疑地说。

“他现在根本不离开他的房间。”第三个孩子赞同地说。

泰摩点了点头。“好的。我们会和他谈谈。他会告诉我们发生了什么事，他会告诉我们在哪里可以找到芮恩。”他能感觉到其他人都盯着他，他转身对着他们笑了笑，“没事的。你们会看到的。大叔最有道理。”

16　那些珍珠是他的眼睛

他们走了一段奇怪的路，爬上格里姆斯比一道道凌乱的楼梯，海水从天花板上头发丝般细的缝隙里滴下，然后汇成溪流沿着一阶阶楼梯淌下来。更多尸体躺在楼梯平台上，形成许多水坝，挡下的脏水聚成了池塘。在头顶上方，一只只摄像蟹攀在管道和楼梯扶手上。时不时地就有一只转过镜头，用它的独眼跟随着新来者们。

赫丝塔走在前头。在她身后，汤姆、泰摩和弗蕾娅被孩子们环绕在中间，一双双小手或是紧紧抓着他们的手，或是伸过来摸他们的衣服，好像是为了让自己相信这些从上方世界来的人们是真实的。他们特别地为弗蕾娅所吸引。用一种吓坏了的悄悄话般的语气，他们告诉她各种各样的小秘密。

“白俞抠鼻孔。”

“我才不！”

“我的名字叫埃斯比约恩，但是盗贼馆的大孩子们说我得叫金羌俞，只不过我觉得金羌俞是一个傻名字，所以现在所有的大孩子们都被杀死了和逃走了，那么我就可以改回原来的名字吗？”

“他的手指就插在那里。他还吃鼻屎。”

“我没有！”

“孩子们。”弗蕾娅问，“是谁炸毁了盗贼馆？那是多久以前发生的事？”

但孩子们回答不了这个问题。几天前，一些孩子说；一个星期，另一些估计道。等走近上面几层时，他们叽叽喳喳的声音便渐渐小了下来。在他们眼前的是一个巨大的房间，是打汤姆和泰摩上一次到格里姆斯比以后新建的，由十几个老房间打通而成。房间里塞满了精致的家具，都是从那些被窃的市政厅和被洗劫的定居镇里带回来的赃物。墙上挂着巨大的镜子，丝绸和天鹅绒的睡袋覆盖着巨大的床铺。各种衣服和垫子散落在地板上，用钻了孔的浮石和古董西笛[1]所制成的风铃从天花板上的管道上悬挂下来。

“这是舒寇叶的房间。”孩子们解释道，“舒寇叶在这里管理事务。”

“这些风铃是印羽做的。”一个小女孩说，“她又漂亮，又聪明，她是舒寇叶最喜欢的人。”

---

1. 牵引纪元的人们对古代电脑光碟的称呼。

“我希望舒寇叶会回来，”一个男孩说，“舒寇叶会知道该做些什么的。”

“舒寇叶死了。”赫丝塔说。

在那之后，唯一剩下的声音就只有他们的脚步落在潮湿的地毯上，以及前面某个地方传来的微弱语音，尖细而呲呲作响，就好像它是通过扩音器传来的一样。那个声音说：“我们只想要和我们亲爱的、迷失了的孩子们再次相聚……”

沿着最后的一条楼梯，便到了那个满是屏幕的房间，格里姆斯比的创建者就是从这里看守着他的水下王国。上次汤姆在这里的时候，这间房间守卫重重。这一次守卫都不见了，门甚至都没有锁上。赫丝塔踢开门，拔出枪走了进去。

其他人跟在后面一拥而入。这个房间宽敞高挑，覆盖四壁的众多屏幕所发出的幽灵般的光芒照成一片蓝色。这些屏幕有着各种形状和大小，从巨大的公共视屏到古代科技医疗设备上扒下来的微小显示器，全都通过一大片丛林般的电线和管道连接在一起。在上方，屋顶的阴暗穹隆里，挂着一台便携式监控站：这是一个微缩的载货气球，下面挂着一大团组合成球形的屏幕和扬声器。每个屏幕上都显示着相同的画面：一大群人站在海风轻拂的观景平台上，位于一座筏城之上。“深水之下的孩子们……”从那些扬声器里传来的声音恳求道，“如果你能听到我们的话，我们求求你，到我们这里来！”

“他们为什么上这种当？他们为什么去？难道他们喜欢一帮老旱

地人更甚于我？”

在这个房间的中央，一个老头背对门站着，对着屏幕上的录像大喊。他手里拿着一个遥控装置，他将它举起，按下一个开关，于是所有的屏幕都变得一片空白，静寂无声，然后他转过身来面对着赫丝塔和其余人。

“你们是谁？”他暴躁地发问，“舒寇叶在哪里？”

“舒寇叶不会回来了。”汤姆尽可能温和地说。对于大叔他有着糟糕的回忆，但这并没能阻止他为这个穿着一双破旧兔子拖鞋颤颤巍巍向他走来的佝偻老头而感到抱歉。那个乌龟般的脑袋，从层层叠叠的发霉衣服里探出来，冲他眨巴着近视的眼睛。大叔的眼睛随着年龄的增长而蒙上了白翳，汤姆注意到，围绕着他的许多屏幕前都固定着巨大的放大镜，好让画面更加清晰。他怀疑大叔已经几乎失明了。难怪他不得不依赖舒寇叶。

“舒寇叶已经去了。”他说。

“什么，你的意思是……”大叔走近了些，直勾勾地看着他，“死了？舒寇叶？小舒寇叶为什么摆出这种架子？”他的脸上现出悲伤，然后是宽慰，然后又是愤怒：“我告诉过他的！我警告过他不要去找那本烂书。他没有盗窃的天赋，舒寇叶没有。他更多的是一个策划者。他有头脑，舒寇叶有头脑。”

“我们知道。”赫丝塔说，“我们看到了他们。”

大叔听到她的声音后退缩了一下：“一个女人？格里姆斯比不允

许有女的进来。我一向对这一点非常严格。舒寇叶在这件事上始终支持我。不许有女孩。坏运气，她们只会带来这个。不能相信她们。”

“但是大叔……”弗蕾娅温柔地说。

“哟，还有另一个！这儿整个地方都爬满女的了！”

“大叔？”泰摩问。

老头抽搐着环顾四周，皱着眉头，就好像泰摩的声音碰到了他脑袋里的某个生锈的开关。“泰摩，我的孩子！”他说道，然后大声咆哮，“这是你干的对吗？你在这事里插了一脚？告诉了旱地人怎么找到我们，对不对？你一个人来的，还是有其他人一起？”

他一瘸一拐地走开，戳着他的遥控器，直到那些杂乱无章的屏幕上填满了来自格里姆斯比各个角落的画面，他将又干又皱的脸凑近玻璃屏幕，盯着一个个空荡荡的走廊和房间，空荡荡的贝壳船坞，还有被水淹没的已经成为废墟的盗贼馆大厅。

“就只有我们四个，大叔。”泰摩说，“我们根本不知道这里发生了什么。这和我们没有任何关系。”

“没有？”大叔瞪着他，然后发出一声尖笑，“诸神在上，那样的话你可真是挑了个好时候来做客啊！”

“我们是来找汤姆和赫丝塔的女儿。”泰摩耐心地说，“她的名字叫芮恩。她从桃花源的安克雷奇被带走了，被一个跟舒寇叶一起乘坐‘奥托里库斯’号的新人带走的。”

“俞饼？俞饼，那是他的名字……”大叔耷拉着脑袋，当他说话时，他听起来好像快要哭出来了，“‘奥托里库斯’号不见了。他们都不见了，泰摩，我的孩子。那些傻瓜收到了那条有关父母的讯息，于是他们飞一样地跑去了布赖顿。”

“布赖顿？”汤姆听说过布赖顿。一个度假镇，带点儿放荡不羁，但不是个坏地方。如果芮恩是在那里，那么她可能还没事儿。

“为什么布赖顿想要他们呢？”赫丝塔怀疑地问。

大叔耸耸肩，摊开双手，又做出各种其他抽搐的手势来表明他不知道。“我告诉过我的小子们这是一个陷阱。我告诉过他们。但他们根本不听。要是舒寇叶当时在这里就好了。他们听舒寇叶的。不再听他们的可怜的老大叔的了，这么多年来一直管教他们为他们操心——”自艾自怜的眼泪从他皱巴巴的老脸上淌了下来，他就用袖子擤了擤鼻子，他的目光无精打采地掠过汤姆和赫丝塔，然后再次停留在弗蕾娅脸上，“诸神在上，泰摩，这条肥胖的大鲸鱼就是那个你为之而跑去安克雷奇的姑娘吗？她可真是自暴自弃了啊！不过仔细想想，你看起来也好不到哪里去。我喜欢我的小子们穿戴得体，而你……嗯，你真寒酸，这就是事实。舒寇叶还告诉我你到旱地人之中干出了一番事业呢。”

泰摩觉得自己好像又成了一个新人，被批评自己忘带了某件盗窃工具。“对不起，大叔。”他说。

弗蕾娅走到他的身边，拉起他的手放在她的掌间。“泰摩已经取得了一些成功，”她说，“没有他的帮助，我们不可能建造起在桃花源的安克雷奇。我想告诉你这一切，但首先我想我们所有人都必须离开这个地方。”

“离开？”大叔盯着她，就好像他以前从来没有听说过这个字眼似的，“我不能离开！是什么让你认为我会想要离开的？”

“先生，这个地方完了。你不能让孩子们留在这里……”

大叔笑了。“那些小伙子都不会去任何地方。”他说，“他们是格里姆斯比的未来。”

孩子们悄悄地走近弗蕾娅。她放开泰摩的手，抚摸孩子们的头。每个人都能听见城镇下层受压的金属所发出的轻微呻吟声，以及远处水灌进来的飞溅声。

“可是凯尔先生。”弗蕾娅说。她回想起了泰摩以前曾经告诉过她的事。在大叔成为大叔之前，他曾经是斯蒂尔顿·凯尔，一个来自阿尔汉格尔斯克的富有的年轻人。弗蕾娅希望通过使用他的真名，也许能够让他明白过来，但这却只令他发出一声嗤笑，不屑一顾。尽管如此，她还是继续向他施加压力：“凯尔先生，这个地方在漏水。它的一半已经被淹了，空气闻上去有一股腐臭。我对于秘密水下巢穴所知不多，但我得说，格里姆斯比的未来将是非常短暂的。”

赫丝塔啪地一下打开幸灾乐祸型手枪的保险，将它指着大叔所处的方向。“如果你不想来。”她说，“那你就不必来。”

大叔盯着她，然后又抬头看向他那只挂在空中的由显示屏所组成的球体，那儿的屏幕上也有一张赫丝塔的脸的图像，比他用昏花老眼所直接看到的更加清晰。

“你不明白的。”他说，“我不会走的，你们也不能走。我们要重建这里。把这个地方修得不再漏水。要比以往更强大。造更多的贝壳船，造更好的。我们没有人要离开。告诉他们，泰摩。”

泰摩畏缩了，他真想要知道该怎么做。他不想背叛他的朋友们，但他也不想让大叔失望。那个老男人的声音让他心中涌动起了爱和怜悯之情，不由一阵觳觫。

他看着弗蕾娅。“对不起。”他喃喃自语道。然后，他突然飞快出手，一下从赫丝塔手中夺过枪来，并反过来指着她，然后又指着汤姆。

“泰摩！”汤姆喊道。

大叔又咯咯地笑了几声。“干得好，孩子！我就知道你总有一天会回来的！现在我真庆幸以前没有真的吊死你。其他那些人在有机会见到你之前就溜走了，这还真是可惜啊，泰摩。否则你会成为一个生动的实例。浪子回头。这么多年过去了，你仍然忠于你可怜的老大叔。”他从自己身上的一个口袋里摸出一把钥匙并递给泰摩，“现在赶开这帮人。把他们锁在舒寇叶的房间里，然后我们俩来好好谈谈。”

泰摩继续用枪指着汤姆，因为他知道赫丝塔是唯一一个有足够勇气来尝试压制他的人，而赫丝塔关心汤姆的安全更甚于她自己。他从赫丝塔的靴筒里抽出匕首，然后从大叔手里接过钥匙，开始催促其他所有人朝后面那扇打开的门走去。

“可是泰摩啊——”弗蕾娅说。

“算了吧。”赫丝塔对她说，“我就知道我们不该相信他。我想这就是他同意带我们来这里的唯一原因，因为这样他就可以再次见到他这位亲爱的大叔了。”

“你们不会受到伤害的。”泰摩向他们承诺道，“我们会解决这一切。都会没事的。”他不知道自己要做什么，只知道自己很高兴再次成为了一个迷失小子。“大叔最有道理。”他一边说，一边逼着他的俘虏们走下楼梯，进入舒寇叶的房间，然后在他们身后锁上门，“一切都会没事的。大叔总是最有道理。”

17　小教堂

夜幕降临天京城。在这座城市之上，山脉低垂，巨大而苍白，飞雪飘卷如旗，从每一座寒冷的山峰之巅飞扬而下。在山脉之上，更加寒冷的星光正逐渐浮现，还有那些并非群星的物体，那些古代人制造的，已经死亡了的人造卫星和轨道平台，正在天堂中跳着古老缓慢的舞蹈。

潜猎者史莱克在碧玉宝塔的寂静走廊中巡逻，他的夜视眼探测着一片片阴影，他的耳朵能侦测到远处一个房间里的交谈，一阵哄然笑声从守卫室里传来，还有墙板里的蛀虫在繁忙地啃食。他漫步穿过装饰着妖怪和山魈的古老雕刻的画廊，这些怪物却没有一个能比他自己还要吓人。他细细品味着自己这具重生身体的优雅和力量，用他所有的各种感官来检查是否有隐藏起来的爆炸物的微量化学特征，或是否有潜伏刺客的体热辉光。他希望尽快会有一些愚蠢的单生人来试图攻击他的女主人。他正期盼着再次进行杀戮。

一阵寒冷的气息轻轻拂上他的身体，气压的微弱变化告诉他，在四层楼之下，有一扇外门被打开又关上了。他飞快地走到一个窗口往下看去。只见一团形状分叉的体热正穿过庭院的阴影，朝着大门口的检查站走去。史莱克将其身高和步幅与他在当保镖的这段时间里收集的数据对比，认出了这是零博士。

在这样一个寒冷的夜晚，再有不到一个小时就要宵禁了，她是要去哪里呢？史莱克思考着这个单生人的动机。也许零博士在城市下层有一个情人。但零博士似乎从来没有对爱情产生过兴趣，而且话说回来，这也不是史莱克第一次逮到她做出奇怪举动。他曾经注意到，当她接近潜猎者方时，她的心跳变得很快，而当方朝她望去的时候，他也曾经闻到过她的身上有时会散发出刺鼻的气息。他很惊讶他的女主人自己没有注意到这些事——不过从另一方面来说，方并不像他那样对单生人与他们的处事方式感兴趣。对于她的外科机械师害怕她这一点，也许她没有留意到，也许她只是不在乎。

史莱克的眼睛提升到最大的放大倍率，看着零博士在检查站出示了她的通行证，然后继续跟踪着她，直到她的身影消失在天京城中的军营和旗帜之间。她为什么这么害怕？是什么吓到了她？她在做什么？她计划要做什么？

史莱克欠她许许多多，但他仍然清楚，寻找这些问题的答案是他的责任。

向下穿过陡峭的阶梯街道，伊诺妮·零匆匆而行，身上裹着她的硅丝斗篷，拉起兜帽，低着头。城市上方的天空中充斥着运输舰和空中驱逐舰的灯光，它们从军用空港起飞，载着更多年轻男女向西而行，在那里，他们的死期正在锈水阵地上等待着他们。

罪恶感在伊诺妮心中油然而生，但她已经习惯了。每天早晨，她都要帮潜猎者方保养关节和身躯，将她的仪器贴在潜猎者方的钢铁胸脯上，检查那个镶嵌在方安娜的心脏曾经所在的位置上的奇特的古代科技动力源。而每天早晨，她都对自己说，*我应该现在就干，就在今天。*

她不是第一个尝试这么做的人。各种各样的狂热反战分子和旧联盟的铁杆支持者们都企图破坏潜猎者方，但结果只是在她的铠甲上折断了匕首，或是望着她从爆炸之后的房间废墟里或者飞艇残骸里毫发无损地走出来。不过伊诺妮·零是一个科学家，她用她那科学家的技术设计了一件武器，这件武器甚至能够摧毁潜猎者方。

而麻烦的是，她没有使用它的勇气。万一它不起作用呢？万一它真的起作用了呢？伊诺妮能相当确定，如果没有这位潜猎者来领导，那么绿色风暴的统治就会分崩离析——但她很怀疑它会崩溃得快到令那个潜猎者的支持者们找不到时间来杀她，而她是听说过传闻他们是如何处理叛徒的。

她沉迷在各种念头之间，穿过双虹桥，拐弯走上万神街，却没有注意到自己已经被跟踪了。

几个世纪以来，来自欧洲和亚洲各地的反牵引主义者们逃进了这片山脉之中，他们也带来了他们各自信仰的神祇。一座座寺庙紧紧挨着，在渐暗的天色下仿佛是在相互角力。伊诺妮挤过两支婚礼游行队伍，一支葬礼队伍，经过一座座堆着红包和炮仗的神社。她走过了天空诸神的庙宇，然后是群山诸神的黄金宝塔。她走过了保斯基神殿，以及苹果女神的圣林。她走过了死亡女士的寂静居所。在这条街道的尽头，夹在两座更加流行的宗教的寺庙之间，坐落着一间小小的基督教教堂。

她检查四周，以确保没有人在看着她，随后走了进去，但她没想到要抬头看看屋顶。

伊诺妮是意外发现这座小教堂的，而她也不确定是什么在一直拉着她回来。她并不是一名基督徒。除了在非洲，以及最西面的某些岛屿上，已经很少有人还信仰基督教了。对于基督徒，她所知道的就只有他们崇拜一个钉在十字架上的神，而一个跑来跑去让自己给钉起来的神祇又究竟有什么用处呢？难怪这个地方已经陷入停止使用的状况，它的屋顶都不见了，杂草从一排排腐烂的长椅间长出来。但是在这样的夜晚，当她觉得她必须离开碧玉宝塔否则就会发疯的时候，伊诺妮就会到这里来，让自己平静下来。

雪花穿过如筛子般的朽垂房椽，纷纷洒洒地飘落，她掀开兜帽，雪花便沉积在了她的绿色头发上。她用手抚摸墙壁，用手指摸索着读取雕刻在古老石块上的文字。大多数字都湮灭难辨，不过有一段她很喜欢。这是一段古老的残章，从六十分钟战争之前流传下来的，伊诺妮不确定它是什么意思，但这段文字中自有一种安慰心灵的意味。

我们与垂死者一起死去：
看，他们离开了，我们与他们同行。
我们与已故者一起重生：
看，他们回来了，并带着我们一起。
玫瑰绽放与紫杉青郁，
经历的时间同样久长。[1]

伊诺妮跪在裸露的石砌祭坛前，深深地垂下了她的头。她并不相信他，这个古老的神祇，但她得找某个人说说话。

“帮帮我。”她低声说，“如果你还在那儿的话，给我力量吧。给我勇气吧。我如此地接近她。我现在就可以使用那件武器，只要我有足够勇气。而且这算不上谋杀，对吗，杀掉一个早已死去的人？我只是砸毁一台机器而已；一台危险的、破坏性的机器……”

她说得很轻，几乎没有嚅动她的嘴唇。没有人类的耳朵能听到她的话。但她的祈祷还是被听见了。潜猎者史莱克像一只石像鬼一样蹲在教堂残破的尖顶上，仔细地听着每一个字。

1. 这是艾略特的诗《四首四重奏》中第四首的片段。

“我有权利这么做吗？以前这一切都是如此显而易见，但现在我见过了她。见识到了她有多聪明，还有多强大……也许这的确算得上是谋杀。还是说我只是在给自己找借口？难道我只是在寻找一个不这样做的理由，好让自己能活下来？为我降下一个启示吧，上帝啊，如果你在那儿的话，告诉我应该做什么……”

她等待着，而史莱克也等着她，可是没有任何启示降临。附近寺庙里的那些嘈杂而受欢迎的神祇们总是大量派发安慰和建议，就好像那些知心大姐一样。但这个地方的神更难以解读。也许他睡着了，或者死了；也许他正在宇宙的另一头，在某个更加美好的世界里忙碌着。伊诺妮·零为自己的愚蠢而摇了摇头，站起身来，准备离开。

史莱克从教堂的墙壁上迅速爬下来，等候在入口处的一处壁龛里，那里可能一度曾悬挂着基督教的那个被钉起来的神祇的某尊雕像。他的怀疑是对的。零博士是个叛徒，尽管他以他那种潜猎者的方式喜欢上了她，他依然明白自己必须在她可能伤害到他的女主人之前就将她消灭。一想到即将到来的杀戮，他的电路不禁嗡嗡作响，兴奋不已。虽然她从他身上取掉了刃爪，但他依然强大，而且无情。他的拳头只要一下就能轻易地结果了她。

踏上门槛的脚步声传来。那个年轻女子步出教堂，迎着寒风拉起兜帽。她没有看见史莱克。她从他身边走过，飞快地沿着万神街步行，要在宵禁钟声敲响之前匆匆赶回她在宝塔里的房间。

史莱克放下拳头，忽然觉得有些惊讶，还有一点儿愚蠢。他是怎么了？他可是一个潜猎者，一个杀人机器，然而，当他的猎物那脆如蛋壳的头颅触手可及之时，他却无法下手。

我必须提醒绿色风暴的秘密警察，他想着，从壁龛上跳了下来，跟着伊诺妮出去，走进街道上的人群里。他会让那些单生人自己去对付她，就在碧玉宝塔底下那些铺着白色瓷砖的行刑室里。但走了几步之后，他又停了下来。他心里根本就没法背叛伊诺妮·零。

这是她对我做的，他想道。他回忆起了在潜猎者车间里的那些寂寞的夜班时光。那个年轻的外科机械师以某种方式在他的心灵中建造了一个屏障，令他不可能伤害到她，或者告诉别人她准备做什么。他是她计划的一部分。她给了潜猎者方一名无法守卫她的保镖。

他应该恨零博士如此利用他的；但他心里也同样没法恨她。

他闯过珠穆女神神社外面的一支节日游行队伍，穿过黑暗和风雪一路攀登回家。他不是伊诺妮·零的傀儡。他无法伤害她，但他会阻止她伤害他的女主人。总有一天，他会了解到她那个计划的真相，然后将它制止。

18 “纳吉尔法”号

泰摩前脚将朋友们和孩子们锁进舒寇叶的房间里面，后脚就飞奔上楼梯，回到那个全是屏幕的屋子里。他微微颤抖着，心里还有些想要再回去打开那扇门上的锁。他不停地对自己说，他并不是选择了大叔而放弃了弗蕾娅和其他人，他会找到一个办法来同时忠于他们双方的。

“我们必须做的第一件事。”当泰摩回到他这里后，大叔说道，“就是要抛开那些女的。坏运气，她们会带来。你会看到的。”他的屏幕上填满了下面房间里俘虏们的影像，都是赫丝塔和弗蕾娅的画质粗糙的大特写。他说：“她们看起来很漂亮，这一点我能肯定。毫无疑问，你肯定认为她们非常可爱，但是她们会偷偷捣鬼，会背叛你，就好像我的安娜在很多年以前对我所做的那样。这就是为什么我一直立下规矩，不许有姑娘出现在格里姆斯比。”

泰摩放下赫丝塔的枪，觉得拿着这把枪站在那里有点儿蠢：“可是那个和舒寇叶一起在‘奥托里库斯’号上的姑娘又是怎么回事？”

“小印羽？”大叔一把夺过枪，塞进他脏兮兮的衣服里，“我明白你的意思。那个相貌奇怪的小伙子。声音很尖。头发很长。化妆太浓。舒寇叶一开始把他介绍给我的时候我是有点怀疑，但舒寇叶向我保证他是个小子。一个棒小贼。可怜的印羽。我猜他也死了吧？”

“大叔，我们之前在楼下找到的那些可怜孩子里就有女孩，他们之中很多都是女孩。”

“女孩？你确定？”大叔开始按他的遥控器，寻找那些孩子们的特写。泰摩在屏幕上看到他的朋友们紧张地抬头看着那些在他们头顶天花板上爬来爬去、把印羽的风铃弄得叮当乱响的摄像蟹。而大叔的眼里只看得见一团团灰乎乎的脸的形状。“可能舒寇叶的绑架小队的确是误抓了几个女孩子。”他勉勉强强地喃喃说道，“假如我们要创造一个新开始的话，那我们也得甩掉她们。我们会创造一个新开始的，泰摩，我的孩子。我们会重建格里姆斯比，让它比以往任何时候都更强、更好，而你则会是我的左膀右臂。你可以搬到舒寇叶的房间里去住，同时就像舒寇叶以前那样来帮我管理事情。”

他身后一排排屏幕中的一个突然暗了下去，令房间甚至比之前更加昏暗了。有一股电线烧焦的味道传来，当泰摩放眼去寻找的时候，便看见有水从屏幕表面汩汩流下，在下方的地板上积了一摊。他蘸了一点用嘴唇尝尝，一股盐卤味。大叔最有道理，他对自己说，他想要相信这一点，因为回到过去的时光真是太棒了，那时候他对任何事情都明确无疑。每个人都必须相信某种比他们自己更好、更伟大的东西。汤姆和弗蕾娅有他们的神祇们，而赫丝塔有汤姆，泰摩则有大叔。他不会再放弃大叔了，尽管他又老，又瞎，又糊涂；尽管可能已经再也没有什么能够挽救格里姆斯比不被海水吞没。

但他不会让他的朋友们与他一起淹死。

“你看起来很累，大叔。”他温柔地说。这是真的。这个老头一直孤孤单单地待在这个房间里，盯着他的屏幕墙上显示的从布赖顿传来的诡异讯息，到底有多久了？泰摩摸了摸他的手：“你应该休息一下，现在这儿由我来监视。”

大叔猛地抬起脑袋盯着他，他的眼睛里闪烁着往日的狡诈：“你企图糊弄我，泰摩？舒寇叶以前就是这么做的。‘午睡一会儿吧，大叔，亲爱的。’他会这么说，‘就躺个眨四十下眼睛的时间，大叔。’而当我醒来的时候，我的一些东西就会不见了，或是另一个我信任的小子就会死了，而舒寇叶则会告诉我发生了一场意外……”

“那你为什么放过他呢？”泰摩问。

老头耸耸肩：“因为我怕他。也因为我为他而骄傲。他是一个厉害的家伙，那个舒寇叶，而正是我把他培养成这样的。他就好像是我的儿子，我猜。我有时会想，假如安娜没有欺骗我，乘着她那艘自制的飞艇飞走，那么我和她可能也会有儿子。我会想，他们也会和舒寇叶一样厉害。但我很高兴他死了，泰摩，我的孩子。我很高兴现在在这里的是你。”

大叔一边轻轻地喃喃自语，一边让泰摩带着他爬上陡峭的楼梯，来到他的卧室里。旧载货气球的引擎吊舱发出阵阵声响，带着那个由屏幕构成的球体跟着他们，挂在他们头上几英尺高的地方，好让大叔能一直望着它，他那快瞎了的眼睛紧张地从一个屏幕扫到另一个屏幕上。他卧室的门口被造得更高更宽，以便气球能够挤过去。“总得看着他们，泰摩。”他喃喃地说，“要是不看着，就根本不知道他们会做出些什么来。得看着每个人。在每个地方。在每个时候。”

这个房间曾经一度装饰得十分华丽，因为迷失小子们把他们偷来的最好的东西都拿来这里，作为给大叔的进贡。不过这些年来，一点一点地，舒寇叶肯定是找了各种借口把所有的财宝都搬到了楼下他自己的房间里。唯一剩下的就是一张床，一条破旧的被子，几堆发霉的书。还有一个倒放的箱子来当作床头柜，上面放着一盏旧氩气灯，还有一幅褪色的照片，照片上是一个美丽的年轻女子，身穿阿尔汉格尔斯克奴隶工人的制服。

“我一直留着那个来提醒我自己。”当大叔看到泰摩望着那张照片时，便说道，并迅速把它面朝下合扑下来，“我的方安娜。很漂亮，是不是？他们现在把她做成了一具潜猎者，还让她来领导绿色风暴，她统治了超过一半的世界，无数飞艇和军队遵她命令。我一直在跟踪着她的事业道路。还做了一本剪贴本，放在什么地方了。舒寇叶认为他可以与她做一个交易，但我知道那是不可能的。我知道这只会导致麻烦……”

“什么样的交易？”泰摩问，他以前有一次曾经听大叔说起过他那场失去的爱情，但他从来没有听说过迷失小子们想要与外部世界做交易，“这就是舒寇叶会来安克雷奇的原因吗？为什么他想要《锡之书》？”

大叔在床上坐了下来，一直跟着他的那一团监视屏也随之一沉，就悬在他脑袋上方，“舒寇叶说有麻烦要来了。最早的三艘贝壳船一失踪，他就说：‘有麻烦来了。’他说得也没错，对不对？只不过他不知道这个麻烦多久之后会来。他认为要是他得到了那本《锡之书》，他就可以把它交给绿色风暴，并要求他们来保护我们以作为交换，让他们来粉碎一切想要狩猎我们的城市。”

“可是他们为什么想要得到《锡之书》呢？”泰摩问。

“谁知道呢？”大叔耸耸肩回答说，“两年前的夏天，他们派出一支探险队想要寻找安克雷奇的残骸。当然啦，他们没有找到。但舒寇叶派了一只摄像蟹到他们的船上，于是他发现了他们希望发掘出来的是什么东西。”

“是《锡之书》？”

大叔点点头。“而他们也不是普通的绿色风暴。他们是特工，直接向她汇报。所以，舒寇叶就想，如果她都能在进行一场战争的半途中，派出载满战士的船队，绕过半个地球来寻找这个东西，那么她肯定是非常想要得到它。而他记得以前在安克雷奇行窃的时候曾经见过类似的东西，只是那时候他对它没有打什么主意。”大叔摇了摇头，“我告诉他这是行不通的。我告诉他别去做这事。但他就是那个样子，小舒寇叶啊；一旦他脑袋里有了一个点子，就没什么能阻止他，于是他就离开了，于是现在他就死了，而那座邪恶的城市则偷走了我所有的小子。”

“但是那到底是什么呢？”泰摩问，“我是说，《锡之书》？是什么让它这么有价值？”

大叔一直在凄凄切切地抽着鼻子，他用一块小圆点手帕擤了擤鼻子，然后盯着泰摩。“不知道。”他说，“我们从来没有发现过。舒寇叶猜测它大概是某一艘宏伟庞大的古代潜艇的设计图，能够拯救我们所有人，但我觉得这是他编出来的。我可怜的安娜要一艘潜艇来干什么呢？不。我觉得它是一样武器。一样厉害的东西。”

他把手帕塞进衣服，打了个哈欠：“现在，我的孩子。过去的事情谈得够多的了。我们应该想想未来。我们应该制订计划。是时候开始重建了。我们需要偷来一些东西。真幸运你把‘钻孔虫’号一起带回家来了，它会非常有用的，它会的。而且我还有老‘纳吉尔法’号[1]在。你还记得那艘老‘纳吉尔法’号吗？”

“我们来的时候在船坞里看见它了。”泰摩说。他看得出来，大

1. 在北欧神话中，纳吉尔法是一条用死者的手指甲和脚指甲建造的大船。在诸神黄昏中，这条船会载着诸神的敌人驶向最终战场。

叔已经开始昏昏欲睡了。他帮他躺下，拉过破烂的被子盖在他身上，掖在他的下巴下面。“你睡上一会儿吧。”他说，“你睡一觉，等你醒过来，就是开始的时候了。”

大叔对着他微笑，然后闭上了眼睛。那个屏幕构成的球体就悬在他的枕头上方，在摄像蟹拍摄的图像所发出的阴极射线照耀下，他的那张老脸似乎散发着朦胧光辉，如同一张纸面具，被他梦境中的闪烁光芒从内部照亮。

在下面的房间里，一些孩子也睡着了。其余的静静地坐着，用大而充满信任的眼睛望着汤姆给他们讲故事，这些故事都是以前芮恩小时候半夜里惊醒时汤姆曾给她讲过的。这些孩子似乎并不害怕这座垂死城镇的呻吟和颤抖，或沿着墙壁滑落的一股股水流。他们独自待着的时候倒是挺吓人的，不过现在这些大人来了，他们就感觉一切肯定都会好起来的。

赫丝塔摸索着房间的边缘，寻找武器或者有什么办法能撬开门上那把沉重的锁，但两者都没有找到，于是就开始越来越生气。

“要是你找到办法出去的话你会做什么呢？”弗蕾娅柔声问她，“坐下吧。你会吓到孩子们的。”

赫丝塔怒视着她：“我会做什么？当然是去贝壳船坞，然后乘坐‘钻孔虫’号离开。”

“可是‘钻孔虫’号坐不下我们所有人。就算我们想办法把孩子们全塞进船舱里，也不会有足够的空气或燃料让我们回到安克雷奇。”

“谁说我们要带上这些孩子们了？”赫丝塔反问道，“我是来救芮恩的，而不是来救那些小野蛮人。芮恩不在这里，所以我们要坐‘钻孔虫’号到布赖顿去，尝试在那里寻找。”

“可是这些孩子——”弗蕾娅叫了起来，不过立刻就收了声，以防被孩子们听见，猜出赫丝塔的计划，“赫丝塔，你怎么能想要做这种事情！你自己也是个有孩子的人！”

“没错。”赫丝塔说，“要是你也有孩子的话，你就会知道他们会带来多大的麻烦。而且这些甚至都不是一般的小孩。你想要照顾关心他们是不错，可这些孩子都是迷失小子。你没法把他们带回安克雷奇去的。他们到了那儿后你要拿他们怎么办呢？”

“当然是要爱他们啦。”弗蕾娅简简单单地回答道。

“哦，就像你对泰摩那样？那还真起作用了，不是吗？他们会抢光你，然后可能还会杀了你。你已经失去了你的优势，冰雪女王。你曾经要求我帮你守护安克雷奇。好吧，我会守护它，确保你不会把一帮小贼当作格里姆斯比的纪念品带回家。”

弗蕾娅退了一步，就好像她不喜欢与赫丝塔这么接近一样。“我不认为安克雷奇还需要你的那种守护了。”她说，“我曾经为你而高兴过。我曾希望这么多年的和平日子让你也变得平和起来。可是你一点儿也没有变。”

赫丝塔正想要开口回答，她背后的门便开了，泰摩走了进来。于是她转过身来对着他："你是来嘲笑你的俘虏们的吗？"

泰摩没法直视她的眼睛。"你们不是俘虏。"他说，"我只是不希望任何人受到伤害。我也不想让你们逼大叔离开。他是一个老人了。如果他离开格里姆斯比的话他会死的。"

"如果他留下来的话他会死的。"赫丝塔说，"除非他游泳游得非常好。"

泰摩不理她，而是对弗蕾娅和汤姆说："他现在睡着了。运气好的话，他会睡上几个小时。这会给你们时间来脱身。"

"那你呢？"弗蕾娅问。

泰摩摇了摇头："我得留下来。他就剩下我了。"

"哎，他可不值得你留下。"汤姆愤愤地说，"你是知道的，他是永远不可能真正重建这个地方的，对吧？"

"你不明白的。"泰摩说，"看到他这个样子，这么老，这么疯，这么痛苦……格里姆斯比当然已经完蛋了。但是大叔并没有意识到这一点。我是他的小子们中剩下的最后一个，汤姆。我一定要和他待在一起，直到最后。"

弗蕾娅正要试图跟他讲道理，但赫丝塔插了进来："我是无所谓。现在，你说我们该怎么离开呢？"

泰摩朝她笑了笑，很高兴总算有人问了个实际性的问题："'纳吉尔法'号。它就是我们一开始来的时候在船坞里看到的那艘载货潜艇。它很旧了，但它是可以信赖的。它会把你们安全带回安克雷奇。”

“那你也要一起来呀！”弗蕾娅松了一口气，说道，“我自己一个人可没法开一艘潜艇，或者说是驾驶它，或者反正就是你该怎么来操作它。”

“汤姆和赫丝塔会帮你的。”

“汤姆和我会乘坐‘钻孔虫’号去追布赖顿。”赫丝塔说。

“不。”泰摩对她说，“你得和弗蕾娅一起走。我得和大叔一起留下。我会帮你给‘纳吉尔法’号加燃料以及准备物资。你可以乘坐它回安克雷奇，然后，等到弗蕾娅和孩子们都安全了，那时你就可以继续去布赖顿寻找芮恩。”

于是，这是格里姆斯比的贝壳船坞里最后一次充斥着潜艇准备启航的声响。“纳吉尔法”号简直就是一艘生锈的、摇摇欲坠的旧铁皮桶，不过泰摩说它能行驶，而且其宽敞的舱房里有足够的空间来容纳所有的孩子。不过他没有把他所知道的其他事情告诉他们；这艘潜艇正是多年以前大叔从雪疯族那里偷来的那一艘，他就是用它建起了他的水下王国。他也没有提到它的名字是来自哪里——在古代北方的传说里，纳吉尔法是一艘用死人的指甲所建造的船，当世界末日来临时，邪神们将乘坐它驶向战斗。他不想让孩子们做噩梦。

所以汤姆和泰摩集中精神来测试这艘老潜艇的引擎，而赫丝塔为它的油箱注满燃料，弗蕾娅则让几个大孩子们带她去格里姆斯比的食品仓库，他们在那里收集满捧满捧的物资，好让他们能踏上回桃花源的归程。

一切都必须迅速完成。金属的呻吟声和隆隆作响声在建筑物的通道中不停回荡，那是被布赖顿的深水炸弹所损坏的外壳金属板正在海水的压力之下缓慢地移位变形，而舱壁隔门则一扇接一扇地重重关上，封锁住被水淹没的区域。没有人忘记大叔还在他的房间里，沉睡在疯狂的梦境之中。但似乎大叔暂时还睡得很熟；至少，当汤姆打开“纳吉尔法”号的舱口，抬头朝阴暗的天花板上望去时，他并没有看见任何摄像蟹的踪迹。

他在打开的舱口盖上倚靠了片刻，高兴地吹着冷风，因为“纳吉尔法”号的引擎室里渐渐变得又闷又热。他在下面干得过头了，也太担心芮恩了，他的旧伤再次开始发疼，这种疼痛就如同锐利而刺人的碎片，他的心脏里就好像塞满了碎玻璃碴一样。再一次地，他想到自己是不是快要死了。他不认为自己害怕死亡，但他害怕在他找到芮恩之前就死去。

他决定还是为泰摩担心，而不是他自己。他爬出潜艇，发现赫丝塔正穿过码头走来。

“我们该拿泰摩怎么办？”汤姆轻声问着，将她拉到一旁。“他还是决定要留在这里。难道他已经忘了大叔曾经想要杀死他吗？”

赫丝塔摇了摇头。“他没忘。”她说，“我不认为他想要留下来，确切地说。这只是因为他爱大叔罢了。”

“但是大叔差点杀了他！”

“这改变不了什么。”赫丝塔说，“大叔是泰摩所拥有的与母亲或父亲最接近的事物。每个人都爱他们的父母。他们可能并不总是会意识到自己爱他们，他们可能同时还会恨他们，可是在恨里总是还会混杂着一点爱，这就使它变得真的很……复杂。”

她停了下来，没法解释清楚自己的想法，她想着自己对死去的父亲的那份复杂情感，还有她失踪的孩子。她真希望芮恩爱她能像泰摩爱大叔一样多。

“弗蕾娅告诉过我泰摩每天晚上都梦到这个地方。”汤姆说，“他梦见大叔的声音，悄悄地对他说话，就像他小的时候大叔一直对他做的那样。为什么大叔要通过扬声器不断对他们所有人说话，就连他们在睡觉的时候也是一样？”

“也许他是给他们洗脑之类的。”赫丝塔说。

“我也是这么想的。”汤姆同意地说，“在他们的心里放进一种钩子，这样就会一直把他们拉回格里姆斯比来，不管他们想跑多远，或者有多么想要离开。”

“我们会制伏泰摩。”赫丝塔说，“给他脑袋上来一下，然后把他拖走。等我们到了海里他就会清醒过来。”

“也许吧。”汤姆说，“也许等这个地方消失了，大叔也死了，他就能忘记它。”

从“纳吉尔法”号的指挥塔里传来一阵撕心裂肺般的孩子的尖叫声。“摄像蟹！”一个叫作曼俞的男孩喊道，弗蕾娅曾叫他保持警戒，因为他太小了做不了别的事情，“那个摄像蟹在动了！”

汤姆和赫丝塔抬头看去。在他们上方，一只只摄像蟹正沿着系泊起重机那生锈的起重臂爬蹿，相互攀爬在对方身上，用镜头对准了“纳吉尔法”号浮沉于其中的那个水池。

“老头醒了。”泰摩说着，手忙脚乱地爬出潜艇的前舱，下到码头上来，弗蕾娅紧随其后。

“那又怎么样？”赫丝塔问，“他现在没法阻止我们离开了。”

“谁说了离开？”大叔的沙哑声音问道，“没有人会离开。”

他一瘸一拐地从空荡荡的圆池之间向他们走来，赫丝塔的手枪在他那干枯颤抖的手中显得巨大无比。在他头顶上方，那只旧气球像一个发霉的对话框似的飘在那里，下方屏幕构成的球体上有一幅幅来自摄像蟹的影像不断闪烁着。他奋力举起手枪，扣动扳机，一粒子弹当地一下射进了“纳吉尔法”号的金属指挥塔中。枪声在影影绰绰的系泊起重机之间回荡。仿佛是在回应着这枪声似的，城镇上层某处的一道受压的舱壁发出了一声悠长呻吟，好像某个巨大的生物正因为消化不良而缓慢痛苦地死去。

大叔忽略了那个声响。“大叔最有道理！”他尖声喊道，“留在这里帮我重建格里姆斯比的话，你们就会得到丰厚奖赏。试图离开的话，你们就会被从水门冲走，变成那些小鱼儿的饲料。”

孩子们叽叽喳喳地叫着。赫丝塔站到汤姆身前以保护他。泰摩跑向那个老人。“大叔，”他说，“我认为格里姆斯比的损坏程度比我们估计的更严重。”

“嗯？”大叔一边问，一边抬头看着某个屏幕上泰摩的特写，“那又怎样？我第一次下到这里来的时候，可比现在糟糕多了。”

“凯尔先生，”弗蕾娅柔声呼唤，“斯蒂尔顿？”

她走过码头，而她上方起重机上的那些摄像蟹对着她的脸和手疯狂地放大画面。泰摩试图阻止她，但她耸耸肩将他甩到一旁，向大叔伸出手去。“泰摩说得对。”她说，“格里姆斯比即将走向终结。这地方是一个大胆的想法，我很高兴亲眼见到了这里，不过现在是时候离开了。你可以和我们一起走，回到安克雷奇去。难道你不喜欢再一次呼吸到新鲜空气，看到太阳吗？”

“太阳？”大叔问，他的双眼突然涌出泪水。已经很久很久没有人友善地对待他了。已经很久很久没有人叫他斯蒂尔顿了。弗蕾娅向他伸过手来，他抬眼盯着那团悬浮的屏幕球，盯着她那双温柔白皙的手如同一对巨大的翅膀一样飘扬在他的上方。

“离开格里姆斯比？”他说，但这次是以一种疑问的语气，轻轻地说着。摄像蟹不停放大画面，直到每个屏幕上都显示着弗蕾娅，或是弗蕾娅的一部分；她的脸，她的眼睛，她的嘴，她脸颊的柔软曲线，她的手；全都比真人大，仿佛是一些能够自我组装成女神的零件。大叔想要拉着这些友善的手，与她一起离开，并在自己死前再次见到阳光。他朝她跨了半步，然后就想起了方安娜，想起了她是如何背叛他的。

“不！”他喊道，“不！我不会走的！这是一个圈套！”

他把枪指向她，扣动了扳机，巨大的噪音砰地穿过船坞之中，令所有孩子都尖叫着捂住了耳朵。子弹穿透了弗蕾娅的笑脸，她的脸破碎了，后面一片漆黑，还有火星四溅，当玻璃雨点般落到大叔身上的时候，他模模糊糊地意识到自己没有射中弗蕾娅，而是射中了她在最大的一块屏幕上的图像。他寻找真正的弗蕾娅，但泰摩已经将她拉到一边，掩护住了她，而大叔并不想开枪射泰摩。

从他上方的某个地方传来一声吸引所有人注意力的漫长叹息。沉重的手枪从他手中掉落。他抬头看去。所有人都抬头看去，连受惊了的孩子们也是一样。叹息声越来越响，大叔看见他的那一枪在那只吊起众多屏幕的气球上开了一个洞。就在他的注视之下，弹孔迅速扩大成一个长口子，好像一张打哈欠的嘴。

“大叔！”泰摩喊道。

“泰摩！”弗蕾娅尖叫着把他拉回来，紧紧抱着他。

“安娜……”大叔低声说道。

那个众多屏幕组成的大球朝他砸了下来，就像是一只靴子踩到了一只蜘蛛。屏幕爆裂，蓝白火花乱飞，玻璃碎片像下雨一样撒遍了甲板。瘪掉的气球像寿衣一样盖在了这堆残骸上，当机器砸碎所产生的烟雾飘到了屋顶上时，自动喷淋系统便启动了，咸咸的冷雨充斥着贝壳船坞的每一寸空间。

汤姆跑了过来，还有赫丝塔，抓住了弗蕾娅颤抖的肩膀，问："你没事吧？"

"我想是的。"她说着，点了点头，浑身湿透，并被烟雾激得不断打喷嚏，"大叔是不是——"

泰摩绕过这堆冒着火花的阴燃着的屏幕。只有大叔的脚从残骸碎片下伸了出来，脚上还穿着那双脏兮兮的兔子拖鞋。这双脚抽搐了几下，便不动了。

"泰摩？"弗蕾娅问。

"我没事。"泰摩说。他的确没事，虽然，出于某种原因，他无法停止哭泣。他拉过一块气球织物，盖住了兔子拖鞋，然后转过身来对着其他人。"来吧，"他说，"让我们在这个地方最终崩溃之前把'纳吉尔法'号开动起来。还有'钻孔虫'号也是。汤姆和赫丝塔会需要'钻孔虫'号，如果他们想要追上芮恩的话。"

在那之后工作进行得很快。格里姆斯比不断地发出吱吱呀呀的悲鸣，有时候会有不祥的颤动在圆池的水面上激起波纹，就好像这个命不久矣的老地方不知怎的知道了它的建造者已经死亡，于是也要和他一起逝去一样。

最后的一批燃料已经装载完毕，还有崭新的电池和一桶桶的水也被滚上了"钻孔虫"号和"纳吉尔法"号。赫丝塔小心翼翼地走进格里姆斯比渗水的藏宝室，收集起一把把的金币，因为她觉得到了布赖顿之后钱可能会很有用。而在没有人看着她的时候，她便挖开那堆破烂的屏幕，直到她找到了自己那把依然还攥在大叔毫无生气的手心里的枪。她很肯定自己会有要用到它的地方。

在码头上，汤姆拥抱了弗蕾娅。

“祝你好运。”他对她说。

“也祝你好运。”弗蕾娅一边说，一边捧着他的脸，对他微笑着。她犹豫了一下，脸红起来。她一直想要警告汤姆关于他妻子的事，如果她能这么做的话。她还是不认为汤姆明白赫丝塔能变得多么残酷无情。她知道赫丝塔爱他，但她认为赫丝塔对所有其他人不会有一丁点儿关心，她害怕终有一天她的残酷无情会给他们俩都带来麻烦。

“汤姆。”她说，“注意着点儿赫丝塔，好吗？”

“我们会相互注意对方，就像往常一样。”汤姆说，他显然是理解错了。

弗蕾娅放弃了，吻了他一下。“你会找到芮恩的。”她说，“我知道的。”

汤姆点点头：“我也知道。而且我也会找到《锡之书》，如果我能的话。假如大叔告诉泰摩的事是真的，假如绿色风暴正在向牵引城发动战争……我在盗贼之窟见过他们是什么样的人，弗蕾娅。如果这本书是通向某种危险事物的关键，那么我们一定不能让他们得到它……”

“我们还没法确定它是不是什么东西的关键。”弗蕾娅提醒他道，“不过最好还是把它找回来，如果我们可以的话，为了安全起见。然而芮恩才是真正重要的。找到她，汤姆。然后安全地回家，回桃花源来。”

随后汤姆与赫丝塔登上了“钻孔虫”号，弗蕾娅一边望着他们一边挥手，直到“钻孔虫”号沉入水中，她与泰摩站在圆池的边上，直到最后一波涟漪消失。孩子们正在等着她登上“纳吉尔法”号，他们尖细紧张的声音从打开的舱口里满溢出来。

“我们现在要走了吗？”

“安克雷奇远吗？”

“在那里我们真的会有自己的房间还有一些东西吗？”

“大叔真的死了吗？”

“我觉得很难受！”

弗蕾娅握起泰摩的手。“那么？”她问道。

“来吧，”他说，“我们回家吧。”

于是他们走了，而格里姆斯比终于被完全遗弃了。

几天之后，甚至连它窗户里的昏暗灯光也消失了，一个接一个地，空气泵停止了运行。通过那些再没有人去修理的越来越宽的裂口和缝隙，海水耐心地爬了进来，鱼儿在迷失小子的一座座厅堂之中安下了家。

汤姆会怀念有弗蕾娅甚至是泰摩做伴，但是对赫丝塔来说，再次与他独处是一种解脱。和除了汤姆之外的任何人待在一起，她都从来没有真正感到舒适过，除了芮恩，在芮恩小的时候。她含情脉脉地看着汤姆操作“钻孔虫”号的奇怪控制开关，皱着眉头集中精神试图回忆起所有泰摩教过他的东西。那天晚上，当贝壳船顺利地朝着西南偏南的方向往布赖顿的巡航海域驶去，当海水唱着歌儿滑过船壳之外，她溜到了他的床铺上，将修长的四肢缠在他身上，然后吻了他，她回想起在他们年轻时，第一次一起在“鬼面鱼”号上的时候，他们曾经一连拥吻几个小时。不过汤姆太担心芮恩了，所以没有回吻她，没有正确地回吻她。于是在他睡着之后，她依然醒着躺了很长一段时间，心里痛苦地想着，*他爱她比曾经爱过我的更多。*

19 婚礼花环

初霜在“纳吉尔法”号到来之前早就降临到了桃花源。这艘旧潜艇载了太多的人，它那可怜的旧引擎一路哼哧作响，花了几个星期才回到死亡大陆，并沿着蜿蜒的河流溯流而上，而相同的路程之前只花了“钻孔虫”号几天的时间。但最终泰摩还是哄着它回到了安克雷奇，让它穿过紧邻系泊沙滩的一片薄冰浮出水面。弗蕾娅一边挥手一边爬出潜艇，差点儿又中了一枪，而这次是被鱼鸭先生，因为他还以为迷失小子们入侵了。

在某种程度上，确实也是。安克雷奇再也不复往日了，因为现在这群热热闹闹的，没有礼貌的，有时还让人头痛的孩子们住在了这儿。弗蕾娅开启了冬宫一向以来被荒弃的上面几层，随着孩子们搬进他们的新房间里，这座古老的建筑中又充满了各种生气和动静。一些孩子对不该再偷东西这一点还不太习惯，另一些常常做噩梦，在梦里喊着大叔和舒寇叶的名字，但弗蕾娅确信，只要有耐心和爱心，就能帮助这些孩子们忘记自己在海底的那段生活，成长为快乐健康的桃花源人。

毕竟，这个方法最终在泰摩身上起了作用。弗蕾娅不肯说出在这一路回家的航程中，他们俩之间发生了什么，不过那个前迷失小子再也没有住回他在引擎区的那间小窝棚里去了。在那年的十月初，当收获季节结束，牲畜被从高山牧场上赶了回来，整座城市开始准备过冬的时候，他和女藩侯结婚了。

婚礼之后的那个清早，弗蕾娅早早便醒了过来，她五点就完全清醒了，正如她年轻的时候那样。她从床上爬起来，小心不去吵醒泰摩，然后走到她房间的窗前，赤脚踩着冰凉的地面，头发里还残留着新娘花环的零星碎屑。

弗蕾娅拉开窗帘，便看到湖面上已经结了厚厚一层冰，昨晚下了一场雪。她很高兴她的城市又要回到冰雪诸神的领域中度过六个月的时光。夏日之神，湖水之神，以及狩猎之神，这些神祇对待她的人民都很不错，而海洋诸神和爱情女神也对她非常疼爱，但冰雪诸神是从她小时候起就伴随着她长大的神祇，她相信他们比其他神祇更多一些。她在窗户上呵了一口气，然后在雾气上画出了他们的雪花神徽，并喃喃低语：“请让汤姆平安。还有赫丝塔也是，尽管她不配拥有这些。请引导他们前往芮恩那里，无论她在哪儿。愿他们都再次回家，回到我们身边，平安快乐，永远在一起。”

不过即使冰雪诸神听到了她的祈祷，他们也没有降下任何征兆。弗蕾娅所得到的唯一答案就是寒风在冬宫尖塔之间的呼啸之声，还有她丈夫的声音，温柔而又带着困意，呼唤她回到床上去。

第2卷

20 海上生活

“彭尼罗，我亲爱的？”

“嗯嗯？”

清晨的穹顶宫中，市长和市长夫人坐在早餐厅中长桌的两端，平纹细布百叶窗为房间遮蔽住火辣辣的阳光。市长夫人的椅子后面，她的非洲奴隶轻挥着一柄鸵鸟羽扇，将清凉的风扇向她身上，将她丈夫试图想要阅读的报纸吹得沙沙作响。

“彭尼罗，我在和你说话呢。”

宁禄·彭尼罗叹了口气，放下报纸：“好的，布布，我的宝贝儿？”

有一个众所周知的事实，那就是一个发了大财的伪探险家一定会去找个老婆，而彭尼罗则摊上了布布·海克蒙德怀克。十五年前，当《罪孽赏金》冲上大狩猎场上每一座牵引城的畅销书榜首，那时候她似乎还是个不错的选择。她的家族是古老的布赖顿贵族，但很穷。彭尼罗仅仅是个冒险家，但很有钱。这场婚姻让海克蒙德怀克家族恢复了昔日的富有，也给了彭尼罗要当选市长所必需的社会地位。对一个有野心的人来说，布布是一个绝佳的妻子，她擅长聊天和插花，她能以军事行动般的精确来安排晚宴派对，同时她还是开幕宴请、大型晚会以及小型招待会的专家。

尽管如此，彭尼罗还是为这场婚姻而后悔了。布布是一个高大、强硬、气血充沛的女子，光是与她同处一室就会令彭尼罗精疲力竭。她是一个热心的业余歌手，十分热爱蓝金文化的歌剧，这种歌剧可以一连演奏几天几夜而根本不带一丝旋律，通常都以所有的角色死了一地而告终。如果彭尼罗询问她的新裙子价格，或是在晚餐时太过公开地挑逗某位议员的太太，诸如此类的事情惹恼了她的话，她就会开始练习唱高音阶，直到窗户震裂，要么就摇动留声机，让全家享受整整六百章节的《鲸鱼王妃[1]戴安娜的鱼叉咏叹调》。

“当我在和你说话的时候，我认为你应该听着，彭尼罗。”她开口说道，一边用一种不祥的态度放下了羊角面包。

“当然，亲爱的。我只是在研究《布赖顿夜间稿件报》上的最新战况报道。都是些从前线传来的绝好消息。让人为身为一名牵引主义

1. 英国王妃戴安娜是威尔士王妃，而在英语中“威尔士”与“鲸鱼”谐音。这里暗指经过六十分钟战争之后的文明断层，人们对古代文化只剩下一知半解，其理解往往带有各种谬误。

者而自豪，呃？”

“彭尼罗！”

“啥事，我最亲爱的？”

“我一直在检查月亮节舞会的客人名单。”布布说，“而我没法不注意到，你邀请了飞貂军？”

彭尼罗用全身做了一个某种类似耸肩的动作。

“我可不确定我们是否应该款待一帮雇佣兵，宁禄。”

“我只是邀请了他们的首领，奥拉·图旺布利。”彭尼罗抗议道，“我也许是说了如果她想的话可以带几个朋友来。只是不想让她觉得被孤立了，你明白的……她是一位著名的女飞行员。她的飞行机器，‘战斗树袋熊’号，在孟加拉湾之战中曾经击落过三艘空中驱逐舰呢。”

在他一边说的时候，一位女性王牌飞行员的形象便占据了彭尼罗的脑海，身穿粉红色的皮飞行衣，线条优美，光彩照人。他一向都以自己在女士们之间多么受欢迎而自傲。哎，在他年轻的时候，他可是与各种具有异国风情的美女度过了热情而浪漫的美好时光。（明蒂·白丝奈，桃子·桑给巴尔，还有牵引格勒斯摩棱斯克[1]的女子门球队全都跃入脑海中。）他一直都颇希望那个迷人的奥拉·图旺布利很快就能被添加到那个列表上去。

“她很漂亮，对吗？”布布的声音覆满寒霜。

---

1. 斯摩棱斯克位于俄罗斯西部。俄语中“格勒”即是“城镇、城堡”的意思。

彭尼罗笨拙地在椅子里挪了挪身体。“也不能说我真的没有注意到……”他咕哝道。他讨厌这种场面。布布眼神中那种讨厌、怀疑的样子，他想，正是那种足以让一个男人吃不下早餐的神情。幸运的是，一个家奴让他免于受到更进一步的质询。这个家奴打开了早餐厅的门，说道：“普劳弗瑞先生来见您了，大人。”

“太好了！”彭尼罗叫了起来，感激地一跃而起，来迎接他的客人。“普劳弗瑞！我亲爱的伙计！真高兴见到你！”

华特·普劳弗瑞，一名来自巷区的四片街区之一的古董商，他是市长在古代科技方面的顾问，曾经帮助彭尼罗秘密售卖布赖顿博物馆的藏品，从而赚下了一大笔存款。他是一个紧张的小个子，一张脸看上去就好像是用生面团在模子里压出来之后却又忘了烘烤一样。他似乎被彭尼罗过度奔放的迎接而吓到了；人们见到他通常都不会高兴的——然而话说回来，人们通常也不会在他走进来的时候，正好被彭尼罗夫人质询到关于迷人女飞行员的事情。

“我一直在研究大人您给我看过的那件东西。”他说着，侧着身子悄悄走近彭尼罗。他的眼神闪闪烁烁，不确定地望向布布：“您记得吧，大人？那件东西？”

“哦，没必要遮遮掩掩的，普劳弗瑞。”彭尼罗对他说道，“布布知道关于它的一切。不是吗，我的翻转小蛋糕[1]？就是上个星期我从

1. 一种甜品，将蛋糕倒放在平底锅上煎，切好的菠萝和樱桃放在煎好的蛋糕上。

老史金那儿搜刮来的那本金属书。我让普劳弗瑞瞧了瞧它，就是想听听他的意见……”

布布微微一笑，伸手取过报纸，翻到八卦版：“请原谅我，普劳弗瑞先生。我觉得谈论古代科技的事情太沉闷了……”

普劳弗瑞点点头，朝着她的方向欠了欠身，然后转回彭尼罗：“您还留着那东西吗？”

“它在我办公室的保险箱里。”彭尼罗说，“怎么了？是不是觉得它可能有价值？”

“可——呃——能。”普劳弗瑞小心翼翼地说。

“那个带着它来的迷失小妹似乎认为它与潜艇有关。”

普劳弗瑞先生发出一声轻笑：“哦，不，大人。她显然对古代人的机器语言一无所知。”

“机器语言，呃？”

“一种代码，可能是我们的祖先用来与他们的计算机大脑交流的。我在历史记录中找不到有关这种语言的任何例子。但是，它与幸存下来的某些美国军事代码片段十分相似。”

“美国，呃？”彭尼罗说，然后顿了顿，“军事？那应该能值上几个钱。这场战争已经拖了十四年了，人们很焦虑。那些大型战斗城市的科研部门会付一大笔钱来得到一件超级武器的。”

一想到他能在这一大笔钱里分到的数量，普劳弗瑞的脸就泛出一丝淡淡的粉红色：“您想要我去安排出售事宜吗，大人？我在机动自由联邦里认识一些人……”

彭尼罗摇摇头：“不，普劳弗瑞，我会来处理这件事。在月亮节之前没必要做任何事。我会把它放在我的保险箱里，直到庆典结束，然后去接触一下我认得的几个人。我认识一位考古学家，一位叫作克吕维·莫查德的迷人小姐。她经常在秋天到布赖顿来，而且她似乎一直在寻找那些不同寻常的古代科技物品。是的，我想我可以安排出售的事情，不用麻烦你，普劳弗瑞。”

他把那位怏怏不乐的古代科技商人赶走，坐下来继续吃早餐，然而迎接他的却是《布赖顿夜间稿件报》，他的妻子举在他面前给他看。在八卦版的首页是一张整版照片，上面是他自己正挽着奥拉·图旺布利的手臂，走进巷区一家赌场里去。照片上的奥拉·图旺布利看上去比彭尼罗记忆中的更加有女神范儿。

“哎，”他嘴里还是毫不相让地嚷道，“她可不是我所说的那种美女……”

“可怜的布布！”芮恩说。她不为人注意地站在早餐厅上方的走廊里，身边是她的新朋友辛西娅·特怀特。彭尼罗与普劳弗瑞之间的私聊声音太轻了，她没能听见，但她清楚地听到了这场关于奥拉·图旺布利争吵的每一个字：“我不知道她怎么能忍得了这个……”

“忍得了什么？”辛西娅不明就里地问道。

“你没听见吗？布布认为他和奥拉·图旺布利有私通！”

“私通是什么？”辛西娅皱眉问道，“是一种蛋糕吗？”

芮恩叹了口气。辛西娅很可爱，很漂亮，也很迟钝。她在穹顶宫里当家奴已经七年了，芮恩来的时候，彭尼罗夫人就让她当芮恩的朋友并向芮恩解说各种家务。芮恩很高兴有她做伴，但她现在觉得自己对穹顶宫里生活百态的理解，已经远远超出了辛西娅所知的全部。

“布布认为彭尼罗和图旺布利小姐搞外遇。”她耐心地解释道。

“哦！”辛西娅露出了震惊的表情，“哦，可怜的女主人！想想看，像他这把年纪的男人，还跑去找身材性感的女飞行员！”

“关于彭尼罗，我可以告诉你一些比这糟得多的事情。”芮恩悄悄说道，然后她停了下来，突然想起自己可不能告诉辛西娅任何事。对于云中9号上的任何人来说，芮恩仅仅是一个迷失小妹，除了彭尼罗在他那些傻书里写的事情之外，就对他一无所知。

“什么呀？”辛西娅大感兴趣地问，“什么事情？”

“我另外找个时间告诉你。”芮恩向她保证道。她知道辛西娅转身就会把这回事忘掉的。

她为了转开话题，说：“布布椅子后面的那个男生是谁？那个打扇子的。那天我在泳池见过他。他一直看上去很忧伤。”

“哦，他是另一个新来的，和你一样。”辛西娅兴奋地说，“他才来了一两个星期，他的名字叫作西奥·恩戈尼，曾经是一个绿色风暴的飞行员！他在某场大型战役中被俘虏了，后来彭尼罗买下了他，作为给布布的生日礼物。据说有一个蘑栖[1]俘虏做奴隶是一件很有腔调的事情，可我觉得好可怕。我是说，我们可能都会被杀死在床上，不是吗！瞧瞧他！他看上去是不是一脸凶相？”

芮恩仔细看着那个少年。他在她眼中并不凶恶。他的年纪并不比她更大，对于在战场上搏斗来说远远太年轻了。遭受战败，然后被拖离家乡，送到这里来，整天给彭尼罗一家挥扇子，这对他来说一定是多么可怕啊！难怪他看上去这么凄惨。芮恩为他感到难过，而这个想法很快让她为自己也感到难过起来，提醒她自己应该寻找一个办法来逃离这个地方。

最初几天，彭尼罗对芮恩表现出了特殊的兴趣，叫她是“我海底来的书迷”，还把他的新书借给她，一本有关于绿色风暴战争的历史。但他很快就把她给忘了，于是她便成了他妻子许多奴隶中的普通一员。

她的新生活十分简单。每天七点起床，吃早饭，然后与彭尼罗夫人手下的其他姑娘一起前往彭尼罗夫人的卧室里，叫醒彭尼罗夫人，并服侍她穿衣，接着花上一个小时的时间帮她打理发型，她的发型繁复而昂贵，足有几英尺高。上午的时候，当市长到下面的市政厅里去

---

1. 蘑栖是牵引城居民对居住在大地上的固定居住地的人的俗称。参见《致命引擎》。

时，他的夫人喜欢去游泳池里悠闲而放松地躺上好久。有时候在下午，当彭尼罗醉醺醺地从某种他称之为“工作午餐”的场合回到家来，布布就乘缆车下到布赖顿去，或是进行访问，或是为什么店铺进行揭幕典礼，不过她从不带任何年轻漂亮的女佣一起去，只会带上两个奴隶少年来帮她拎购物袋。

晚上八点就是晚餐时间。通常会是一场大型活动，有许许多多客人，芮恩和其他姑娘跑进跑出，端着烤天鹅、鲨鱼肉排、肉菜烤馅饼，还有大盘大盘摇摇晃晃的布丁甜品。在那之后，得服侍彭尼罗夫人洗澡，再帮她穿好睡衣上床，然后姑娘们才最终能够回到她们自己位于底楼一间宿舍里的床上。

有时候工作很繁重，不过当她并没有忙于服侍市长夫人的时候，芮恩得到许可能够做几乎任何她想做的事情。而在最初的几个星期里，她想做的事情，就是与辛西娅·特怀特一起在穹顶宫的里面与周边闲逛。

彭尼罗的宫殿是一处遍布奇景的宝藏。芮恩爱上了这里的一座座花园，这里有树荫密布的小径和凉亭，有繁复的树篱墙迷宫，有青绿色的柏树林，还有古代神祇的神龛。有时候，当布赖顿喷着蒸汽向南航行，进入温暖的水域和金色的秋日阳光之下，她就会站在花园边缘的栏杆边，俯瞰下方白色的城市，以及波光粼粼的大海、盘旋的海鸥，还有在风中猎猎飞舞的旗帜。这时候她心里不禁就想，能够看到这番美景，是不是就连被绑架和被奴役也真的是值得的。

但慢慢地，随着日子一个星期一个星期地过去，她开始想念妈妈和爸爸。她知道她得离开云中9号。但是该怎么做呢？飞艇是不准降落在这片浮空甲板上的，所以唯一的离开途径就是乘坐缆车，而缆车是由布赖顿的红衣军严密守卫着的。而且就算她想办法下去，到了布赖顿，那又有什么用呢？她的手上带着史金公司的烙印，假如她试图登上某艘离开的飞艇，她就会被当作逃奴抓住，直接送回史金公司。

同时，每一天她都被带着离家越来越远。布赖顿正沿着大狩猎场漫长的海岸向北航行，另有几座双层的牵引镇跟着它在岸上同步行进。所有人都在谈论着月亮节，布布无休无止地一遍遍写了又写市长舞会的请客名单，穹顶宫厨房里的厨师们加班加点烤制月饼和银色的月亮形糖果。每年秋天的第一个满月，对于绝大多数的宗教来说，都是一个神圣的日子。为此在布赖顿上会举行各种派对和招待会，在全世界各地，月亮节的篝火会同样燃烧在每一座牵引城和定居城里。甚至就连在死亡大陆上，也会有一堆孤独的篝火，因为对于在桃花源里的安克雷奇，月亮节就是每年最隆重盛大的社交盛会。

芮恩想象着她的朋友们在城市后方的草地上堆起漂浮木和破家具，他们可能也在想她去哪儿了，想她是否平安。她多么希望她能和他们在一起啊！她无法想象她以前怎么会觉得他们的生活是沉闷的，也无法想象她为什么要为此与妈咪争吵。每个晚上，躺在奴隶房间里的床上，她都会紧紧环抱着自己，哼着自己小时候经常唱的歌，假装把云中9号吊在气囊下的缆绳吱呀声当作是海浪拍打桃花源岸边的呢喃。

芮恩几乎都忘了纳贝斯克·史金，而且，公平地说，纳贝斯克·史金也几乎忘了她。有时候他在一轮轮繁忙的会议间歇，偶尔抬头望一眼云中9号，想到他即将会对那个耍了他的姑娘所进行的报复，心里就会感到片刻快意，然而他前往桃花源的猎奴远征计划还处于一个非常前期的阶段，他手头还有更为紧迫的生意需要料理。

比如今天，他就收到了一个叫作普劳弗瑞的人寄来的一张非常有意思的字条。

史金走下楼，来到胡椒瓶的中层，他从一扇边门走了出去，快步走进巷区的迷宫里。在这些狭窄的小街里，仅有的光亮就是闪烁的氩气灯泡，以及从头顶上方的甲板天井和通风口里射下来的一束束阳光，这里是乞丐、小偷和流氓的乐园，不过众所周知，史金走在这些巷子里时从来不带保镖。就连布赖顿里最无知的下等人都十分清楚，要是有人胆敢碰一碰史金的话会怎么样。人们避开他的路，等他走过时再转身望着他。醉醉醺醺吵吵闹闹的飞行员被他们的朋友从史金前方的路上拉开。没有防备的药贩子和站街女缩了回去，就好像他的目光烫伤了他们一样。只有一个凄凄切切的满头长发辫的乞丐，用一根绳索牵着一条狗，敢于对他哀求道："给几个零钱吧，先生？就让我能买些吃的？"

"吃你的狗去。"史金说着，心里暗暗记下一笔，等月亮节结束了之后就要派一支猎奴小队到这片地区来。把这些贱民从街道上清扫干净将会是他对这座城市所作的贡献，而且他们会在秋季市场上卖出一个好价钱的。

他走进一座炸鱼铺子后面的一条窄巷，用一块手帕捂着鼻子以隔绝尿骚味和面糊气味混合在一起的臭气。在巷子末端的一家破旧店铺的橱窗里，一堆堆垃圾和古代科技物品闪闪发光。橱窗上方褪色的招牌上写着，普劳弗瑞，史金推门进去，门上的铃铛叮铃铃地响起，那个古董商闻声匆匆从店铺后间里跑了出来。

“你想要见我？”

“啊是的，先生，是的……”普劳弗瑞眉开眼笑地鞠了一躬，细长苍白的手指扭得打成了结。因为彭尼罗抛开他而自己去为《锡之书》找买家，这位古董商十分厌恶，于是决定将他所知的关于《锡之书》的消息卖给另一位富人。他的字条是在仅仅一个小时前放在史金的收件盒里的，所以他对于史金这么快就亲自出现在这里而刮目相看，甚至还有一点儿吃惊。他紧张地将自己所知的一切告诉了这个奴隶贩子。

“军用的，呃？”史金说，就像彭尼罗几个小时前一样，“一件古代武器？”

“只是一段代码，先生。”普劳弗瑞谨慎地说，“不过也许一个懂得这种事情的聪明人能够根据代码逆向解析回去，重新构造出代码所适用的机器。那就会大有价值了，先生。而根据彭尼罗告诉我的，他是从你这里得到那本书的——我摆了那个讨厌鬼史金一道，让他一分不要地把它给了我。这是他的原话，先生，请原谅我这么说——好吧，我想你可能会感兴趣的，先生。”

“我已经做好了安排，会让大人他为了这本小书有所偿还的。”史金说。这个浑蛋知道了彭尼罗是如何智胜他的，对此史金感到一阵恼怒。不过与此同时，他也被普劳弗瑞的故事激起了好奇心。“你当然已经把那本书复制了一份吧？”

“不，先生。彭尼罗不让它离开他的视线。它就在他穹顶宫里的保险箱里。不过要是我联系到一个买家，先生，我也许能接触到它。我是经常造访穹顶宫的，先生。”

史金扬起一条眉毛。他感到来了兴趣，但兴趣还没有浓到要付出他所知道普劳弗瑞会想要得到的那样一笔钱：“我经营的是奴隶，不是古代科技。”

“这是当然，先生。不过要是那的确是某种古代武器呢？它可能会影响到局势平衡，终结这场战争。而这场战争一直以来都对生意十分有利呢，先生，不是吗？”

史金想了片刻，然后点点头。

“很好。无论如何，这件东西从所有权上来说本来就是我的。‘谁找到的就是谁的’，你懂的。我不愿意看到彭尼罗用它来牟利。我猜你知道他保险柜的密码吧？”

普劳弗瑞说：“22－09－957。牵引纪元957年9月22日。这是大人他的生日。”

史金微笑了起来：“很好，普劳弗瑞。把《锡之书》带给我。”

21 海鸥飞翔

那天下午，当午餐结束，而晚饭的准备工作还未开始的时候，芮恩漫步穿过厨房边的花园，来到了穹顶宫后面的平地上，观看一队飞貂军起飞去巡逻。飞貂军在穹顶宫后面花园中的一片不常使用的地方设置了临时机场。现在芮恩一眼就能认出这种奇怪机器中的大多数来，当它们驶出机库时，她挨个辨认出了它们；“清晰的热裤缝线”号、“翻头鸽[1]”号、“节俭饼干”号，还有“J · M · W · 透纳[2]超速”号。地勤人员将它们载入绷紧了弹簧的帆布投石机里，将它们射出甲板边缘之外，而与此同时飞行员发动引擎，并祈祷在一头扎进布赖顿后方的肮脏海水之前，机翼能够获得足够的升力。

---

1. 一种特殊选育的家鸽，能够在飞行中翻跟斗。

2. 19 世纪的一位著名英国画家。

芮恩站在花园边沿的栏杆旁，观望一艘接一艘的飞貂在俯冲过程中拉升起来，风驰电掣地越过城市屋顶上方，做出种种蹩脚的空中杂技动作，并且释放出一罐罐绿色和紫色的烟雾。这是她往常一直都喜闻乐见的景观，然而今天却只是让她感觉比以往更加想家了。她真想能把飞貂军的这些机器告诉爸爸啊。

机棚后面矗立着一座铜铸小丘，背部隆起，四周被柏树林遮掩着。芮恩以前在远处注意到过它，不过她一直懒得走近了看。她想当然地以为那只是又一座抽象雕塑，因为云中9号的草坪上胡乱扔着许多这样的雕塑，彭尼罗把它们带回来只是为了让他在艺术区里的支持者们感到高兴。今天没什么别的事情可做，于是她便信步朝它走了过去。当她走近时，她开始意识到这是一座建筑，一侧有巨大而弯曲的门扉，门外是扇形的金属人行道。它弯曲的铜墙和铜屋顶上钉着装饰性的尖刺，所以它看上去就好像一条巨大的河豚鱼穿过草丛浮出水面。一条细长的外侧楼梯从建筑一侧通向上方，芮恩爬上楼梯，从一扇高高在上的窗户向里张望。

昏暗的内部，摆放着一艘空中游艇，它是如此精致，如此流畅，以至于芮恩尽管对飞艇一无所知，也知道它肯定贵得吓死人。

“那是‘田凫’号。”一个体贴的声音在她身后响起。辛西娅正站在楼梯底部。“我一直在到处找你，芮恩。”她加了一句，“我正要到家里的神龛去。我一定得向美丽女神做一次献祭，我真的想要在月亮节之前减一点肥。你应该和我一起去。你可以请她改善一下你的痘痘。”

比起痘痘来，芮恩对飞艇更感兴趣。她回过身去对着窗户：“‘田凫’号……它是彭尼罗的吗？”

“当然了。”辛西娅爬到了楼梯半当中，“它是一艘塞拉皮斯暗月四型——非常豪华。不过市长几乎从不驾驶它了。虽然他依旧保持它各方面完好无损，升空气体充足，不过它唯一被使用的机会就是在布布去其他城市购物的时候。”

“难道市长在月亮节赛艇会上也不用它吗？”芮恩问。

“哦，不。他有一艘旧式飞艇停泊在下面的布赖顿。他会驾驶那艘，那个奥拉·图旺布利会当他的副驾驶。那艘飞艇会带头引导历史飞艇大游行，然后还会有一场空战，会发射真的火箭，就像彭尼罗教授书里的那样。你光看着他的脸可想象不到，他当年可是在鸟道上有过几场最奇妙的冒险呢。”

芮恩再次望向那艘游艇，心里想着多年以前彭尼罗从她父母那里偷走的那艘飞艇。等夜深人静之后，她是否有可能溜到这里来，打开船屋的门，乘坐“田凫”号起飞呢？那可真算得上是善恶到头终有报呢，不是吗！

她的内心深处响起一阵希望的微弱鼓点。在辛西娅牵着她的手，带着她走向穹顶宫厨房后面的奴仆神龛的一路上，这个念头不断鼓舞着她，她根本没有听清她的朋友关于化妆和发型的欢快闲聊。在她的脑海中，她已经驾驶着“田凫”号向西飞去。她穿越了死亡丘陵，桃花源的蓝色湖水在她下方泛着波光，当她降落在安克雷奇的地面上时，父母也跑上前来迎接她。

唯一的麻烦是，芮恩不懂如何驾驶一艘塞拉皮斯暗月四型，或者任何其他型号。不过她知道某个人懂。

布布·彭尼罗不喜欢她的男奴和女奴纠缠在一起。在她所热爱的歌剧中，年轻男女在悲剧的环境中走到一起，永远相爱，然后从各种东西上跳下去（大多数时候是悬崖，不过有时候是城墙，或者屋顶，或者火山口）。布布喜欢她的奴隶们，一想到他们成双成对地从云中9号的边上笔直跳下去，她就会痛不欲生，所以她坚定地将一切悲剧性的恋爱掐灭在萌芽状态，禁止姑娘和少年相互说话。当然了，年轻人就是年轻人，女孩有时候会爱上其他女孩，或者男孩爱上男孩，不过这些从来没有在歌剧中出现过，所以布布就没有注意到。其他人一直违反她的规定，试图溜到对方的房间里去，这让布布很头痛。不过至少西奥·恩戈尼从来没有让她担心过。西奥·恩戈尼从来不和任何人说话。

尽管如此，芮恩决定去和西奥·恩戈尼交谈，她在发现船屋的几天之后找到了机会。布布下到布赖顿去了，而彭尼罗逮着了芮恩和辛西娅在他去泡泳池的时候帮他拿毛巾。幸运的是西奥也在池边当班，托着一个银盘，上面放着市长的备用游泳眼镜。当彭尼罗在水上气垫床上打起盹来的时候，芮恩偷偷溜到她的奴隶同伴边上，悄声说：

“你好！”

那少年从眼角瞄了她一眼，什么都没有说。芮恩不知接下来该如何是好。她从来没离西奥这么近过。他长得非常英俊帅气，尽管芮恩已经很高了，西奥比她还要高，这使得她站在他边上时感觉自己幼稚而傻气。

“我是芮恩。”她说。

他的视线移开了，越过花园，越过蓝色的大海，望向地平线上的一片遥远朦胧，以前曾有人告诉过芮恩那里是非洲。也许他想家了。她说：“你是来自那里的吗？”

西奥·恩戈尼摇了摇头：“我的家在扎戈瓦。那是一个在山里的定居城，位于遥远的南方。”

“哦？”芮恩用鼓励的语气说，“那里漂亮吗？”不过少年没有再说一句。芮恩决心将对话进行下去，于是继续说道：“我不知道绿色风暴在非洲也有基地。彭尼罗教授借给我的那本书里说非洲的定居城都不赞成打仗。”

“他们的确不。”西奥转过头来看着她，不过那是一种冷淡的目光。“我从家里跑出来，一路旅行到了山国，加入了绿色风暴少年团。那时我觉得与野蛮人的城市战斗，将它们从大地上清扫出去，这会是一件光荣的事情。”

“天啊，是的。”芮恩附和道，“我自己也是一个反牵引主义者，你知道么。”

西奥盯着她："我以为你是一个迷失小妹，从海底的那个地方来的。"

"哦是啊，我是的。"芮恩飞快地说，她为自己老是忘记而气恼。"但是格里姆斯比不会移动，它不是一座移动城市，所以我就是一个彻头彻尾的蘑栖。你打过很多仗吗？"

"只有一场。"西奥说着，又望向了远方。

"你第一次上战场就被俘虏了？喔，真是坏运气！"芮恩试图让自己听上去更有同情心，不过她正在对这个沉闷阴郁的少年迅速地失去耐心。也许她所听说的那些关于绿色风暴及其士兵的事情都是真的——据说他们都是被洗脑的狂热分子。尽管如此，她相当确定他一定也像她一样急切地想要离开云中9号，而且她觉得他不太会把她出卖给他所仇恨的牵引主义者们，所以她决定冒一下险，把自己的计划告诉他。

她飞快地环顾四周，看见彭尼罗睡着了。其他奴隶也昏昏欲睡，或是在泳池另一头相互说着悄悄话，而辛西娅是距离最近的一个，她正皱着眉，用一种深思熟虑的表情研究着她自己刚涂的指甲。芮恩挪得离西奥更近了些，轻声说道："我知道一个能让我们逃出去的办法。"

西奥什么都没说，不过他的身体微微僵硬了一些，芮恩觉得这是一个好的征兆。

"我知道我们能在哪儿弄到一艘飞艇。"她继续说道，"辛西娅·

特怀特告诉我你曾经是一个飞行员。”

西奥听到这话几乎笑了出来：“辛西娅是个什么都不懂的笨蛋。”

“没错。不过要是你能驾驶一艘飞艇……”

“我驾驶的不是飞艇。我驾驶的是孑孓机。”

“孑孓机？”芮恩问，“那是什么？它们是像飞艇一样的吗？我的意思是，假如你懂得基础知识……”然而西奥再度缄口不言，眯起了眼睛，视线越过她望向远方的地平线。“噢，快点说啊！”芮恩不耐烦地悄声说道，“你喜欢当彭尼罗的奴隶吗？你不想逃吗？我以为你应该渴望着要回到绿色风暴去……”

“我永远也不想再回绿色风暴！”西奥突然开口说道，语气中充满愤怒，甚至在转身面对她时差点儿甩掉了市长的泳镜，“那是一个谎言——他们那场伟大的战争，那个让世界再次变绿的行动。我父亲是对的，这全是谎言！”

“哦。”芮恩说，“好吧，那么，回你的家乡怎么样？你一定想要回到扎戈瓦去吧……”

西奥再次凝望着地平线，不过他望着的并不是大海或天空，也不是远方的海岸。即使在这里，在云中 9 号奢华的阳光露台上，他依然能看到在锈水沼泽上的那场最后的、绝望的战争。当他坠落的时候，在他下方每一处细小的蜿蜒河道中都闪烁着火炮、火箭以及飞艇燃烧的火光。一座面临毁灭的郊镇大声发出求救呼唤，呼吼声响彻沼泽，而他的战友们欢欣鼓舞的声音在他的耳机中咯咯地响着，一边喊着一边自己也开始向下坠落，“把世界再次变成绿色！”还有，“泛日耳曼牵引小虫去死！”他以为这些就是他最后会听到的声音了。然而现在他却站在了这里，几个月之后，在半个世界之外，他还活着。战争之神饶过了他，好让他能站在游泳池边，被这个愚蠢、瘦弱、自以为很聪明的白人女孩搭讪。

“我再也回不了家了。”他说，“你没听到我说的吗？我违背了我的父亲。我跑掉了。我再也不能回家了。”

芮恩耸耸肩。“好吧，随便你。”她对他说，然后在彭尼罗醒过来看到他们相互交谈之前便噔噔地走开了。她会让西奥·恩戈尼好好瞧瞧！她会自己一个人把市长的飞艇偷到手，然后自己驾驶着它回到桃花源去。不管怎么讲，它只是一艘傻飞艇而已！这又能有多难呢？

夜幕降临布赖顿。沿着它的三层甲板边缘的休闲街，一串串彩色灯泡点亮了起来。游乐场和娱乐码头上的灯光不停闪烁旋转。旋转摩天轮的每一个小舱顶上都亮着强烈的灯光，这座摩天轮安装在靠近城市的艉部，既是吸引游客的游乐设施，又是指引夜航飞艇来到布赖顿的灯塔。

这座城市正向东而行。不久之后它就会进入那条将非洲与大狩猎场隔开的狭窄水道[1]，骄傲地驶入中海。布赖顿上的生意人们希望当

1. 指直布罗陀海峡。

他们抛下锚来庆祝月亮节时会有足够多的游客前来。关于针对迷失小子的作战行动的消息现在应该已经沿着鸟道散播开去，而在布赖顿水族馆里展出的那些被俘获的贝壳船，将会给通常的月亮节庆典娱乐项目带来一定的教育元素。观光客们已经开始从一些小镇陆续前来，这些镇子在岸上发出的光亮清晰可见。

在来来往往的气球上方，夜色的阴影笼罩在云中9号的柏树林地上，彩色的泛光灯将穹顶宫照得金碧辉煌。几艘飞艇盘旋在它的上空，都是从布赖顿飞上来进行一趟夜间娱乐巡游的。这些飞艇驾驶员拔高了的声音在云中9号上也隐约可闻，他们正在为游客指点着云中9号上的各处景点，不过由于新的安保条例，它们不许太过接近。这些观光客中没有人注意到在穹顶宫的一个圆顶上打开了一扇小窗，或者注意到从这扇窗里飞出的那只鸟，它穿过缆绳交织的网络，加入到了幽灵般飞翔于城市尾迹上空的海鸥群之中。

尽管它像海鸥一样是白色的，也像海鸥一样高高翱翔，但这只鸟并不是海鸥，或者说它不再是一只海鸥了。它的喙被利刃取代，在它的颅腔里闪烁着微弱的绿光。它向上穿过盘旋的鸟群，飞入了逐渐加深的暮色之中。

它一直拍打着翅膀，毫不疲倦，白昼和黑夜轮流从东方升起来迎接它。它穿过被城镇撕碎了的意大利山脉，绕过小亚细亚火山喷发的烟柱。在兹加纳山脉中的一个绿色风暴基地里，它降落了下来，让基地指挥官看了一眼它胸腔空间里所携带的一张纸片。当指挥官看见这条加密的消息是发给谁的之后，她低声咒骂了一句，然后叫来一名睡意惺忪的外科机械师，来给这只海鸥的能量电池充电。

它继续上路，飞入锈水沼泽上空的迷蒙烟雾之中，在那里，炮火交战如同秋日的暴风雨一般隆隆作响。一群庞大的牵引城正迤逦向东而行，试图阻挡绿色风暴的反击。在它们的下层，整片建筑区都被改造成了巨炮，铁轨将巨大的高爆炮弹从城市内部运送出来，随后由炮管将它们倾泻到前方野外的沼泽里，因为据说那里潜伏着大量潜猎者和机动火箭部队。一路上经过的飞艇将它吹得左右摇摆，防空火炮的轰击在空中爆散如白色的雪绒花，于是这只海鸥让领头那座牵引城的滑流带着它向东飞了一段路，然后向上拉升，飞到战场上空高处，继续拍打着翅膀，朝着矗立在世界尽头的白色山脉飞去。

天空逐渐变得寒冷，地面开始抬升。这只海鸥飞过了一片片笼罩在白色寂静中的高山地带，飞过了一座座被绿色风暴的行军队伍点缀得如同忙碌蚁丘的山脉。最终，在一个星光迷蒙的雪夜，在离开布赖顿一个星期之后，它降落在了碧玉宝塔的一个窗台上，用鸟喙啄着结霜的窗户。

这扇窗打开了。潜猎者方用她的钢铁手掌轻柔地接住海鸥，打开了它的胸膛。她取出的那张字条是由某个叫作特工 28 号的人写的。她的绿色眼睛闪得略微亮了些。她将字条撕成碎片，然后派人找来了纳迦将军，她手下精英空中军团的指挥官。

“准备好一支突袭部队。”她对他说，“同时让我的飞艇也做好战斗准备。我们黎明时前往布赖顿。”

22　云中9号上的杀人者

时间到了10月下旬。在桃花源里，芮恩想，草已经被寒霜染白，直到晌午时分还一直保持僵直；雾气会笼罩着湖面，也许初雪已经降下。不过在这里，在中海上，天气还是暖和得好像仲夏，天空中仅有的几片云朵又小又白，毛茸茸的，就好像是放在那里作为装饰品一样。

布赖顿已经沿着大狩猎场的南岸缓缓巡游了几个星期。然后，随着月亮节逐渐临近，它向南驶去，前往指定的会合地点。布布与她的侍女们一起到云中9号边缘的一片观景阳台上来观看那片陆地慢慢进入视野。“看哪，姑娘们，快看！”她快活地喊着，用戏剧般的挥手动作指点着那条海岸线，“非洲！”

芮恩站在市长夫人身边，手里举着一把巨大的遮阳伞，她试着想表现出惊讶，但这可相当困难。她所能见到的只是一长条低矮的、红色的悬崖，屹立在一片色如饼干的地貌上，还有两座巨大而嶙峋的高山，掩映在后方的云雾之中。芮恩从她父亲和弗蕾娅小姐所告诉她的那些事情里知道，非洲既是人类的起源地，也是人类在六十分钟战争之后的黑暗世纪里的避难所。不过一度曾在那些海岸上繁荣过的文明已经渺无影踪——或者，就算它们曾经留下过踪迹，也早就被各个饥饿的拾荒镇偷光了。

不久之后，某座可能参与过那场偷窃的镇子就进入了视野之中。它是一座小小的三层城镇，坐落在宽阔的桶形沙地轮胎上，辚辚前进，后头扬起红色沙尘的气旋，好像是一袭斗篷被风吹起。芮恩瞄了它一眼，提不起什么兴趣。现在想想还真是奇怪，两个星期之前，她可是在彭尼罗夫人的发型做了一半的时候，抛下手头的活，跑去用惊叹的目光盯着一座在岸上缓缓滚动的小得可怜的镇子直看。从那以后，她看过了很多镇子，甚至还有小型城市，所以它们现在看起来已经相当普通了，而且肯定不是她住在桃花源时曾经幻想过的那种超棒的东西。

然后她又望了一眼，感觉自己傻得就好像是很久以前第一次从“奥托里库斯”号的潜望镜里见到布赖顿后误以为它是一座岛那样。她先前以为是远处两座高山的东西根本不在远处。它们也不是高山。它们是牵引城市，如此地庞大，以至于当她第一眼看去的时候，大脑根本无法理解眼睛所看到的景象。它们正朝着大海直冲过来，透过飞扬的尘土和飘浮的废气尾烟，芮恩能看到它们每一座都有整整九层，无数烟囱和高塔矗立如鬃毛。

“左边的那一座是考姆翁布[1]。”市长夫人对她的姑娘们说，“另一座是班加西[2]。彭尼罗市长与它们签订了合同在这里会合，好让它们的人民在今年的月亮节上能品尝布赖顿所带来的愉悦。它们一直在沙漠深处狩猎那些沙地城镇，可怜的东西，所以你们能想象得到，他们会多么期盼着享受美食、娱乐，还有在海池里爽快地泡上一回。”

对于芮恩来说，那两座不断接近的城市第一眼望去，完全就像是她所记得的，还是在安克雷奇的时候，那本读得都折了角的《城市达尔文主义之儿童指南》里的图画。然后，随着它们越来越近，她开始发现了区别。这些城市都覆盖着装甲，每一层的边缘暴露出来的建筑都装着钢板和防火箭网。而且尽管在它们的巨大履带边上散布着一座座步履匆匆的小型镇子、郊镇，以及牵引村，这两座城市却没有试图吞噬它们。

“月亮节是一个神圣的节日。”当芮恩指出这一点时，市长夫人说，“根据传统，在这个节日里，城市之间不得相互狩猎或吞噬。”

“哦。”芮恩说。她觉得有些失望，因为要是能看到一场原汁原味的城市追逐那可就太带劲了。

“当然，”布布继续说道，“由于战争还在持续，猎物又如此稀

1. 埃及城镇，位于尼罗河东岸。

2. 利比亚的港口城市。

少，现如今也不是每个市长都还遵循传统了。不过要是那些城市里有哪座想要吃掉另一座的话，图旺布利小姐和她的朋友们会解决的。是时候让那个空中荡妇表现出她的用处来了。”

刚说到这个，飞貂军就划破长空朝那些城市飞去，它们在空中翻着筋斗，射出彩色的火箭，以显示它们将如何对付任何敢于打破月亮节斋忌的掠食城。其中一架脱离机群，拖着紫色的烟迹，在空中写下了，*欢迎来到布赖顿*。随着它们雷鸣般的引擎声隆隆滚过沙漠，芮恩听见有咔啦啦的沉重锁链声从布赖顿传了上来。这座城市开始下锚了。

“我有一种预感，这次将会是一个美妙的月亮节庆典！”彭尼罗夫人欢快地说着，身边的姑娘们则对于飞行员们的勇敢表演发出喔喔啊啊的赞叹声，拼命鼓掌。“现在，来吧，你们所有人都来。我希望你们都穿上为市长舞会准备的装束来拍张照。”

她转身朝穹顶宫的方向走去，芮恩最后望了一眼那几座高耸入云的城市，匆匆跟上她的步子。其他所有的姑娘都忙着讨论明天晚上的舞会，讨论着家奴要穿的迷人装束。芮恩听着她们激动的对话，觉得自己几乎要为错过这场乐事而难过了。不过她必须得错过。今晚，等整幢房子里的人都睡着了，芮恩就要溜到船屋里去，偷走“田凫”号。等到神圣之月升起时，她就已经离开布赖顿很远很远了。

穹顶宫里回响着月亮节庆典舞会的各种准备工作的嘈杂忙乱之

声。在中央穹顶下的舞厅里，油漆匠和窗帘裁缝在勤奋工作，乐师在进行排练，电气工在天花板上装满了几百个小灯。一箱箱的美酒和一篮篮的食物装在缆车里吱呀吱呀地从布赖顿送了上来，还有士兵们也驻扎进了穹顶宫的花园里。

这些花了彭尼罗一大笔钱，他觉得这真是不公平。布赖顿的人民当然想要他们的市长为了月亮节而举行一场盛大的晚会；他们希望他全都自掏腰包，这似乎太贵了些。所以当天晚上，在他举行的一场非正式的晚宴派对上，彭尼罗毫无内疚感地邀请了华特·普劳弗瑞。在甜点和咖啡之间的间歇，当其他客人们在讨论他们的月亮节庆典安排以及艺术区里的最新丑闻时，彭尼罗领着那位古董商离开筵席，去观看穹顶宫收藏品之中的一些珍稀古董。两人一起从一个房间走到另一个房间，研究着潜猎者大脑、汽车散热栅栏、像精美刺绣一样的电路板碎片、压扁了的饮料罐，以及一套套的古代盔甲。他们做着记录，记下那些普劳弗瑞认为可以在他认识的几个班加西收藏家那儿卖出一个好价钱的，以及彭尼罗觉得没人会在乎它们不见了的东西。

喝咖啡的时候，普劳弗瑞先生暗暗在心里计算着他从这些交易中能够赚到的佣金，发现自己的所得会十分丰厚。他的肚子里装满了彭尼罗提供的美食，倾听着其他客人的谈吐，为他们流露出的机智和老练而着迷，于是古董商不禁有些后悔自己与史金达成了关于《锡之书》的交易。不过史金先生保证过会给他很大一笔钱，而普劳弗瑞需要所能得到的各种钱财，因为他年迈的母亲住在黑岩区一家十分昂贵的养老院里。晚宴结束之后，当其他客人大声喧哗着走回缆车时，他则拖在了后面，躲进了穹顶宫的某条回廊里。

芮恩走出用人的边门，走进寒冷的花园里，夜风让只穿着银丝睡衣的她打了个哆嗦。她能听见海浪在下方很远处拍打，听见风在缆索之间呼啸，听见有人在下方布赖顿的街道上醉醺醺地唱着歌。她抓着从厨房偷出来的一袋子食物，匆匆忙忙地穿过潮湿的草坪，朝着船屋和飞貂军的小机场的灯光走去。

船屋的门从不上锁，尽管门很大，它们却很容易就能打开，芮恩把自己的身体靠到门上，它就随着门下的脚轮滚到一旁。“田凫”号的流线型气囊在机库里微微发亮，芮恩悄悄地朝船舱摸过去。她忽然发现自己一直屏着呼吸，这可真有点傻，因为附近根本没有一个人。在小机场那边，有一台留声机在播放着一段流行旋律。芮恩伸手摸上了船舱的门，舱门同样也没锁。她溜了进去，借着她从穹顶宫看门人那里顺来的一支小电筒，仔细研究着镀铬操作面板上的一个个仪表盘，一边回想着她在穹顶宫图书馆里读过的一本书《为娱乐和盈利而进行的实践飞行操作》里的图片。

气囊的一个个充气单元都是充足气了的，就像辛西娅对她说过的那样。燃料表还是空的，不过芮恩想好了要怎么来对付这种情况。她脱下睡衣，把它塞在仪表板后面。在睡衣里面，她还穿着白天的衣服。她向桃花源的神祇们做了一个简短的祷告，然后离开飞艇，步履轻快地穿过船屋前面的停机坪，钻过树林，朝飞貂军的基地走去。

在一座被这帮空军雇佣兵征用的旧凉亭里，奥拉·图旺布利和手下的几个飞行员正在玩牌。当芮恩过来敲门时，他们满腹狐疑地抬起了头来。

“是谁啊？”

“好像是布布的某个女佣。”

女飞行员懒懒地站了起来，打开门：“怎么？”

“我带来了彭尼罗夫人的一条口信。”芮恩说。她说这话的时候声音有点儿打战，不过那个女飞行员似乎并没有注意到。她看起来有点担心。也许她以为布布派芮恩来责备她与市长调情。芮恩开始感觉更有自信了。“彭尼罗夫人想要‘田凫’号立刻加满燃料。”她解释道，“她明天一早要去班加西。明天早上一大清早就走，这样她就能在集市上淘到很多便宜货。她想知道你的地勤人员是否能够效劳？”

奥拉·图旺布利皱起了眉头：“为什么要我们来做？难道不应该是市长的人来给那艘老气囊加燃料吗？”

“是的。”芮恩说，“大人他应该是在今天下午叫他们做这件事的，可是他忘了，而那些人现在也都下班了。所以要是你不介意让你的人来干的话，彭尼罗夫人会十分感激的。”

女飞行员想了一会儿。她不想让市长夫人不快。布布有一些非常有势力的亲戚，可能会逼迫彭尼罗裁掉飞貂军，转而去雇其他的空军佣兵。奥拉·图旺布利可是清楚地知道，垃圾场天使和李察·达斯塔德利的飞行马戏团这两支队伍都虎视眈眈地想要接下布赖顿的合同。

她点了点头，转向她手下的人：“阿藻？小姜？你们都听见这位年轻女士说什么了……”

那两个飞行员气呼呼的，但还是服从了命令，放下手里的纸牌和可可杯，与芮恩一道走进夜色之中，一边咕哝着这是有多么浪费燃料，以及为什么还有人想要使用飞艇，比空气重的飞行器才是未来的方向。芮恩跟在他们身后落下一段距离，看着他们把油管从他们飞机跑道后面的大油箱那里拖出来，连接到“田凫”号腹部的管孔上。

“它要花十分钟才能加满。”其中一个人转向芮恩，友好地眨了眨眼，说，“你没必要这么冷的天还留在这里，孩子。”

芮恩对他道了声谢，便跑回穹顶宫去。十分钟时间足够让她找到辛西娅了。

她从一开始就决定不会把她的计划告诉辛西娅。辛西娅太爱傻笑也太健忘，没法保守秘密，可能会不假思索就脱口而出，将整件事情告诉彭尼罗夫人。不过芮恩不愿意将她的朋友留下来。在“田凫”号加油的时候，她可以溜进姑娘们睡觉的宿舍里去，尽可能轻声地叫醒辛西娅，然后把她带到船屋去。等她们到了那里时，游艇应该就准备好可以起飞了。

普劳弗瑞先生用一支新颖的撬锁工具打开了市长私人办公室的门，这支撬锁工具正是史金的手下从迷失小子那里拿来的。办公室位于一间很高的房间里，长长的窗户一直向上延伸到高高在上的影影绰绰的天花板那里。百叶窗开着，明亮的月光照了进来，在古董商的眼前照亮了彭尼罗凌乱的书桌，以及沃尔玛·斯特兰奇的画作，彭尼罗的私人保险箱就藏在这幅画的后面。

走过房间时，普劳弗瑞先生觉察到上方高处的天花板穹顶里有什么动静，同时他忽然有一种奇怪的感觉，好像正被人监视着一样。他吓得遍体生寒。万一彭尼罗得到了一个那种螃蟹形的摄像机并用它来守护他的保险箱怎么办？

他几乎想放弃逃跑，但是一想到他的母亲，便停住了脚步。有了史金答应为《锡之书》而给他的钱，他就能让妈妈搬到养老院最顶层的豪华套房里去，从那儿能看到城市艉部的公园。他强迫自己冷静下来。彭尼罗还没聪明到能设置摄像蟹的地步。而且就算他这么做了，他也肯定会夸夸其谈地向晚宴上的客人们炫耀的。

普劳弗瑞从墙上取下画，小心地将它靠在彭尼罗的椅子上。保险箱圆形的门正对着他。他伸手放到转盘上，向右旋转，然后向左，然后再向右。在前几次来穹顶宫的时候，他经常看到彭尼罗打开这个保险箱，并从转盘发出的嗒嗒声的数量上猜出了密码数字组合。二——二——〇——九——九——五——七……平静地，仔细地，他按顺序遍历这串数字，于是沉重的门便打开了。

在保险箱里有一个小皮箱，在皮箱里的就是安克雷奇的《锡之书》。普劳弗瑞将它取了出来，珍而重之地捧着它，因为古物既是他的爱好，也是他的营生。人类的手工制品在它们的制造者逝去后还能存在很多很多年，他不禁想到，这其中自然而然地有一种美存在着。

当他伸手关上保险箱时，他觉察到背后有动静，于是转过身来，然后——

芮恩正走到去宿舍一半的路上，就听到了他的恐怖而颤抖的尖叫。她下意识地噫了一声并停住脚步，然后躲到了附近一座雕像的背后。那个尖叫声终结于一种像漱口一样的声音。回声渐渐消失在寂静中，然后穹顶宫里就到处都是门打开的声音和人们相互呼喊的声音。灯光亮了起来。芮恩透过她背后的窗户向外望去，看见灯光也涌进了花园里，巨大的应急灯闪烁几下亮了起来，守卫跑来跑去，手里的提灯光芒摇摆不定。

完了，她想，这下没机会逃跑了——然后又觉得有些羞愧，因为她只是为自己难过，而实际上她真正应该为之担心的，应该是那个发出恐怖尖叫的人，不管他是谁。

她离开藏身之处，朝宿舍跑去。在半路上她转过一个拐角，砰地撞到了西奥·恩戈尼身上，他正从通往厨房方向的一条支路上过来。“哦！”她喊道，“你在这里做什么？”

“我听见有人尖叫……”他说道。

“我也是……”

“整幢房子都听见有人尖叫，我亲爱的们。”彭尼罗夫人正朝他们大步走来，她的睡衣迎风翻腾飘扬，犹如一艘张满了帆的大船。芮恩赶紧从西奥身边跳开，猜想他们是不是会因为相互说话而受到惩罚，但市长夫人只是亲切地望着他们，说："它似乎是从我丈夫那一侧的房子里传来的。让我们去瞧瞧发生了什么。"

她朝着左舷一侧的房子气势十足地一路横扫而去，芮恩和西奥乖乖地跟在她的后面。芮恩私下想着，刚才那一声，是那种你应该赶紧跑开去的尖叫，而不是跑过去。不过彭尼罗夫人似乎下定决心要前往这场骚动的源头。也许她正期望着她丈夫被热水瓶烫伤了，或者从阳台上掉下去了，所以不想错过幸灾乐祸的大好时机。

他们爬上舞厅后面的螺旋楼梯，穿过通向一道小楼梯的门，这道楼梯则向下通往云中9号的控制室。控制室的门开着，神情担忧的工作人员朝外张望着。市长办公室里的灯光明亮耀眼，当他们走近时，芮恩听见彭尼罗的声音带着警惕的语气颤巍巍地说道："可是入侵者也许还在这里！"奴隶们和士兵们围在打开的门边，不过当市长夫人走过来时，他们都尊敬地退到了一边。

彭尼罗正站在他的书桌旁，边上还有他的守卫之中的两名军官。他抬头望见妻子与随从走进房间："布布！别看……"

布布还是看了，然后倒抽一口冷气。芮恩也看了，她真希望她没有看过。西奥看了，他似乎相当沉着，不过话说回来，他上过战场，说不定以前就见过这种事情。

华特·普劳弗瑞躺在地板上，就在打开的保险箱前。他紧紧抓着安克雷奇的《锡之书》，从它半遮着死者的脸的样子来看，芮恩猜想他是举起书试图保护他自己。这没起到什么作用。某种锐器扎透了他的夜礼袍的胸口，直刺进心脏。鲜血的气味强烈得让芮恩回想起了她在安克雷奇的最后一晚以及舒寇叶和印羽的死。

“一定是一把刀。”一名军官讪讪地说，“或者是一支长矛……”

“一支长矛？”彭尼罗嚷道，“在我的穹顶宫里？在月亮节庆典舞会的前一天晚上？”

两名军官局促不安地交换了几个眼神。就像大多数布赖顿的士兵们一样，他们俩入伍主要就是为了这身制服——吸引人的猩红色数字，粉红色的镶边，还有很多金色的流苏。他们从来没有准备要面对尸体和神秘的入侵者，而现在真正要面对这些的时候，他们俩都感到有点想吐。

“他是怎么进来的？”一名军官问。

“没有破门而入的痕迹。”另一个附和道。

“好吧，我想他从外面的花瓶里拿到了备用钥匙。”彭尼罗说，“我总是会在那里放一把备用钥匙，普劳弗瑞知道这件事。曾经知道，该这么说……”

军官们审视着他们脚下的尸体，紧张地摸着他们的装饰性佩剑的剑柄。

“在我看来，他似乎是想要从大人您的保险箱里偷东西。”前一个军官判断道。

“是的。他手里拿着的那个东西是什么？”另一个军官说。

“不是什么！”彭尼罗从死人的手里抢过《锡之书》，把它塞回保险箱里，然后锁上门，“不是什么有价值的东西，而且不管怎么说，它不在这里，你们也没有见过它……”

楼梯上传来许多绒毛镶边靴子踏出的雷鸣般脚步声，奥拉·图旺布利冲进房间里，五六个飞貂军跟在她身后。他们手里握着出鞘的剑，那个女飞行员用她的剑指着芮恩：“就是那个女孩！”

“什么？我说……”彭尼罗转过头来瞧着芮恩。

“她跑来叫我的手下准备好你的天空游艇。”奥拉·图旺布利解释道，她朝芮恩充满威胁地踏出一步，就好像她觉得把这姑娘在原地刺穿才是最安全的做法一样，“还讲了个荒诞的故事，说这位市长夫人想要把那艘旧气囊加满燃料，好让她去班加西购物……”

“一派胡言！”彭尼罗激动地嚷道，“这姑娘是在准备逃跑的路线！一日做贼，终生做贼，呃？”

哦，神啊！芮恩想。她从没想到她仔细的计划会搞糟到这个地步。他们会对她怎么样？把她送回史金那里，也许，然后要求退款……

每个人都在激动地讲着话，彭尼罗提高了声音压过其他人。“普劳弗瑞一定是雇用了她来帮他抢劫我，只不过她为了赃物反而把他谋杀了！毫无疑问，这个蘑栖魔鬼是和她一伙的！”他加上一句，指着西奥，“干得好，奥拉，我的天使！没有你的迅速反应，他们就会乘坐‘田凫’号离开，带着……呃……带着我的保险箱里的东西。”

“胡扯！”布布说，她的声音让所有人都安静了下来，紧张地转过头来望着她。她站直了身子，脸色变成了当市长夫人们听见丈夫当着她们的面称迷人的女飞行员为“我的天使”时就会变成的那种脸色。她伸出手臂揽着芮恩，“芮恩告诉图旺布利小姐的话完完全全是真的。我的确曾要求将‘田凫’号加满燃料。我确实计划明天要去班加西购物，尽管我不认为现在我还有这个心思。无论如何，当可怜的普劳弗瑞发出惨叫的时候，芮恩与西奥都和我在一起。他们中的哪一个都不可能做出这件可怕的事情。”

芮恩和西奥瞪着她，为布布会撒谎来保护他们而感到十分吃惊。

“可假如不是他们的话……”彭尼罗问，“是谁……”

“那就不该是我来找出答案了。”布布阴森森地说道，“我要回我的房间去了。请安安静静地搜查你的杀人犯。来，芮恩；来，西奥。我们明天有一整天要忙。”

她转过身，经过那些受到责备的飞行员身边，昂首阔步地离开了房间。芮恩朝彭尼罗行了个礼，匆匆追上西奥和她的女主人。“彭尼罗夫人，”当他们走到楼梯底部的时候，她悄声说道，“谢谢你。”

布布似乎没有听见。“多么可怕的事啊！”她说，“那个可怜的，可怜的人。得怪我的丈夫，我能肯定。”

“您认为是市长杀了他？”西奥问。他听上去似乎并不相信，不过芮恩知道彭尼罗教授颇能做出杀人这种事来，如果这对他有利的话。瞧瞧他是怎么对待爸爸的！现在她能看得出来，当年他是如何愚弄了安克雷奇的人们这么久的，因为他的确是一个很好的演员。他站在普劳弗瑞的尸体边上时，那副表情是多么震惊啊……

“古代科技！”布布叹道，“它除了麻烦什么也不是。哦，我不是说彭尼罗亲自握着致命的利刃，不过我猜他设置了某种恶心的陷阱来保护他的保险箱。什么也阻止不了他保护那本可笑的《锡之书》。话说回来，它到底有什么特别的呢？你知道吗，孩子？”

芮恩摇摇头。她唯一知道的就是《锡之书》曾经是另一起死亡的根源。她真希望自己从来没有把这件恐怖的东西从弗蕾娅小姐的图书馆里拿出来过。

在她卧室的门外，布布赶走了守卫，转向芮恩和西奥。她带着一种悲伤的笑容审视着他们俩，将芮恩的手握在她的掌心里。“我亲爱的孩子们，”她说，“我真抱歉你们想要飞走的尝试失败了。我相信那是你正要做的，芮恩？把我丈夫的飞艇加满燃料，这样你和西奥就能一起飞走？”

“我——”西奥说。

“西奥和这事没有关系！”芮恩抗议道，“我在走廊里撞上了他。我们只是一起来看看发生了什么事情——”

彭尼罗夫人举起一只手，她不要听这些话。她曾经尽其所能阻止这种事的发生，然而事到临头她发现这真是相当地刺激和浪漫。“你们无需在我面前隐瞒真相。”她说着，泪水在她眼中打着转，“我希望我在是你们的女主人的同时，也是你们的朋友。当我一看到你们在一起，看到你们的幽会被那个不幸的人的临终惨叫所打断，我就明白了一切。我多么希望我当年能体验过像你们这样炽烈的情感，而不是为了讨好我的家族而嫁给了彭尼罗……”

“可是——”

“啊，可是你们的感情是禁忌的爱恋！你们让我想起了兰彼特·奥利欧勒那出绝妙的歌剧《磐石压蒲草》里的奥斯米罗伊德王子和美丽的女奴蜜蒲茜。可是你们得有耐心，我亲爱的们。假如你们逃跑，你们还有什么希望得到幸福呢？逃奴，身无分文又远离家乡，无论到哪里都被赏金猎人追着。不，你们必须留在这里一段时间，只在私下里相会。现在我知道了你们有多么渴望离开，我要用我一切的权力来说服彭尼罗必须释放你们。”

芮恩能感觉到自己的脸都涨红了。怎么会有人想象她在这么多人之中，偏偏和西奥·恩戈尼相爱呢？她瞄了他一眼，懊恼地发现他看上去也很尴尬，就好像他和芮恩相爱这个念头有多么可笑似的。

“耐心点，我的小鸳鸯们。”市长夫人说道，然后她挨个吻了他们俩的额头。她微笑着推开了卧室的门。“哦，顺便一提，”她喃喃地说，“不要向任何人提起可怜的普劳弗瑞先生。我不允许这件可怕的事情让我们的月亮节庆典活动蒙上阴影……”

23 亮，更亮，布赖顿[1]！

月亮节！一阵阵充满期待的喧闹声打从旭日初升时便在筏城上响了起来。演员们和艺术家们以往从不在中午之前起身，今天则在海鸥初鸣之时就早早下了床，开始为各种装饰和节日彩车做最后的整饬，而各家商铺的店主则卷起卷帘门，拉开百叶窗，让店铺里充满欢快的气氛，梦想着营业额能够打破纪录。布赖顿不是一座宗教城市，它的大多数居民认为宗教在最好的情况下也就是一个童话故事，在最糟的情况下就是一场骗局。对他们来说，秋天的第一个满月在其他城市是一个庄重而神圣的夜晚，而在这里只意味着一件事情：到了派对的时间！

实际上，在布赖顿几乎一直都是派对时光。芮恩刚来的时候，消

1. 布赖顿的名字有“明亮的地方”这层意思。

夏节，一个持续六周的庆祝夏季诸神的节日庆典刚刚在一场盛大的焰火晚会和化装游行中渐渐结束。在那之后，又有大帽子节、奶酪雕刻双年展、戏剧无人欣赏节、保斯基活动周，还有痛扁小丑日（在这一天里布赖顿人可以对这座城市里遍地都是的烦人的街头表演者们施加痛快的报复）。不过月亮节在布赖顿人的心里和钱包里依然拥有一席特殊之地，岸上数量不断增长的城镇聚落也似乎保证了游客数量会有一个飞跃。就连《布赖顿夜间稿件报》的编辑，通常他肯定是会开心地把听来的关于前一晚云中 9 号上的神秘死亡事件的传言印在报上的，今天却把这个故事归到了第四版的一个小栏目里，而取而代之的是在头版印满了关于节日的新闻。

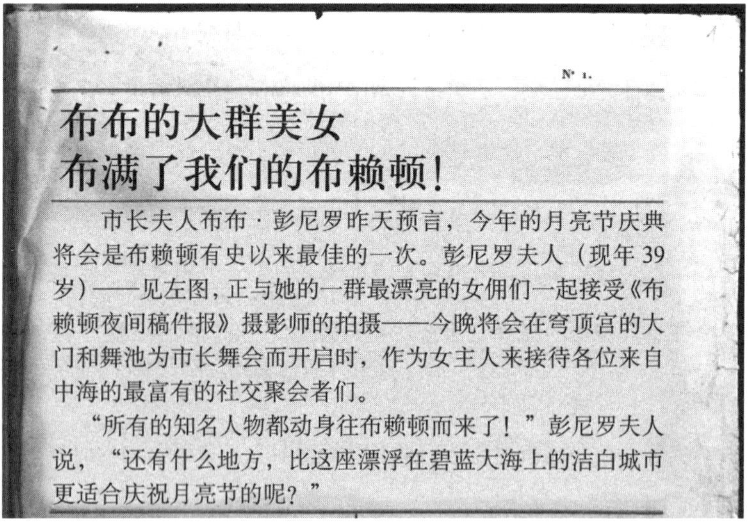

Nº 1.

布布的大群美女
布满了我们的布赖顿！

市长夫人布布·彭尼罗昨天预言，今年的月亮节庆典将会是布赖顿有史以来最佳的一次。彭尼罗夫人（现年 39 岁）——见左图，正与她的一群最漂亮的女佣们一起接受《布赖顿夜间稿件报》摄影师的拍摄——今晚将会在穹顶宫的大门和舞池为市长舞会而开启时，作为女主人来接待各位来自中海的最富有的社交聚会者们。

“所有的知名人物都动身往布赖顿而来了！”彭尼罗夫人说，“还有什么地方，比这座漂浮在碧蓝大海上的洁白城市更适合庆祝月亮节的呢？”

当然，这儿其实根本不是一座漂浮在碧蓝大海上的洁白城市；那只是它从云中 9 号的观景平台上俯瞰下去的样子。倘若在布赖顿的甲板上看，它是一座灰白色的城市，屋顶上斑斑点点的都是海鸥的粪便，街道上黏黏糊糊的都是乱丢的零食，整座城市漂浮在一层它自己排出的垃圾和生活污水之中。不过天气却是绝佳。一股向岸轻风吹送着一艘艘空中出租穿过海面前往班加西和考姆翁布，并在乘客返程时给他们带去阵阵清凉；炎炎日光烘烤着金属人行道，将混杂的气味从昨晚饮酒狂欢者们留下的一摊摊油腻和呕吐物中释放出来。随着白昼的持续，这座城市的吃水越来越深，都是被一群群挤满了大街小巷和各处人工沙滩，或是在海池边上嬉水尖叫的游客们所压下去的。到了下午时分，所有的垃圾筒都溢出了，海鸥相互争抢着肉和面包的残屑，低低地盘旋在那些在摩天轮下和布赖顿水族馆入口外排起长龙的人们头上。

汤姆 · 纳茨沃西等候在度假游客的队伍里，当又有一只尖叫的海鸥俯冲而下的时候，他赶紧蹲下闪开。自从他在盗贼之窟与绿色风暴的飞行潜猎者进行过战斗之后，他就一直对各种大鸟十分紧张。不过这些贪婪的海鸥实在只能算是他众多忧虑之中的小菜一碟。他感到水族馆里身穿制服的服务员们肯定一看到他就会知道，他是在仅仅一个小时之前，从“钻孔虫”号在这座城市外壳上钻出的一个窨井里爬上来的。他觉得自己随时都会被人从队伍里拖出去，并被斥责为入侵者和偷渡客。

“钻孔虫”号是那天早上追上布赖顿的。汤姆缓缓地驶近，生怕惊动了布赖顿用来捕捉迷失小子的不知哪种古代科技，但这座城市的钓捕之行现在已经结束了，所以它似乎已经关闭了所有的传感器。即便如此，在磁力抓钩搭上外壳，钻头隆隆地钻穿这座度假胜地的甲板时，他和赫丝塔还是几乎连气都不敢喘一下。

汤姆本想用摄像蟹来寻找芮恩的踪迹，但赫丝塔不同意。“我们可不是迷失小子。”她指出道，“这需要各种我们不具备的技术，才能操纵这玩意儿通过布赖顿的管道系统。可能要花上好几个星期我们才能找到芮恩。我们要亲自上去。我们应该能找到他们钓起来的那些贝壳船的踪影。”

赫丝塔说得没错。当他们从“钻孔虫”号爬出来，进入布赖顿引擎区后面的一条废巷里时，他们几乎第一眼所看到的，就是一张贴在排气管上的海报。海报上是一艘贝壳船，周围环绕着凶恶野蛮的少年们，下面写着，大西洋上的寄生海盗！在布赖顿最近一次的远征中，从水下盗贼巢穴格里姆斯比中获得的各种物品和俘虏，现于布赖顿水族馆公开展出。地址伯奇尔广场11—17号。

“俘虏！”汤姆说，“芮恩可能就在那儿！我们得到那里去……”

赫丝塔读得比她丈夫慢，才刚读到一半：“水族馆是什么？”

“一个放鱼的地方。类似动物园，或是博物馆。”

赫丝塔点点头：“博物馆是你的专业。你去那里看看。我想去空港探一探。我也许能在那里听到关于芮恩的什么消息，而且我也想看看是否能为我们找到一艘飞艇；我可不想坐着那艘臭熏熏的旧贝壳船大老远一路回家去。”

“我们不应该分开。”汤姆说。

“就一会儿。”赫丝塔说，“很快的。”当然，这只是一个借口。真相是，这么些天来她和汤姆一直被关在水下，早就让她变得烦躁不安。她想要单独待一会儿；想要呼吸一下这座城市的空气，看看四周，而不用听他一直为芮恩而担心。她飞快地吻了他一下，说：“我一小时后和你碰头。”

“在‘钻孔虫’号上？”

赫丝塔摇摇头。随着工人换班时刻到来，引擎区开始忙碌起来，过路人可能会注意到他们偷偷钻进秘密窨井里。她指着另一幅半掩在水族馆海报之下的广告，上面是一家坐落于老斯坦因广场的咖啡店，名字叫作红粉咖啡馆。

“那里……”

幸运的是，水族馆的服务员们只对卖票和相互闲聊晚上的安排感兴趣。他们可不负责警戒入侵者，而且就算他们是，也没有任何东西会将汤姆与其他游客区分开。他只是一个有点年轻，蓬头乱发，略带秃顶的男人，也许是从考姆翁布的中间几层来的一名学者，而若要说他的衣服款式旧又皱巴巴，身上还有一股淡淡的发霉和盐卤的味道，好吧，也没有规定说不准这样吧。站在旋转栅门处的那个姑娘几乎没瞧他一眼，收了他的钱就挥手让他进去了。

在水族馆里面，目光呆滞的鱼儿漂浮在又大又暗的水箱里，空气中有一股铁锈和盐水的气味，汤姆几乎以为自己又回到了格里姆斯比。不过没人在看那些鱼，或者海马，或者满身疥癣的海狮。所有人都朝着中央大厅走，跟随着色彩鲜艳的指路牌走向寄生海盗展。

汤姆跟着他们，尽量让自己看上去没那么急切，不断提醒自己芮恩可能并不在这里。他混在其他游客之中，观看着展出的摄像蟹，然后是一艘叫作“蜘蛛宝宝”号的贝壳船，就摆在大厅中央的展台上。把它放在那里的人给它摆了一个戏剧化的姿势，用四条后腿站立了起来，同时在空中挥舞着前腿，就好像马上要朝游客们扑上来一样。一个个家庭在它前面摆姿势拍照片，孩子们有的露出胆小的表情，有的则朝那个阴森森的机器吐舌头。

在贝壳船之后，在一个草编的笼子里，被俘虏的迷失小子蹲坐着，盯着经过的人群。有时候其中之一会扑到栏杆前，愤愤地叫骂着，游客们则会匆忙逃开去，既害怕又开心，而一名魁梧的服务员就会用电棒捅那个野蛮小子。汤姆为这些迷失小子们感到难过，他几乎松了一口气，因为芮恩不在他们之中。

边上有一个身穿水族馆制服的年轻美女正在向一群孩子指点细节。汤姆等她说完之后，走到了她身旁。“对不起，”他问，“你能告诉我一共抓到了多少艘贝壳船吗？”

那个年轻美女真的非常漂亮。她的微笑几乎让汤姆看花了眼。

“一共十九艘，先生。”她说，“还有三艘在海里被击毁了。”

“其中是否有一艘叫作‘奥托里库斯’号呢？”

笑容消失了。那名女子慌乱地翻着她的展览笔记。以前还从来没有人问过特定的某一艘贝壳船。“让我瞧瞧……”她喃喃地说，“我相信……哦是的！‘奥托里库斯’号是我们最早抓到的贝壳船之一，还是在西部海域里的时候，离寄生巢穴很远的地方。”她的微笑又出现了，“它一定是驶去进行一趟盗窃行动时被我们抓到的……”

“那么船员呢？”

那个年轻女子仍然在微笑着，不过她的眼神很困惑，她开始猜想汤姆是不是某种怪人：“那你得问史金先生了，纳贝斯克·史金先生。所有的俘虏都是史金公司的财产。”

“那么史金公司又是什么？”赫丝塔问。她刚刚从空港里的一个二手气球销售商那儿听说了同样的事情。

“奴隶。”那人说着，朝脚边的甲板吐了一口黑色的烟草汁，然后朝她眨眨眼睛，“他们钓起来的所有小子和姑娘现在都是奴隶啦，给他们好生做着事哪，我说。”

一名奴隶，赫丝塔想着，穿过逐渐忙碌起来的街道大步走开。一艘艘飞艇和出租气球的阴影从她上方滑过，涌进空港里，放下更多的一群群吵吵嚷嚷的游客。一名奴隶。赫丝塔用肩膀将一群语言学生撞出人行道。她该如何把这事告诉汤姆呢？说他心爱的女儿被关在某个地方的奴隶棚里，或者在某些残酷的主人手底下忍受着天知道什么样的……

让事情更糟的是，她发现自己想要买一艘飞艇的计划根本行不通。自从她最后一次登上某座牵引城以来，价格一路飙升，她从格里姆斯比拿来的金子就连二手飞艇场里的一个备用引擎吊舱都买不起。

所以取而代之地，她花了一些钱，在空港后面的一家铺子里买了一副墨黑的太阳镜，以遮掩她失去的那只眼睛，又买了一条银色圆片组成的头饰，来掩盖额头上的疤痕。她也买了一条新的面纱，还有一件长到脚跟的有许多纽扣的黑色风衣，以换下她一路从安克雷奇穿过来的破旧衣物。继续上路时，她发现自己的情绪开始好转起来。她喜欢上了这座城市。她喜欢这阳光，还有这人群，这哗哗响的角子老虎机，这简陋的宾馆门面。她喜欢置身于既不认识她也猜不出她面纱下的样子的人群之中。她喜欢英俊的年轻飞行员在她走过时对她微笑，他们的视线被这个神秘女子掩盖着的面庞和瘦长的身材所吸引。而且——尽管她不太愿意对自己承认——她喜欢没有芮恩的生活。她几乎为那姑娘把自己弄得被绑架了而感到高兴。

她停下脚步来研究一份地图，然后穿过架在海池上的一座人行桥，朝艉部方向的老斯坦因广场走去。红粉咖啡馆外头的咖啡桌边没有汤姆的踪影。赫丝塔考虑着要不要在等待他的时候喝杯咖啡，然后发现按照布赖顿的价格她可真喝不起一杯。她转而沿着长而弯曲的斯坦因广场漫步，浏览着店铺门面，直到她遇到了一家商店让她停了下脚步。

这是一座曾经是剧院的建筑。门上的一块活泼的粉红色招牌写着宁禄·彭尼罗体验馆，海报上则宣布：重新体验彭尼罗市长在五大洲和一千座城市中的冒险！既有教育意义又有娱乐价值！橱窗里有一尊彭尼罗的蜡像，锁在用纸板搭成的地牢地板上，充满疑问的目光盯着一把在摆锤上前后摆动的弯月形刀刃。

彭尼罗市长？赫丝塔经常会猜想那个伪探险家在开枪射了汤姆并偷走“鬼面鱼”号之后怎么样了。她一直都以为到如今诸神应该已经因为他那些谎言和诡计而惩罚过他了。毕竟，他们有整整十六年来构想一种让他罪有应得的合适方法。然而，他们似乎反而奖励了他。彭尼罗还活着。而且彭尼罗知道她曾经做了什么。她曾经亲口告诉过他，就在阿丘克家一片狼藉的厨房里，在她准备去杀掉马思嘉和他的猎手团之前。

她将一枚铜币递给了售票亭里的人，然后走了进去。

看上去，其他来布赖顿的游客都找到了更好的方式来教育和娱乐他们自己，因为宁禄·彭尼罗体验馆几乎已经荒废了。这里有一种积满灰尘的博物馆的气味，还有另一种气味，无比诱人而又格格不入，这种气味让人更加熟悉。赫丝塔漫步走过玻璃展柜里那些毫无特色的藏品，走过彭尼罗曾经发掘过的古代垃圾掩埋场的重建品。一幅幅绘画和蜡制的立体模型展示着彭尼罗与一头熊搏斗，逃离空中海盗，以及几乎被某个崇拜古代科技的教派的女战士当作献祭品——全都是彭尼罗的畅销书里的场景，也全都是胡编的谎言。只有其中一幅画作对赫丝塔来说还有些意义。画上是彭尼罗拿着剑，正在与一大群野蛮的猎手团战斗，而在他身边一个年轻美女摆着楚楚动人的姿态一命呜呼了。赫丝塔盯着这幅画看了一分钟或更久，才注意到那个壮烈牺牲的姑娘戴着一枚眼罩，脸颊上还有一道迷人的浅浅疤痕。

“诸神在上！”她大声说道，“那个放荡妞是我吗？”

她的声音在空旷而回声阵阵的房间里显得十分响亮。当声音静下来后，赫丝塔听见了脚步声，售票亭里的那个人从门口探出头来问：“没事吧，夫人？”

赫丝塔点点头，气得说不出话来。

“画得太好了，呃？”那个馆长说道。他是一个友善的人，人到中年，几绺沙色的头发小心翼翼地梳过来盖住秃顶。他走了过来，站在赫丝塔边上，自豪地笑着，望着那幅画作。“这幅画描绘的是《罪孽赏金》的结尾几章，描写大人他与阿尔汉格尔斯克猎手团的战斗。”

“那姑娘是谁？”赫丝塔问。

“你没有读过《罪孽赏金》吗？”那人吃惊地问，“那是赫丝塔·肖，那个把安克雷奇出卖给了猎手团的女飞行员。她最终清偿了自己的罪过，可怜的小东西，死在了彭尼罗的身边，她是被猎手团的头头，朴特·马思嘉砍倒的。”

赫丝塔迅速转身离开，爬上一条尘埃遍布的金属楼梯，走向这间博物馆的上层，根本不去看一路上经过的展品。她的脑袋里充斥着各种恐慌激烈的念头。一切都搞砸了！彭尼罗不光是知道她做了什么，他还把它写成了一本书！还有画！即使彭尼罗扭曲了事实，真相还是在那里，白纸黑字地写在他的书里。赫丝塔把安克雷奇出卖给了猎手团。而等到汤姆发现了这件事……

假如他知道了她实际上是怎样的人，他还会爱她吗？

她走到了楼梯顶端。那种熟悉的气味在这里更浓了，赫丝塔突然记起了这是什么——一种航空燃料和升空气体的混合气味。她抬头望去。

整个上面一层楼就是一整座玻璃屋顶的房间，在它中央的金属支柱上，停着一艘飞艇。它又旧又破，船身漆着的名字是“北极面包卷”号，然而赫丝塔无论到了哪里都认得出那个重叠板结构的船舱和修了多次的热内—卡洛引擎吊舱。她在那些狭小的舱室里住了两年，在那个红色的旧气囊下方绕着世界飞了半圈。它就是“鬼面鱼”号。

“难看的旧盆子，不是吗？”

赫丝塔没有注意到那位馆长也跟着她上了楼，不过他就在这里，就站在她背后，和蔼可亲地微笑着：“赫丝塔·肖临终前将它作为遗物赠送给了彭尼罗教授，他驾驶着它穿越极地风暴和大群空中海盗，回到了布赖顿。”

船舱边上搭建了一条木制过道。赫丝塔漫不经心地听着馆长的讲解，一边走上阶梯，透过尘埃遍布的舷窗朝里张望，同时回想着这艘飞艇真正的历史。那儿就是后舱，有一张窄窄的床铺，她以前和汤姆一起睡在那里。那儿则是驾驶座，她在里面度过了太多漫长的值守时光。而那儿，在飞行甲板的久经磨损的地板上，芮恩就是在那儿怀上的……

她嗅了嗅空气："它闻上去似乎随时可以起飞……"

"的确是的，夫人。你是一位女飞行员吧？"

赫丝塔猛地回头望着他，想着他是不是猜到了她是谁。"是的。"她说，随后，因为他看上去好像想要知道更多的样子，"我是'弗蕾娅'号的瓦伦丁船长。"

"啊！"馆长满足地说道，再次对着"鬼面鱼"号点了点头，"明天它会在历史飞艇大游行上领头飞，瓦伦丁小姐。"

赫丝塔抚摸着一个引擎吊舱的冰凉内侧，想象着它咆哮着发动起来的样子。她开始从震惊中恢复过来了。毕竟，汤姆知道彭尼罗是个骗子。为什么他要相信那个老骗子所说的关于她的任何事情呢？她在面纱之下露出了一个独属于她的扭曲笑容。

"那将会是一场非常好的展演。"馆长正一边说着，一边对她微笑，"将会表演彭尼罗教授最最惊心动魄的冒险之一——一场在'北极面包卷'号和一群扮成海盗船的老飞艇之间的战斗。会发射真的火箭还有其他各种东西……"

赫丝塔环顾这个大房间："你们怎么把它弄出去？"

"呃？"馆长说，"哦，屋顶可以打开。就在顶上打开，像个停机库一样。市长会驾驶它飞出去。”

赫丝塔点点头，拿出怀表看了看时间。她都忘了要和汤姆碰头，而她已经迟到二十分钟了。她回到楼下，馆长匆匆地跟在她身后。在出口处的纪念品商店里，她拿了一本《罪孽赏金》，并扔给他两个硬币付了账。

“请恕我冒昧，瓦伦丁小姐。”馆长一边说，一边翻着他的钱匣子找零，“我想知道你是否愿意陪我一起去明天的展演，也许在那之后还可以一起共进晚餐？”

不过当他抬起头来的时候，那个神秘的女飞行员已经消失，出口的大门轻轻地关上了。

赫丝塔步履轻快地穿过老斯坦因广场，朝着那家咖啡馆走去，口袋里塞着彭尼罗的书。那个馆长傻乎乎的谄媚请求让她又一次感觉自己充满了吸引人的神秘气质，而她之前感到的恐慌则彻底消失了。她现在知道一切都会好起来的。她会给汤姆看这本书，然后他们会一起对着彭尼罗关于她的谎言而发笑。然后她会把芮恩从奴隶棚里拉出来，他们会取回“鬼面鱼”号，再一起飞走。

咖啡馆外面的那些桌子坐满了人，但还是没有汤姆。她转过身，生气地寻找他。迟到可不像是汤姆会做的事。而且她还想要把自己的计划告诉他呢。

“赫丝塔？”咖啡馆里的奴隶少女之一问道，她手里拿着一张叠起的纸条走了过来，“你是赫丝塔，是吗？那位先生说你会来的。他让我把这个交给你。”

那张纸是一张水族馆的广告传单。在纸的背面，汤姆用铅笔以他那整洁的笔迹写道，最亲爱的小赫，我会和你在“钻”碰头。芮恩被当作奴隶抓了起来。我要去一个叫作胡椒瓶的地方看看能不能把她买回来……

24 “安魂旋涡”号

空中舰队从离开山国之后一路顺利。他们越过了波斯湾绿松石般闪闪发光的海水，现在正一路向西扫过杰贝勒哈马尔[1]的重重丘陵。四艘驱逐舰纵列前进。在它们周围，众多护航战斗飞艇——紫狐狸精型和张晨天蛾型[2]——搜索着天空，以探查是否有牵引城的私掠船出现，它们的引擎吊舱的轰鸣声将空气都震动和撕裂了。

潜猎者方的旗舰“安魂旋涡”号的船舱覆满装甲，伊诺妮·零透过其上的一条缝隙望向下方遥远的大地。那里除了飞艇的影子之外没有任何物体移动，不过无论她望向哪里，都能看到由途经城市的履带和轮子所压出的深深沟壑。山麓上都是一处处参差不齐的咬痕，那些

1. 杰贝勒在阿拉伯语中意为“山”。
2. 战斗飞艇是小型的机动飞艇，其型号命名均为“人名＋动物”的格式。原文中“紫”为日语中的人名。

都是被采矿镇一块块挖下含有矿石的岩层后所留下的。

第一次听说自己要跟随女主人参加这次神秘的远征时，伊诺妮感到很高兴。待在空中与外界隔绝，在潜猎者方的旗舰上，她一定能找到机会来使用她的那件武器吧？不过这一路上她所见到的世界，被城市达尔文主义搞得满目疮痍一片废墟，让她不禁重新思考自己是否真的有权利这样做。她恨战争，不过她也恨牵引城。要是杀了方的话，她会不会就等于是把胜利交给了它们呢？假如绿色风暴崩溃了，整个地球可能很快就会变得像她下方的那些遍地废墟的垃圾堆一样。她的良心可不愿意那么做。

“还在给自己找理由不去执行你来这里的使命啊，伊诺妮。”她用失望的语气对自己说道，就好像她母亲在伊诺妮小时候不做功课时所用的那种语气一样，“你真是个懦夫！”

她向前方看去，视线望入一片棕色的迷雾之中，她知道那是部分由牵引城的尾气所形成的。雾气后方的某处就是中海，现在已经距离不远了。伊诺妮努力想要粉碎自己的怀疑之心。一场战斗即将到来，而她对于战斗有着充分了解，知道肯定会有某个混乱的时候，让她能对潜猎者方释放出她的装置，而不会叫任何人明白她做了什么。

她从火炮射击缝前转过身来，向上爬进位于气囊内侧的隆隆作响的通道之中。当她走近军官餐厅时，她能听到一些战友的说话声，于是她在打开着的门口停下了脚步，不为人所注意地侧耳倾听。

“她说我们的目标只是布赖顿！”炮火指挥官赵上尉正说道，她压低了声音，生怕让潜猎者方听见，“为什么是布赖顿？我读了特工的报告。布赖顿几乎不能算是牵引城，仅仅是一艘用来寻欢作乐的筏子。”

“她有她自己的间谍。”张领航员说。他盯着自己的空杯子，仿佛能从茶叶渣中判读出那位潜猎者的计划一样：“她控制着一些潜伏得很深的特工，除了她之外不向别人报告。”

“没错，可为什么她会派一个这样的间谍去布赖顿呢？”

“谁知道？那里一定是有什么重要的东西。”

“比如说呢？”赵上尉摇摇头，“在我们下方的丘陵中就潜伏着一些掠食镇中的大家伙。为什么我一定要留着火箭去对付布赖顿，而不是现在就炸掉这些掠食镇的履带呢？”

“我们不能质疑她的命令，赵。”

这句话出自本次远征队的二号人物，纳迦将军之口。伊诺妮看到那些下级军官一听到他的声音便都僵住了，低下头来。纳迦自从绿色风暴建立之时起就已经在了。他有一张著名的照片，年轻而又英俊，在牵引格勒的废墟之上举着绿色风暴的闪电旗帜。伊诺妮还是个小姑娘的时候就有一张这样的海报，贴在她的卧室墙上。不过纳迦将军已经不再年轻，也不再英俊了。他的头发灰白，黄褐色长脸上满是皱纹和疤痕。他三十五岁了，以绿色风暴部队的标准而言已经是一个老人。他在赞尼桑丹斯基[1]失去了一条胳膊，然后又在鄂木斯克[2]空袭中失去了行走能力。他之所以还能行走和战斗，完全是因为复活军为他制作了一副动力金属外骨骼。

“我不喜欢这次行动。”他承认道。随着他从餐桌上探出身来，他的机械装甲部件相互摩擦。“布赖顿对我们来说不是威胁，而且我听说它花了一个夏天在北大西洋上清扫那些寄生土匪。当那些家伙袭击我们在盗贼之窟的空军基地时，我还只是那儿的一个学员。那些魔鬼害我失去了很多好朋友，我很高兴布赖顿清理了他们。不过命令就是命令，而火之花的命令……”

他突然间不说了，察觉到伊诺妮正站在门口。“外科机械师。”他粗声粗气地说着，朝她转过身来。他的机械手握住了他的剑柄；他的外骨骼当啷作响，哧哧地喷出气体，半鞠了一躬。在他身后，伊诺妮看见那些下级军官认出她来时脸上都露出了恐惧之色。她知道他们在想什么。她在那里多久了？她听到多少了？她会告诉那个潜猎者吗？就连纳迦也怕她。

“请原谅我。”她说道，并正式地向将军鞠躬，然后又向餐桌边的军官们鞠了一躬。她走进餐厅，倒了一杯茉莉花茶，尽管她并不想要，然后在一片沉默之中迅速地喝了下去。每个人的目光

1. 小说设定中，是座牵引城。现实中，位于保加利亚西南部的布拉戈耶夫格勒省。

2. 位于俄罗斯西伯利亚地区西南部，是乌拉尔山脉以东的第二大城市。

都落在她身上。他们警惕她几乎就像警惕潜猎者方本身一样，伊诺妮为此而感到高兴，因为这就证明他们并没有怀疑到她的真正动机。

不过在“安魂旋涡”号上还是有人在怀疑她。当她离开军官餐厅，沿着舷梯爬回她那间位于强化充气单元之间的高高在上的舱房里时，史莱克从阴影之中观望着，耐心地等待着她的下一步行动。

25 胡椒瓶

汤姆穿过挤满了狂欢队伍的大街小巷朝胡椒瓶一路走去，下午便渐渐变成了黄昏。一支游行队伍沿着海洋大道缓缓前行，漂亮的少男少女们打扮成人鱼的样子，在电动花车上欢呼雀跃，巨大的海神木偶跳着舞，鱼形和蛇形的纸灯笼吊在长杆上打着旋，男扮女装的人戴着巨大的羽毛帽子，从飞得低低的载货气球上往下撒五彩纸屑。汤姆不断从白色建筑物之间的缝隙瞥向大海，有一回，在引擎的尖啸声中，一队那种违背常理的飞行机器从屋顶上方低空掠过。汤姆将双手捂住耳朵，转动脑袋望着它们飞过。要是在年轻的时候，他看到它们肯定会十分兴奋激动，不过现在它们只会提醒他这个世界有多么危险，以及在他离开的时间里世界改变得有多大。对这个世界他看得越多，便越是渴望找到芮恩然后回到平静的桃花源去。

他挤过人群，朝着水族馆里的那个姑娘给他的地址走去。他知道赫丝塔过后会因为他抛下她一个人行动而对他发火，不过他太焦虑了，没法再在红粉咖啡馆等着她。此外，他不断回想起她对舒寇叶所做的事，这让他对她要是知道了芮恩的命运之后会如何反应而感到不安。他想要平静地和这个叫史金的家伙谈谈。说不定他是一个讲理的人，在了解了真相之后会把芮恩还给她的父母。要是不行的话，汤姆会安排把她买回来。不管怎样，没必要动用暴力。

当他看到胡椒瓶时，他感到更加乐观了。大多数奴隶棚都是阴暗破烂的地方，躲藏在野蛮城镇不可告人的角落里，而不是这样优雅的白色高塔。在玻璃大门外，一名身穿干练黑色制服的守卫彬彬有礼地让他停下，用一个金属探测器上下扫了他一遍，这才让他进入一片安静而又格调高雅，仿佛宾馆大堂一样的接待区域。这里有柔软的椅子，还有带着金属光泽的绿色硬叶盆栽植物，以及挂在墙上的一块牌匾，上面写着史金公司，下面还有一行小字，人力投资商。唯一真正透露出这是个什么样的地方的，就是从海草地毯下方隐约传来的沉闷的愤怒叫喊声以及叮当声。

“抱歉这么吵。”一个穿着得体的女人坐在黑色书桌后面说，“是那些肮脏的迷失小子。我们刚把他们弄上城来的时候，他们挺温驯的，不过他们一天天地越来越傲慢无礼，越来越爱惹麻烦。别在意。秋季拍卖明天开始，所以我们很快就能摆脱他们了。”

“所以说你们还没把他们卖掉啊？”汤姆叫了起来，“我真高兴。我正在找我的女儿。芮恩·纳茨沃西。她和迷失小子在一起。我想你们可能误把她也抓了……”

那个女人眉毛画得像条细线，她惊讶地扬起这两条细眉。“请稍等一下。”她说，然后俯身越过书桌，对着一支汤姆觉得非常具有未来感的黄铜和胶木塑料的内部通话器低声说了几句。内部通话器里传出轻声回复，片刻之后，那个女人抬头望向汤姆，微笑着说：“史金先生会亲自接见你。你可以上去了。”

汤姆走向穿过楼顶通往上层的螺旋楼梯，但那个女人按下书桌上的一个按钮，于是墙上的一扇窄门便移开了。汤姆意识到那是一个电梯。它看上去一点儿也不像他记忆中童年时代伦敦庞大的公共升降车，这只是一个精美的小室，墙上装饰着珍珠母，不过他尽量让自己不要显得太惊讶，然后就走了进去。门关上了。他觉得自己的胃猛地一倾。当门再度打开时，他已经来到了一个安静而豪华的办公室，一个男子从另一张黑色钢铁书桌之后站起身来迎接他。

“史金先生？”汤姆问。门在他身后轻轻关上，电梯发出低沉的隆隆声又沉了下去。

纳贝斯克 · 史金低低地鞠了一躬，伸出一只戴着灰色手套的手。“我亲爱的纳茨沃西先生。”他柔声说，“威姆斯小姐告诉我你对我们的一名奴隶感兴趣。那个女孩名叫芮恩。”

听到芮恩被如此平静地称作奴隶，这令汤姆感到愤怒，但他控制住了自己的情绪，握了握史金的手。他说：“芮恩是我的女儿。她被一个迷失小子绑架了。我是来带她回去的。”

“是吗？”史金点点头，仔细地看着汤姆，“不幸的是我以前不清楚这个女孩的过往经历。她已经被卖掉了。”

“卖掉了？”汤姆嚷了起来，“她在哪里？她还在布赖顿上吗？”

“我得查看我的文档。我们这个月经手了太多奴隶了……”

电梯门再度打开，房间里一下子挤满了人——身穿黑色制服全副武装的守卫。汤姆吃了一惊，完全没有意识到发生了什么，直到其中一个人用一根警棍的手柄砸在了他的腰侧，另外两个在他弯下腰呛得喘不过气来时将他抓住。

纳贝斯克·史金绕着房间转了一圈，拉下帆布百叶窗，遮起一扇扇长窗。“今天天上有很多游乐船只。”他聊天一般地说着，“我们可不想有任何开心的度假客朝我们张望，不是吗？”房间里暗了下来。他回到了他的书桌边，对着内部通话器说：“莫妮卡，把那男孩带过来。让我们来看看这个浑蛋是否真的是他所宣称的那个人。”

抓着汤姆的人把他的胳膊痛苦地扭在背后，紧紧地控制住了他，不过他们并不需要这么麻烦，因为他根本连站都站不直了，更别提试图压制四名强壮的守卫。他感觉自己的心脏咚咚乱跳，疼痛缠绕在腰畔。史金走近了些，捋起汤姆的袖子，带着一种淡淡的嫌恶神情，除下了他的结婚手镯。

“那是我的财产！”汤姆喘着气说，“还给我！”

史金将手镯往空中抛起复又接住。“你不再有任何财产了。”他说，“你就是财产。除非你有文件证明你是一个自由人。不过就算你是自称的那个人，你也不再是了。”他举起手镯，对它眯着眼看了看。“**赫·肖和汤·纳**。”他读道，“真感人……”

电梯的铃声又响了起来，另一个史金手下的黑衣守卫跨了出来。这个守卫只是个男孩，与其他人一样身穿黑色制服，戴一顶黑色鸭舌帽，帽子正前方有一个银色的史金标志。

“好吧，俞饼？”史金问他，“你认识我们的客人吗？”

那个男孩盯着汤姆。“那就是他，史金先生。”他说道，“我们在安克雷奇的时候，我在屏幕上看到过他。他是芮恩的爸爸。”

“你怎么……”汤姆开口问道，然后突然意识到了这个男孩是谁。俞饼。他就是大叔提起过的那个小家伙，那个绑架了芮恩的新人！汤姆知道自己应该对他感到愤怒，但他并没有。他只是对史金更加感到愤怒了，因为他能看见那个烙在男孩纤细手背上的标志。什么样的人会对一个孩子做出这样的事情？什么样的城市会让这样一个人富裕兴旺？他说道：“俞饼，请你告诉我，芮恩还好吗？她有受到什么伤害吗？你知道是谁买下了吗？”

俞饼正要回答，但史金说：“别回答他，孩子。”一名守卫又揍了汤姆一下，把他肺里的空气都打了出来，发出一声响亮而不成词句的呜咽。

“俞饼学会了遵守规矩。”史金说，“他知道假如他不听从我的话，我就会把他扔回牢房里去，和他的朋友们关在一起，而他们就会因为他背叛了格里姆斯比而把他撕成碎片。”他撕开汤姆的马甲，拉起他的衬衣，用一根戴着灰色手套的手指沿着疤痕触摸，这条疤是温窦莲·派的业余外科手术所留下的。他的脸上露出某种类似微笑的表情。

“这座城市的市长是一个特别讨人厌的人，纳茨沃西先生。”他说道，“我相信你也许可以帮我揭露他是一个骗子。不过首先，你的女儿要帮我取回某样他从我这里偷走的东西。谁知道呢，要是你合作的话，我也许会把你们两个都放了吧。”他走回书桌边，一边将手镯扔起又接住。他俯身对着内部通话器的黄铜话筒说：“威姆斯小姐，给纳茨沃西先生在中层安排一间牢房，然后准备一辆甲壳虫车，七点半的时候送我去老斯坦因广场。我想我最终还是得去参加大人他的舞会呢。”

赫丝塔早就已经朝那座漂亮的、小小的高楼的前门里望过了一次，却没有看到任何汤姆的踪影。她在能想得到的其他每一处地方找他，希望他在尝试与奴隶主交谈之前可能先回到了“钻孔虫”号上，或者兜回了红粉咖啡馆。现在她又回到了胡椒瓶的外头，既生气，又隐约有些害怕。她能肯定汤姆就在里面，而在他身上发生了某种糟糕的事情。上面某一层的窗户后面的百叶窗帘都被拉上了，接待区里有一大群全身黑衣的守卫，在和那个一脸目中无人的女人聊着天。赫丝塔猜想着她是不是该冲进去面对他们，但她不想和汤姆落进同样的陷阱里。

门外的人看到她又朝里张望，便盯上了她，于是她赶快走开了，就仿佛她只是一个好奇的游客，然后走进了广场另一边的一家咖啡店里。她在那里用吸管一边喝冰咖啡一边思考。这个叫史金的人一定是出于某种原因把汤姆关了起来。也许他认为汤姆和迷失小子有关。好吧，那不是什么大问题。她可以去救他出来，就像她被关在盗贼之窟里时，汤姆曾去救过她一样。

可是怎样才能进入那座高楼里呢？门口的守卫已经警惕着她了，而周围有着这么多的狂欢人群，她也不能就这样一路开枪冲进去。哦，可怜的汤姆！为什么他要一个人到这里来？他应该知道他是没法自己对付像这个纳贝斯克·史金这类人的。

她付了冰咖啡的钱，然后问侍者："那儿是史金的地方吗？那座高楼？它看上去太小了，装不下许多奴隶。"

"它有隐秘的深层。"侍者回答，高兴地瞄了一眼她放在桌上的小费，"牢房什么的都在下面。那儿才是他们关押所有那些恐怖的海盗的地方。"

赫丝塔又想到了盗贼之窟，想到了她当时是如何领着汤姆穿过一场迷失小子的混乱袭击，到达安全之处。随后她离开了咖啡店，快步走着，一边向下扫了一眼，以确保插在皮带上的那支枪没有破坏新风衣的剪裁曲线。

26 等待月亮

随着又红又圆的太阳沉入非洲上空的迷雾之中，微风渐渐变强。布赖顿开始乘着长长的、泛着白色泡沫的、向着海岸卷去的波涛轻轻摇摆。一群群孩子无惧于起伏的路面，在海洋大道上成群结队地游走，手里举着鲜艳的彩旗和大大的月亮形纸灯笼，另外又有上千名自诩为艺术家的人相互在对方家中举行预展。

“好让他们有点事干，我想。”彭尼罗说，他在云中9号众多观景平台中的一座上，泰然凝望着下方的全景，“这座城里有太多劣等画手和表演者，我们每一两个星期就需要一场盛大的节日，好让他们觉得自己那愚蠢的生活还是有价值的。”一串串泡泡打着旋飘过他身边，这是由皇后公园里的某件装置艺术品呕吐进夜空中的。轻风也将嘉年华会的喧闹声刮了上来；吉他声和各种杂声在穆兹利带[1]的历史老街上叮当作响，过早爆炸的焰火在海滨区发出轰鸣和尖啸。

在穹顶宫花园里夜色下的青绿草坪上，在柏树林的阴影之间，客人们开始聚集了起来。所有男人都穿着正式礼袍，而女人们身穿月光银和午夜蓝的舞裙，显得美丽动人。每一条小径上都挂着一串串纸灯笼，室外音乐演奏台的柱子之间，一些音乐家正在调音。飞貂军也来了，他们身穿绒毛衬里的飞行服，系着白色丝绸领巾，打扮得极其华丽，一边还高声谈论着“高射炮”和“盗匪”和“木板箱”被“扔进盐水里”。奥拉·图旺布利的头发用漆固定成了后掠翼的式样，勾着彭尼罗的胳膊。

酒水和小点心在舞会开始前送了上来，芮恩就是端送这些东西的人之一。她觉得自己穿上月亮节的装束之后既漂亮又醒目——松垮垮的裤子和一件用某种她叫不出名称的轻盈银色织物所制的束腰长上衣——不过客人们似乎根本就没注意到她，他们只对她托着的盘子感兴趣。当她曲折地穿过聚集起来的人群时，一只只手伸过来拿她带来的饮料和小食，连一声“谢谢”或是“劳驾”都不说。

芮恩并没有介意。她仍旧因前一晚的事件而疲倦不安。整整一天在穹顶宫里的气氛都很奇怪，军队里的人来来去去，安保也加强了。

1. 穆兹利是一种早餐营养麦片。穆兹利带指幼儿因经常食用这种麦片导致脂肪过低的一种营养不良综合征。但也有研究显示这种说法并无根据。

其他年轻女奴不断过来问芮恩她是不是真的看到了尸体，那里又是不是真的有很多血？让事情更糟的是，彭尼罗夫人每次看见芮恩就对她意味深长地微笑，并且老是找借口派她到西奥·恩戈尼所在的房间里去，或是派西奥到芮恩所在的房间里来，就好像她希望今后某一天会有人把他们俩的事写成一出歌剧，其中还会有某段需要让一位正当年的女高音来饰演布布，那位让他们的爱情成为可能的体贴女主人。

奇怪的是，这一切善意反而让芮恩更不喜欢布布了。蓄奴是一回事，而试图安排他们的恋爱则是另一回事。她觉得市长夫人给她和西奥配对起来的方式就好像是对待两只得奖的贵妇犬一样。

所以她很高兴能够不为人注意地待上一会儿，到处看看、听听。而无论她看向哪里，她都能认出某些她在《布赖顿夜间稿件报》的社交版上见过的人。这里有布赖顿的画坛领袖，罗伯逊·格鲁姆和阿里亚娜·荒井，这里有光彩照人的达维娜·特维斯蒂，刚从万宝路剧院演出《一心二意》之后胜利归来。那个戴帽子的男人一定就是雕刻家戈姆雷斯，他那些可笑的作品就好像带刺铁丝网一样塞满了这个城市的公共空间。而那一位不就是伟大的皮·皮·贝尔曼，为时髦的婴幼儿所著的一系列无神论立体书的作者吗？芮恩真想知道，要是这些人知道不到二十四小时之前就有一个人在云中 9 号这儿被杀了的话，他们会有什么样的感受。

她遇到了辛西娅，便轻声问她："有什么消息吗？"

"消息？"辛西娅重复了一声，就像阳光一样开朗而毫无头脑。

“关于可怜的普劳弗瑞先生的？他们找出是谁做的了吗？”

“哦！”辛西娅摇着头，金耳环跟着直晃，“没有。而且彭尼罗夫人说我们不应该谈论这事。不过我听说的关于你和西奥的又是怎么一回事？”

“没什么事。只是布布的想象。”

“你脸红了，芮恩！我知道你喜欢他！我看到你那天在游泳池边和他说话了，记得吗？”

芮恩扔下她一个人咯咯直笑，自己挤进人群里，一边问：“您想要一杯饮料吗，先生？来块小点心，太太？”同时一边收集空酒杯，一边聆听依旧空洞乏味的谈话片段。

“瞧瞧那个特维斯蒂都穿了什么！”

“你真的一定要见见格鲁姆，他真好玩！”

“你读过贝尔曼的新书了吗？相当赞！我们这个时代里最优秀的一些文学著作是为五岁以下儿童写的……”

暮色渐暗。达维娜·特维斯蒂正在劝说一些朋友和崇拜者与她一起进入云中 9 号那超级复杂的树篱墙迷宫里去探险。乐队演奏了《金色的回声》和《月光摇篮曲》。马上月亮就要升起来了，每个人都会观赏焰火，然后进穹顶宫里去跳舞并吃更多东西。芮恩早已疲惫不堪，她在花园靠近甲板边缘一侧的某个静僻之处停顿了下来。终于能一个人待着的感觉可真好。她的视线越过大海落在那些装甲城市上，心想它们看上去实在是凄凉悲伤，蹲伏在那里的沙丘上，就仿佛是某个消失了的种族的神殿一样。

一只手像灰色丝绸的蜘蛛一样爬上了她的肩膀。她回过头来，眼前出现了纳贝斯克·史金毫无表情的脸。

“喜欢这景色吗，我亲爱的？”他问道，“我希望大人他的其他客人们不会注意到你在这里偷懒。史金公司历来的口碑可是只提供最勤劳的奴隶的。”

芮恩挣脱开他，想要回到亮光下去，回到派对的欢笑声中去。然而史金挡住了她的路。他想要她做什么？他一定是偷偷跟着她穿过了人来人往的花园，等待时机好和她独处。她感到浑身发冷，胆战心惊。她拿起空托盘，像盾牌一样举在前方，但史金只是笑了起来。她不喜欢他的笑声。她宁可他还是冰冷沉默的样子。

“我怎么会伤害你呢，孩子？”他说，“我只想要你为我做一件事；一件最简单最微不足道的工作。你知道你的新主人把他的保险箱放在哪儿吗？”

芮恩点点头。

“好姑娘。”史金举起一张方方正正的纸片，上面写着一串数字，“这是密码。我想要你把《锡之书》带给我。我昨天派了一个朋友去，不过我听说他出了意外。”

芮恩放下了托盘，心里浮现出可怜的普劳弗瑞先生。

“别一副闷闷不乐的样子！”史金对她说，“你以前就偷过它。小俞饼都告诉我了。”

“我不会做的！”芮恩说，“你逼迫不了我！”

“你可怜的父亲。”史金说，他拈着那张方纸，将它塞回了他那件石墨色夜礼袍的内袋里，然后微微耸了耸肩，“真遗憾，亏他还大老远地来救你！”

芮恩想象不出他是什么意思。直到他伸手从另一个口袋里拿出了一个手镯，摆在了他们之间的托盘上。借着附近树上灯笼的光亮，芮恩认出了爸爸的结婚手镯。她从小就知道它；这个赤金圆环上有相互缠绕的字母，赫·肖和汤·纳。可是它为什么会在云中9号上呢？

“这是个骗局！”她说，“俞饼一定是向你描述过这个，所以你做了一个复制品……”

“你不觉得更有可能的是你亲爱的爹地到布赖顿来接你回家吗？”史金问，“他是史金公司的客人。如果你不能完成我交给你的任务，他就会死，而且会死得相当缓慢。所以做个好姑娘，跑到彭尼罗的办公室去。”

花园里渐渐安静下来。有些客人正在组织一支搜救队去寻找达维娜·特维斯蒂，她迷失在树篱墙迷宫里了。其他客人冲他们发出嘘声让他们安静。再有一小会儿工夫月亮就要升起来了。想到爸爸是如此接近，芮恩就想要哭出来。他是怎么来到这里的？史金是怎么发现他的？而妈妈又在哪里？她伸手去拿手镯，但史金的手像变戏法一样一下就把它扫走了，并将那张纸片留在手镯原先所在的位置上。

“帮我做这件小事，”他安抚道，“你们就能够团圆了。我会用我自己的一艘飞艇送你们俩回到桃花源的家里。”

芮恩不相信这点，不过她相信其余的。爸爸被史金控制住了。要是她不照史金说的去做，他就会被杀死的。而最糟的是，这一切都是她的错：假如她一开始没有拿那本书，他就还会平安地待在安克雷奇。所以，如果唯一能够让他再多安全一会儿的方法就是再偷一次那本书，那么这就是她必须得去做的事情。

“可为什么是我？”她问，“你一定认识各种比我更擅长打开保险箱的人……”

“你要对你自己有更多信心。”史金说，“你是一个技术高超的盗贼，据我所知。另外，假如你被抓住了，这件罪行也不会扯到我的身上，你是把《锡之书》带来这里的那个人，彭尼罗会相信你只是试图想要自己得到它。”

芮恩拿起那张纸。夜色更深了，她的奴隶伙伴们在树荫间走动，熄灭灯笼。但这张白色的方纸好像自己会发光似的在她手里闪耀。

“好吧。”她说道，声音低沉了下去，细如耳语。然后她放下托盘，说：“它是什么？我得要明白。这本《锡之书》是什么，还有为什么每个人都想得到它？”

“不关你的事。”史金说着，目光越过她朝地平线望去，“我可以靠它赚一笔。还需要其他理由吗？现在快走，你还有活儿要干。”

芮恩走了，她飞快地在树林间穿行，此时神圣的月亮正从地平线上探出头来。在短短几秒之中，布赖顿上万籁俱寂。因为根据古老的传统，在这个神圣之夜的月出时分所许下的愿望经常会被月亮女神实现。当然，彭尼罗的客人们都太精明世故了，不会相信这种童话故事。不过他们依然还是低下了头，一些人微笑着耸耸肩，以示他们只是以讽刺的态度在参与。但他们还是不由自主地被触动了，因为他们回想起了童年时那如有魔力一般的月亮节。他们许愿得到爱情和幸福，还有更多的财富。与此同时在下方的布赖顿城里，艺术家们许愿得到名望，演员们许愿演出能够持久成功，而在下层甲板，他们的奴隶们和契约劳工们则许愿得到自由。随后，寂静被一支焰火打破，接着又是另一支，然后在城市舷侧响起无数火箭、爆竹，以及敲打锣鼓、铃铛、厨房煎锅的喧闹声，响得就连女神自己在穿行于她的白瓷花园之中时也能够听到。

即使绿色风暴还没有收到布赖顿的无线信标，他们都能借着这座筏城上不断升入空中的焰火来进行导航。战舰轻轻摆动舵片，朝着它们的目标驶去，同时在空中分散开来，而其上的船员们则将火箭发射器、机关炮、孑孓机炸弹，以及一群群猛禽准备就绪。它们的护航战斗舰则悄悄地从前方潜入。

在“安魂旋涡”号的腹舱中，史莱克在伊诺妮·零的舱房里找到了她，她正尝试着要戴上一顶钢盔，这让她显得比以往更加年轻，更加不像一名士兵。她的懦弱令他困扰。他一直都确信她会在舰队抵达目标之前试图攻击潜猎者方。难道她放弃了她的计划吗？也许。他之前已经对她的舱房进行了好几次搜查，但没有找到任何武器的踪迹。

警报器鸣响了。飞艇的升降扶梯和过道里挤满了惊恐的单生人和冷漠的战斗潜猎者，他们都匆匆赶往自己的岗位。史莱克来到前舱，发现他的女主人正在那里，她无视于忙乱的船员们，而是凝视着飞艇外面那硕大无朋的月亮。

“我们为什么来这里？”史莱克问。

潜猎者方的青铜死亡面具转过来凝望着他。她仍然没有将这次远征的目的告诉过任何一个人，史莱克猜测倘若有任何单生人，甚至包括纳迦在内，敢于直白地询问她的话，她就会为他们的鲁莽而用利爪撕开他们的喉咙。但她只是凝视着史莱克，然后轻声说道：“告诉我，史莱克先生，你还记得你的前生么？你身为单生人的那一生？”

“我就连身为潜猎者的那一生都不记得。”史莱克说。（尽管在他这么说的时候，一段记忆闪现了出来：一个年轻的姑娘满脸鲜血地躺在一堆失事气囊残骸和陈旧的捕鱼浮标上。他飞快地将这段记忆压了下去，就好像踩灭火苗一样。）**“我不记得零博士在黑岛上唤醒我之前的任何事情。”**

方转过身去，再次透过玻璃向外望去，但他能从玻璃倒影中看到她的脸，看到她幽绿的眼中如沼气般的奇异火光。“我曾经回想起一些事情。”她说，“或者说我几乎回想起来了。我在盗贼之窟遇到过一个年轻人。*汤姆*。当我看到他的时候，我感觉自己认识他。他非常英俊，非常善良。方安娜一定很喜欢他。我不是方安娜，但当我望着他的时候我感觉到……哦，各种各样奇特有趣的感觉。”

“**我们是亡者。**”史莱克说，他开始感到不安起来，“**我们没有感觉。我们没有回忆。我们是为杀戮而制造的。记忆有什么用呢？**”

“谁知道在黑暗世纪里，我们最初的那一批是为了什么而被制造出来的呢？”另一个潜猎者问，“是我的记忆将我们带到了这里，史莱克先生。我询问了有关这个汤姆的事。我想要了解他的更多事情，也许还想要重新获得那些奇怪的感受。我发现他和他的伙伴们与一座叫作安克雷奇的冰原城市有关联，于是我派人去天京大图书馆寻找关于安克雷奇的书。那里只有一本——沃姆沃德的《安克雷奇史》。它没有告诉我任何汤姆的事情，但就是在那本书里，我第一次知道了《锡之书》的存在，并猜到其中写了什么。”

“**《锡之书》是什么？**”史莱克问。

“《锡之书》？”潜猎者戏谑地望着他，她侧着头，一根手指举在唇前，“《锡之书》就是我们要来这里找的东西，史莱克先生。”

赫丝塔也在等待着月出。她坐在下层甲板步行街上的一张椅子上，为了打发时间她随意地读着那本《罪孽赏金》，在这本书里读到的东西让她忍俊不禁。看上去，彭尼罗将事实真相埋藏在如此多的谎言之中，再也没人能够将之发掘出来。

月亮升起的时候，人群从布赖顿的下层甲板涌出来观看焰火，她从他们之间挤开一条路，逆着人潮来到了一片叫作鼹鼠村的地区，这里到处是阴暗潮湿的奴隶营和大杂院。等她到达史金的高楼脚下时，四周的街道已经空无一人，只有被休闲街上的鼎沸人声从巢中惊起的海鸥，像白色幽灵一样在头顶上方众多油漆剥落的梁柱所交织成的巨网之间盘旋飞翔。

她早先已经研究过了胡椒瓶，决定了一条闯入的路线。绕过艉部一侧，在垃圾箱和粗大蜿蜒的管道之间，有一扇小小的后门，以生锈的金属建造而成，上面钉着铆钉，如同一艘潜艇的舱门。在门上有一个醒目的黄铜安全摄像头，不断注意着过往游客，不过没有其他的防御了——胡椒瓶的设计是用来防止人逃出去，而不是防止人进来。

赫丝塔谨慎地接近，一路隐身在阴影之中。她的心跳得很快。她能想象得出血液在动脉和静脉之中汹涌奔流，将她父亲那种冷酷力量贯注她的全身。她感到芮恩和汤姆两人都十分接近了，很快他们就能团聚在一起，幸福快乐。她在面纱后方给了自己一个微笑，然后从风衣里取出那支幸灾乐祸型手枪，等到接下来一次焰火齐放的时候，便开枪将摄像头从底座上射落了下来。

她刚来得及将枪收起来，门就开了，一个男人走了出来，双手叉腰站在那儿，气愤地仰望着还在冒着烟的摄像头残骸。

“月亮节快乐！”赫丝塔喊道。

那个男人转过身来，他见到这个蒙着面纱的女人朝他走来时，似乎很吃惊，而当她将匕首插进他的肋骨之间时，他就更吃惊了。他很快就死了，赫丝塔将他的尸体放到垃圾箱后面的阴影里，然后走进门中，将门轻轻地在身后带上。她发现自己来到了一条走廊里。有灯光和人声从一间小守卫室里传出来。她朝里窥探。房里有三个人。一个正心烦意乱地戳着一个按钮，按钮上方是一块圆形屏幕，上面全是吱吱的雪花；另外两个人百无聊赖地瘫坐在办公椅里，手里拿着饮料，浑身难受，心中暗自希望着自己能够和妻子孩子们共度庆典。

赫丝塔首先射了屏幕边的那人，等另两个跳起来时将他们也杀了，然后在他们身上摸索有没有佩枪。她在阴影中静静地站了一会儿，等着其他人来。然而没人过来。今晚胡椒瓶外面的街上有太多的焰火和火箭在燃放着，所以再多出几声也没有区别。她给幸灾乐祸重新填弹，一边自豪地注意到自己的手完全没有颤抖。

史金公司管理得井井有条，赫丝塔对此非常满意。守卫室墙上一幅镶框的平面图让她看清这个地方的布局。她花了片刻时间把它记下来，然后沉静而自信地朝奴隶棚走去。两扇沉重的门外，有两个人正在放哨。其中之一用某种带电的刺牲口的东西朝赫丝塔挥来，但她移开脚步，将匕首插进他的背后，然后在另一个人伸手去碰警铃的时候割断了他的喉管。第二个人的腰带上有一串钥匙，于是她没花多久就找到了她需要的那一把。

奴隶棚里充斥着各种轻微的呼吸声和笼子里事物的微弱动静。等赫丝塔逐渐适应了黑暗之后，她开始分辨出沿着墙排列的一个个笼子，以及隔着栏杆向她望来的一张张脸庞。

“汤姆？”她呼唤道。

在她四周，人们挪动身体，窃窃私语。一些关在离门较近的笼子里的囚犯能看到守卫的死尸横七竖八地躺在外头，于是将这些情况告诉了他们隔壁的人。

“你是谁？”其中一个笼子里传来一个声音。

“你是谁？”赫丝塔问。

“我叫林虾。”

“一个迷失小子？”赫丝塔走向那个声音。片刻之后，她便已经近到能够看清，在她打开的门中所透出的一丝光线中，他的双眼闪闪发亮。他望着她手里的钥匙，就好像一条饿狗望着食物。她轻轻晃了晃这串钥匙，以示鼓励，一边问：“芮恩在这里吗？芮恩·纳茨沃西？”

“那个在‘奥托里库斯’号上的旱地人小妞？”林虾问道，“是谁在问？”

“一位手里有钥匙的女士。”赫丝塔说。

她瞧见林虾脑袋上的金发在黑暗中上下晃动，他是在点头：“她之前一阵子就关在我附近的一个笼子里，不过他们把她带走了。”

“为什么？”

“不知道。俞饼也走了，不久之后。”（他停下来吐了口口水，就好像他想要把俞饼的名字从他嘴里清除出去一样。其他笼子里传来了愤怒和厌恶的喃喃语声。俞饼并不受欢迎。）“史金的人告诉我们他成了告密者，背叛了格里姆斯比。现在一身制服走来走去，仿佛是在扮作士兵一样。至于那个小妞怎么样了，我不知道。被卖了吧，我想。”

“那她父亲汤姆呢？他是今天被抓的。”

“从没听说过他。这里没有旱地人，女士。只有迷失小子。”

“他可能会在中层的牢房里吗？”

“可能。”林虾若有所思地挪了挪身子。在他边上，在其他的棚笼里，所有其他的俘虏也都在挪动着，倾听着，像野兽一样警觉。那些近到能看见赫丝塔的人一直没有将他们的视线从钥匙上移开。“不过，上面会有更多的守卫。你会需要一些事来分散他们的注意。”

“你想到了什么特别的点子吗？”赫丝塔问。林虾咧开嘴笑了起来，在面纱后方，赫丝塔也笑了，因为这正是她先前所计划的。她将钥匙扔进林虾的笼子里。“玩得开心点。”她说。当她走向楼梯时，她能听见他七手八脚地摆弄着那一大串钥匙，一枚枚地在他棚笼门上的锁里试过来，而其他迷失小子们的声音就像升起的海浪一样催促着他。

27 不保险的保险箱

彭尼罗市长为了这个节日将穹顶宫的舞厅特别重新装饰了一遍。正面的墙被一长排落地窗取代，开向外面的阳光露台，正好让神圣之月的月光照进来。在舞池四周，层层叠叠的银色织物从每一根柱子和墙檐上垂下，反射着遍布于墨蓝色天花板上如灿烂银河般的无数小灯泡。射灯照亮了一处表演台，一支小型管弦乐队在其上演奏。墙壁上挂满了一幅幅无价的艺术作品：斯特兰奇和尼雅思的古代杰作紧挨着挂在喷嚏表现主义大师胡佛·戴利最新的鼻涕画的边上。

主厅的后面通往许多蜂窝般的六角形房间，这里为客人们安排了诸多娱乐活动。其中之一的里面是一座“弹跳城堡”的复制品，这是一座奇怪的充气防御设施，彭尼罗宣称这是古代战争的一个重要特色，不过它也能被用来当作蹦床。在另一个房间里，一个投影仪咯啦咯啦地播放着一段段的影片片段，都是从六十分钟战争之前幸存下来的。身穿铠甲的骑士策马冲过燃烧的树林，他们的影子上蒸腾起烟雾；一架架飞行机器升入热带的晨光之中；一个小流浪汉走在一条尘封小路上；地行车仿佛微型牵引城市一样相互追逐；在一片庞大的定居地上方，一个男人悬挂在一座高耸的破损大钟上，而在柔和美丽的近景中，屏幕女神梦幻般的脸庞浮现了出来。

芮恩从花园里跑进来为史金执行任务，她根本没有注意到任何这些东西。不过就在她冲过电影室，朝着通向彭尼罗办公室的螺旋楼梯而去的时候，她差点儿撞上了西奥，他正从另一个方向跑来，手里抓着他那柄鸵鸟羽毛扇。他穿着松垮的银色长裤，背后还有一对银色的天使翅膀。

“你好。”芮恩说，“那个翅膀是干什么的？”

西奥耸耸肩，他的翅膀随之拍动：“所有的男生都穿成这样。布布的主意。真可怕，不是吗？”

“糟极了。”芮恩赞同地说。尽管私下里她觉得他这样看上去相当迷人。

“你瞧……”他说，“布布那个关于我俩的想法——”

“没事。”芮恩说，“我也没喜欢上你。”

“很好。”

“很好。”尽管这么说，她还是很高兴他就在这里，而且她不想从他身边离开。她觉得要是她有个伴的话，要从彭尼罗的保险箱里偷东西就会简单许多。特别是一个像西奥这样的同伴，曾经上过战场，也许比她自己要勇敢十倍。

“你瞧，”她开口说，“我得去做一件事情……”

“又要尝试再逃走一次？”

“不是。我得从彭尼罗的保险箱里拿到某样东西。”

“什么？就在那个古董商遭遇到了那种事情之后？”西奥瞪着她，等待她承认这全都是玩笑话。不过她并没有那样做，于是他说：“是那本书，对吗？那本金属的书？”

“安克雷奇的《锡之书》。”芮恩说，“史金派了普劳弗瑞去偷它，而眼下普劳弗瑞死了，他就派了我来。”

“为什么？”西奥问，“它有什么重要之处？”

芮恩耸耸肩：“我只知道所有人似乎都想得到它……我想它可能和潜艇有关，但是……”她不安地停了下来。也许她不该把这些告诉西奥。毕竟，他是绿色风暴的人，或者说曾经是。不过她很高兴自己还是说了出来。她碰了碰他的胳膊：“他把我爸爸关在了胡椒瓶，要是我不做他让我干的事……我不知道他会做出什么来。你能帮助我吗？”

当然，她是知道的，她只是不想说出来。她觉得很高兴，能有西奥可以信赖。

“你爸爸？”他问，“我还不知道迷失小妹也有父亲……”

“我其实不是迷失小妹。”芮恩说，“这只是误解。我告诉过彭尼罗我是从格里姆斯比来的，但那只是因为……哦，西奥，这解释起来太复杂了。可我必须得救爸爸！”

她看得出来他理解了。他看上去既害怕又严肃。“可是假如那个保险箱有陷阱……”他说道。

“所以我才想让你望风。求求你，西奥。我不想一个人进那里去。”

“我应该在舞厅里当班的。是布布的命令。”

“布布现在正玩得开心呢。她不会注意到我们偷偷溜开五分钟的。”

西奥考虑了一下，然后点点头：“好吧。好吧。”

他像握着一柄战斧一样地握着他的扇子，跟着芮恩走上几层楼梯，穿过楼梯顶上的一扇门，走进了一条陈列着各种古玩的走廊。随着那扇门在他们身后轻轻关上，派对的杂音便渐渐变弱了，然后当走廊折向左侧，声音便完全沉了下去。他们偷偷摸摸溜过通向控制室楼梯的门口，听见工作人员在下方的控制台边聊天的微弱声音传来，不过除此之外就没有其他声响。其余每个人都在舞厅或是厨房里忙碌着，穹顶宫的这一部分则悄无人迹。

他们来到走廊尽头，停下脚步，望着彭尼罗办公室的大门。

“要是他从昨晚之后修改了他的保险箱密码怎么办？”西奥悄声说，“要是他换了门上的锁怎么办？”

芮恩没有想过那些。她祈祷彭尼罗没有做过这些事。她手指摸索着，迅速找到了那把备用钥匙，依旧藏在花瓶里。一开始这把钥匙似乎对不上锁，但那只是因为她的手抖得太厉害了。她咒骂着，摸索着，几下之后锁便打开了，她转动门把，将门推开。

办公室里一片安宁。沃尔玛·斯特兰奇的画作回到了墙上的老地方。芮恩走向这幅画，将它小心地从钩子上取下来，放在书桌上。西奥跟着她走进办公室里，随后他的扇子差点把一座雕像从底座上碰倒了。

“你难道就不能把那个蠢东西留在外面吗？”她压着声音说。

“说啥呢，可能有人会看见它的吧？”

芮恩转向保险箱。“准备好了？”她问。

西奥看上去还没准备好。“你觉得在保险箱里面没有陷阱？”他说。

芮恩摇摇头。“这个保险箱昨天晚上打开过，记得吗，我在里面没看到任何陷阱。”虽然这么说，她还是确保自己远远站在一边，才伸手去碰转盘，“普劳弗瑞先生打开了保险箱也把书拿了出来。在那之后才有人对他下了手。现在噤声。”她皱着眉，回忆着数字排列组合。2209957……

随着转盘发出嗒嗒声响，锁内的锁芯啮合摩擦，西奥缓缓转身，提防着隐藏的危险。这个小房间里没多少地方能藏下一个陷阱。书桌上的物品看上去也都安全无害——一卷吸墨纸，几支笔，一张布布的照片，镶在厚重的黑色框架里。另一边靠墙摆着一个柚木文件柜，上方挂着一幅画，再往上就只有一大堆建筑花饰，以及高高在上，影影绰绰的穹顶天花板，还有……

是他的眼睛的错觉，还是上面有什么东西在动？

“芮恩——”他说。

芮恩打开了保险箱门。她伸手进去，抽出了一个破旧的黑皮箱：“到手了。”

“芮恩！”西奥将她向一旁推开。她失手跌落了皮箱，感觉有个什么白色的东西呼啸着经过她身边。一支刀刃撞在了保险箱打开的门上，力量大得溅出了火星。那个不知什么东西扑腾着转了过来，朝着四肢摊开坐在地上的芮恩拍打着翅膀飞了过来。芮恩一瞥之间看到了参差不齐的双翼，弯曲的钢喙，以及一双发光的绿色眼睛。随后西奥的扇子将那东西拍到一边，重重地将它砸在墙上。芮恩听到有什么东西破裂的声音。那个东西掉到了地板上，犹自不断拍打着翅膀，挥舞着仿佛一束剃刀一般的小巧爪子。西奥用扇子砸着它。芮恩啜泣着在桌上摸索，找到了布布的照片，朝着那个生物的脑袋用力砸了下去。

西奥扶着芮恩站了起来。“没事吧？”他声音颤抖地问。

“我想是的。你呢？”

“是的。”

好一阵子他们都没有开口说话。西奥的胳膊仍旧环绕着芮恩，她的脸靠在他的肩膀上。这是让人愉快的肩膀，温暖，并带着怡人的气息，她真想保持着这个样子更久一些，但她迫使自己从他身边离开，用力摇晃脑袋，把所有试图扎根下来的分散思维的念头从脑海里清除出去。月光下，无数羽毛飘浮在四周。

“那是什么？”她问道，紧张地用脚尖捅了捅那只死鸟一样的东西。

“一只猛禽。”西奥说，“一只复活的鸟。我还以为只有绿色风暴会使用它们。它一定是设置成守卫保险箱的。”

“你觉得老彭尼罗是怎么弄到它的？”芮恩猜测着。

西奥摇摇头，既迷惑又担忧：“也许它不是彭尼罗的。”

“傻话。”芮恩说，“还有谁会想要守护他的保险箱？”她捡起黑皮箱并将它打开。箱子里，《锡之书》在外头焰火的光亮中闪动着微弱的光芒。它看上去比以往更加平淡无奇。真难相信它带来了这么多的麻烦。她看看西奥。“你走吧。”她对他说，“我会整理好这个地方，然后找到史金。”

西奥盯着《锡之书》。他说道：“我来帮忙。”

“不用。”芮恩对他非常感激，不想在没必要的情况下继续将他留在这里。要是他们被发现，而且西奥因为帮助她而受到惩罚的话，那么她将永远不会原谅自己。“赶快下楼回去。”她说，“我一两分钟之后就跟上来。我过后去找你。”

他再次开始反对，然后似乎发觉她说得有理。他点点头，若有所思地望了她片刻，然后捡起他那柄破损的扇子便离开了，而芮恩则开始干活。她小心翼翼地捡起那只死鸟，把它和所有她能找到的掉落的羽毛一起塞进书桌的某个抽屉里。它在办公室地板上留下了一块不知是油还是血还是什么的污迹，但芮恩对此无能为力。她将《锡之书》从皮箱里取出，然后将布布破损的照片放了进去，两者的重量和尺寸都差不多。

走廊里传来一个声音，有人在喊着什么。芮恩一动也不动，侧耳倾听。喊声听上去愤怒而又害怕，但芮恩分辨不出词句，又过了一会儿后那个声音便停了下来。“西奥？”芮恩大声地说。

办公室突然震了一下，仿佛有一双巨大的手摇晃着穹顶宫。舞厅里传来的微弱声音消失了，聊天对话停顿了，管弦乐队停下了演奏。芮恩想象得出乐师们警戒地从乐谱上抬起头来观望的样子。随后人们笑了起来，音乐和聊天的声音继续响起，很快就回到了原来的音量，就好像有人把一段派对声响录音的音量调高了一样。

“只是湍流而已。”她对自己说。或者是哪个引擎吊舱出了什么问题。现在回想起来，她之前听到的喊声也许是从控制室沿着那条小楼梯传上来的回声。她松了口气，回到手头的活儿上来。她把皮箱放回保险箱里，再把门关上，然后把沃尔玛·斯特兰奇的画再度挂回它前面。她掀起长上衣的后摆，将《锡之书》插在长裤的腰带里。它在这里会很安全的，她想，不过金属的冰冷质感传到她光着的背上，而绑起书页的钢丝圈也一直硌肢着她。

她走到外面的走廊里，锁上门，再将钥匙放回原本藏着的地方。“西奥？”她轻声说。没有回答。当然没有了，他现在应该已经安全回到舞厅里了。

然后她的眼角瞥见了动静。通向控制室的楼梯的门开着，随着建筑的每一次微微移动而在铰链上摇晃。她站在那里盯着它，很确定几分钟前当她和西奥一起经过的时候这扇门是关着的。难道是有人在控制室里听见他们在彭尼罗办公室里乱砸，所以上来调查了吗？

舞厅里的杂音忽然之间变响了，然后又弱了下去。有人穿过了走廊另一头的那扇门。芮恩听见脚步声飞快地沿着打蜡地板接近。在走廊拐角的地方，一个影子在墙上延伸了出来。芮恩在恐慌之中退向彭尼罗的办公室，但已经没时间再次找出钥匙来，所以她冲进了打开的控制室门，并将它在身后带上。

她发现自己置身于一个阴暗的小房间里，铁楼梯盘旋向下穿过地板。她知道这些楼梯也会穿过下一层的地板，然后继续穿过下方的甲板，最终通向那天史金带她来云中9号时，她在缆车上见过的那个小小的玻璃泡。随后她就听见脚步声从走廊里经过。

她刚要松口气，就听见在她的下方有一个声音唤道："谁在那里？"

这个声音听上去很害怕，而且令人奇怪的是，也很耳熟。

"西奥？"她说。一阵晕乎乎的疑惑感流过她的身体。西奥在下面做什么，那个控制室里不全是彭尼罗的人么？他一直都是属于彭尼罗那边的吗？他是去告诉他们有个奴隶少女刚抢劫了他们主人的保险箱吗？

"芮恩。"那个声音说，"发生了一些事情。我不知道该怎么办……”

他听上去的确很害怕。芮恩决定相信他，于是飞快地冲下狭窄的螺旋楼梯，每走一步《锡之书》就不断戳着她背后的一小块地方。她穿过底层地板上的另一个入口，然后向下穿过一个涂着白漆，钉着铆钉的金属竖井，这条竖井笔直穿过了甲板。西奥正站在楼梯底下仰视着她，然后他便站到一边，好让她从他身旁经过，走进控制室里。透过四面的玻璃墙，芮恩看见整个布赖顿就在她脚下，被月亮节的彩灯装饰得花里胡哨。四周，焰火冲进清澈的空中，往控制面板上泼洒着粉红色和琥珀色的光辉。这里可能是云中9号上最美丽的景色，但却浪费在了控制室工作人员的身上，他们都瘫坐在椅子里，全都死了。其中之一的脖子上还插着一把刀，一把从穹顶宫厨房里拿出来的普通切肉刀，刀柄上还有彭尼罗的徽记。

“哦魁科在上！”芮恩尖叫起来，她真希望自己没吃那么多小点心。当她弯下腰呕吐的时候，一连串念头飞快地在她脑海中盘旋。没有一个念头是让人愉快的。昨晚她撞上西奥的时候，他不正是从厨房的方向过来吗？而现在他就站在一个遍地是被一把厨刀杀死的人的房间里，她则单独和他在一起。

“没事的。”西奥说道。当他羞涩地碰了碰芮恩的肩膀时，她又尖叫起来。他不明白为什么她突然这么害怕他。就在她偷偷摸摸从他身边溜走的时候，他开口说道：“我是说，不是没事。瞧。”他拉了拉仪表面板上一根粗大的黄铜操纵杆，“坏了。全坏了。还有这里……”

主控台上有一个醒目的红色开关，罩在一个玻璃盒子里，周围都是感叹号和警告，说是只有在紧急状态下才能使用。不过不管怎么说已经有人用过了它，是打碎了玻璃才碰到它的。

“那是干什么的？”芮恩问，不过她已经知道了，因为布赖顿看起来比她刚进控制室的时候更小了，而且焰火爆炸的声响也越来越轻了。

“爆炸螺栓。”西奥说，“它们是用来在布赖顿万一沉没或其他情况下切断缆绳用的。你没有感到那阵摇晃吗？芮恩，有人把拖缆切断了！我们正在飘走！”

芮恩瞪着他，吓坏了，在寂静之中，她能清楚地听到楼上派对的声音还在继续。她和西奥可能是云中9号上唯一知道发生了什么的人。

“西奥，”她说，“你可以把书拿走。”

“什么？”

她从裤子里将书拿了出来，递了给他。她的手在发抖，使得金属封面的反光在他迷惑的脸上跳着舞。“芮恩，”他说，“你不会以为我能做出这种事来吧？就算我能，为什么我要这样做？”

“因为你想得到这本书，就像其他每个人一样。”芮恩说，“你是绿色风暴的特工，对吗？我就知道你有什么地方很奇怪！我猜你是故意让自己被俘虏的，这样你就能潜入穹顶宫里来窥探我们。我猜你把那只海鸥留下来守护保险箱，而现在你让云中9号飘走，这样你就可以杀死所有人，然后带着《锡之书》离开！这就是为什么你不帮我偷‘田凫’号的原因，对吗？所以只要你拿到了书，你就能自己乘坐它离开了！”

“芮恩！”西奥叫了起来，“你根本没有好好思考！”他在她试图冲过他身边跑向楼梯时抓住了她，用两只手臂抓住了她，并诚恳地望着她的脸。“假如我想要那本该死的《锡之书》，为什么我要让你偷走它？在彭尼罗办公室里的时候，我是可以让那只海鸥杀死你，然后自己带走那本书的。据我所知，你才可能是绿色风暴的特工。你这么急着想要得到这本书，而且普劳弗瑞死的时候你也是在偷偷摸摸地潜行。前一分钟你还是个迷失小妹，下一分钟你就不是了……做出这事的人可能就是你！”

“不是我！我没干！”芮恩喘着气说。

“好吧，我也没干。”西奥放开了她。她向后退去，浑身发抖，仍旧抓着《锡之书》。

“我正往舞厅走回去，就听见有人叫救命。”西奥说，“我打开门对着下面喊，问是不是一切平安。没人回答，不过我想我听见有人走动，所以我就下来了。等我到这里的时候他们就都死了。我看到缆绳被切断了，于是我打算离开并发出警报，但我生怕你还在楼上，而有人会找到你。”他不寒而栗，用手捂住了脸。

“有人在楼上。”芮恩说，她回想起了那阵脚步声，还有那个影子，“我听到他们走过那扇门口。沿着那条走廊除了彭尼罗的办公室之外什么也没有。他们的目的一定和我们一样。《锡之书》。”

西奥凝视着她：“那就对得上了。他们先下到这里来，做出了这些事，不过在他们来得及上楼去办公室的时候，他们听到我下来了。他们也不能冒着风险杀死我，因为万一我是某位客人，就会有人找我。所以他们穿过厨房偷偷溜了出去，然后从舞厅边上抄近路，从那条路上到办公室来……可为什么要切断缆索让我们飘走呢？为什么不拿了书就算了？”

芮恩又想要呕吐，不过她的胃已经空了。“他们差点看到我！”她呜咽着说，“假如我没有及时躲起来，他们就会像杀死这些人一样杀死我……”

西奥向她伸出手，但不敢肯定她是否会想让他碰她。“所以你不再以为是我干的了？”他问。

芮恩摇摇头，然后感激地走向他，将脸埋在他胸口：“西奥，我很抱歉……”

“没关系。”他温柔地对她说。接着他说道：“至于昨晚，我只是睡不着。我跑到神龛去为我的母亲和父亲还有姐妹们祈祷。我是在一年前，上一个月亮节的时候离开的扎戈瓦。在所有人庆祝的时候，我溜出了父母的房子，偷偷上了一艘货船，去山国加入绿色风暴。昨天所有一切准备工作只是让我更想知道我的父母现在在做什么，他们有没有原谅我，他们是不是想我……”

“我打赌他们一定很想念你。”芮恩说。她转过身，靠在窗户上，脸贴着冰凉的玻璃：“父母们就是这样的。他们会原谅我们，想念我们，无论我们做了什么。瞧瞧我爸爸，他千里迢迢地来找我……”

她望向布赖顿，渴望找到她的父亲。焰火从蒙彼利埃[1]上的某处喷入夜空，炸成红色和金色的明亮火星。芮恩望着火星一边渐渐熄灭，一边斜斜地顺着风飘落，然后她的视线被另一个动静吸引了。她转过头来。那儿只有大海，一片不断漂移流动的月光图案。可那又是什么，那个穿过浪峰滑来的长长阴影?

她的视野被某个庞大而苍白的物体占据了。巨大的引擎吊舱从眼前滑过，接着是装甲船舱上的一个个打开的火炮口。芮恩看见许多人戴着护目镜和钢盔，站在从台架上向外突出的炮台上，然后又看见了高大的舵片，每一片上都饰有一道锯齿形的绿色闪电。

“西奥！”她高喊起来。

就在离他们所站的位置二十英尺之外，一艘巨型空中驱逐舰正快速经过云中 9 号。

1. 蒙彼利埃现为布赖顿一个内郊区，位于市中心西北侧。

28 空袭

在胡椒瓶设备齐全的接待区下方某处，汤姆半晕半醒地躺在一间囚牢之中，感觉自己的脸被史金重重打到的地方已经肿了起来。他为芮恩感到紧张害怕。只要知道她还活着就够了。他不太在乎自己怎么样了，只要芮恩安全就好。可芮恩安全吗？史金的人告诉他，她偏偏被卖给了彭尼罗！彭尼罗不是一个好人，他自私自利，不顾他人，不择手段，还曾经对着汤姆的心口开了一枪。当汤姆在铺位上躺下来，等待会有什么事情发生时，这处旧伤又疼起来了。他的胸口疼痛不已，而他不确定这种疼痛究竟是真实的，还是仅仅是他的身体对那颗子弹的记忆。

他很快就搞不清时间了，在这间枯燥的没有窗户的房间里，一圈氙气灯管在米色的天花板上像光晕一样发着光。当门终于当啷一声打开时，他都不知道现在是白天还是晚上了。

“给你拿了点吃的，纳茨沃西先生。”一个细小的声音说，“还有这个。”

汤姆从床铺上翻身坐起来，揉着瘀青的脸。那个男孩俞饼站在门口，手里端着一个托盘，上面是一个碗和一只马口铁杯。在他身后能看到几英尺长的一段单调乏味的米色走廊。汤姆略微想到了逃跑，但是胸口疼得太厉害了。他望着俞饼朝他走过来，将托盘放在地上。

“我和另一个人换了班，好过来看你。”这个男孩承认道，“这很容易。其他人都想要晚上休息，因为今天是月亮节，所以周围才有这么多爆炸和喧闹的声音。”

汤姆侧耳细听，隐约能听到外面街上焰火和锣鼓的声响。

“我很抱歉你被抓住了，纳茨沃西先生。”俞饼坦言道，“芮恩对我很好。所以我觉得你会想要看到这个。”

他从制服口袋里拿出一张皱巴巴的报纸，将它递给汤姆读。《布赖顿夜间稿件报》。在报纸上，头条标题下方的照片中，跪着围绕在一个身材高大、发型硕大无朋的女子边上的一群女孩之中的是……

“那是芮恩，不是吗？”俞饼说，“看见了吗？我觉得你会想要知道她平安无事。那儿的生活很好，他们说，在云中 9 号做家奴。看，她穿了件花哨的斗篷，还有新发型，还有了其他一切。”

“云中 9 号？芮恩就是在那里吗？”汤姆回想起了他见过的那种飘浮在城市上方的空中宫殿一样的东西。他伸出胳膊，将一只手放在俞饼肩上：“俞饼，你能找到我妻子并给她递个口信吗？告诉她芮恩在哪里。”

“那个有疤的？”俞饼说着，扭动着站开了。他的神情既害怕又厌恶。“她不在这儿吧，是吗？”

“她就在布赖顿，是的。我们一起来的。”

俞饼的脸色变得稀奇古怪。他的手在发抖。“我不会靠近她的。”他说，“她很邪恶，那个人。她杀了舒寇叶，还有印羽，要是她当时可以的话，她还会杀了我的，所以我才不得不带上芮恩。我不想这么做的，可不然的话她就会杀了我。”

“我肯定赫丝塔只做了她必须做的。”汤姆说，他有一点儿不安，因为他对此根本并不肯定，“那是一场悲剧，可是——”

“她很邪恶。”俞饼绷着脸坚持说道，“而你也一样坏，尽管你觉得你不是。和她在一起把你变得和她一样坏了。”

“尽管如此你还是把报纸带给了我。”汤姆说，“你是个好孩子，俞饼。”他对着那个怀疑地望着他的迷失小子微笑。汤姆为他感到抱歉。他一定被很多人伤害过和背叛过，所以才会对第一个向他表示出某种善意的成年人感到亲近，即便那个人只是纳贝斯克 · 史金。汤姆真希望自己能带他离开这个恐怖的城市，回到平静祥和的桃花源去，在那里他会有机会过上正常的生活，就像弗蕾娅从格里姆斯比救出来的那些孩子一样。

他说：“俞饼，你能把我从这里弄出去吗？”

“别示弱了！”那男孩说，“史金先生会杀了我的。”

“史金先生永远不会找到你的。我会带你一起走，假如你愿意的话。我们会找到芮恩和赫丝塔，然后我们一起离开。”

“去哪儿呢？格里姆斯比已经没了。我在这儿有一份好工作。我会想要到哪里去？”

“任何地方。”汤姆说，“我们可以把你在任何你喜欢的地方放下来。或者我们可以带你一起回到在桃花源的安克雷奇，然后你可以和我们一起住在那里。”

“和你们一起住？”俞饼重复了一句。他的眼睛在汤姆看来就和天花板上的灯一样又圆又亮。“啥？”他说，“像一家人那样？”

“假如你想要那样的话。”汤姆说。

俞饼大声地咽了口口水。他不想和赫丝塔一起去任何地方。赫丝塔就该去死，而总有一天他会确保这一点，因为他并没有忘记自己的誓言。可是他情不自禁地喜欢汤姆。汤姆看上去很和气，甚至比史金先生还要和气。而且芮恩也很和气，即使她没有从布赖顿的陷阱中救下他来。他会喜欢上与汤姆和芮恩住在一起的。

“好吧。”他说，他瞄了一眼走廊，生怕有谁会听见，“好吧。只要你保证……”

在外面的走廊里，一个嘈杂刺耳的电铃声响起，让汤姆和俞饼都跳了起来。一扇扇门啪啪地关上，靴子的脚步声重重踩在金属地板上。俞饼从汤姆手里抓过那张纸，蹿出了牢房，把门在身后带上。汤姆站起身，跑过去透过门上头的那个小栅格朝外窥探，但他什么也没看见。铃声惶惶大作。许多人呼喊的声音从走廊另一头传来，又有更多靴子的咔咔脚步声。突然之间，传来砰的一声，让人吓了一跳，接着又是一声。有人尖叫起来。“俞饼！”汤姆喊道。又一声砰的响声传来，这次十分接近了，然后赫丝塔的声音在走廊外面大喊：“汤姆！”

“这里！在这里！”他说道。片刻之后她蒙着面纱的脸就出现在了栅格外。

“我收到了你的字条。”她说。汤姆从门口躲开，她的枪在锁上打了一个洞。赫丝塔一脚将门踢开。

“俞饼在哪里？”汤姆问，“你没伤害俞饼吧？他一分钟前还在这儿的！他有一张照片！芮恩在云中9号上！”

赫丝塔拉起面纱，飞快地吻了他一下。她的身上有硝烟的味道，她那张亲爱的丑脸涨红了。“闭嘴，快跑。”她说道。

他拔腿就跑，无视胸口戳痛的警告。在他的牢房门外，走廊来了个急转弯。两具尸体躺在拐角处。没有一个是俞饼。汤姆小心翼翼地从尸体上翻过去，跟着妻子上了几道楼梯，又经过了更多尸体。空气里萦绕着硝烟的气息。呼喊声和尖叫声从脚下的某处传来。

“怎么回事？”他问，“下面怎么了？”

赫丝塔回头看向他，咧开嘴笑了：“有人把迷失小子放出来了。真粗心，呃？我们最好从上面的路出去。”

灯光一齐熄灭了。汤姆撞到了赫丝塔身上，她帮他稳住身子，十分平静地说："别担心。"

墨水般浓稠的黑暗持续了汤姆的心脏断断续续地跳了五下的时间，随后单调的红光亮了起来。"应急发电机。"赫丝塔说。

汤姆跟在她身后，穿过一排排无人的办公室，这里只有血红色的灯光照在文件柜的黄铜把手上和打字机的象牙键上。他想知道赫丝塔是在哪儿得到了她的新风衣，而她那件旧的又怎么了。正当他还在思考的时候，他们冲进了一群正匆匆往反方向赶的史金公司的人之中。"趴下！"赫丝塔大喝一声，将汤姆推倒在地。"不是说你们！"她又加了一句，因为守卫们也纷纷扑倒寻找掩护。

办公室里充斥着硝烟，一道道火光，以及可怕的噪声。那些人中不是所有的都有枪，而其中那些有枪的人在狂乱地射击。子弹啪啪地打在墙上，击碎了饮水机，并把写字桌上的日历撕飞一张张纸页。汤姆躲在文件柜后面，看着赫丝塔一个接一个地将那些人射翻。她与猎手团战斗的那一次他没有和她在一起，他在想象中一直以为当时她一定是怀着既愤怒又害怕的情绪，然而现在的她只有一种可怕的冷静。当她的枪射空之后，她便放下枪，用一台打字机杀死了最后一个人，用力将它砸进他的头颅，回车键的铃声欢快地应声响了起来。她捡起枪开始填弹的时候，脸上带着微笑。汤姆觉得她现在的样子看上去比他以往见过的任何时候都更有活力。

"没事吧？"她一边问，一边将他拉起身来。

他并非没事，可是他抖得太厉害了，没法对她说出口，所以他只是再次跟上她，走上又一段楼梯，然后发现自己又回到了整洁的接待区，他曾经在这里和威姆斯小姐说过话。她的椅子现在是空着的，门上挂着的牌子翻到了“已打烊”，外面的守卫也从岗位上离开了。焰火在屋顶上方乒乓震响，将粉色和绿色的光束从百叶窗之间灌了进来。赫丝塔开枪射掉了门上的锁，然后推开门，但就在汤姆穿过房间的时候，他听到了害怕的呼吸声，然后又是一声啜泣。

他跪在地上，朝威姆斯小姐的写字台下面张望。

俞饼苍白而恐惧的脸正向外望着他。

“俞饼，没事的！”汤姆向他保证道，但那个男孩只是往阴影里缩得更深了。汤姆朝赫丝塔挥挥手让她不要过来。“只是俞饼。”他对她说，一边环顾四周。

“那么，别管他。”赫丝塔说。

“我们不能这么做。”汤姆说，“他孤单一人，受到了惊吓，而且他还一直在为史金工作。假如其他迷失小子找到他，他们会把他撕成碎片的。只是形象的说法。”当俞饼害怕地呻吟起来的时候，汤姆赶紧毫无说服力地加了最后一句。

“那是他自己的错。”赫丝塔说。她在门口做好了准备，急着要离开。“扔下他。”

“可是他告诉了我芮恩在哪里。”

“好吧。”赫丝塔怒气冲冲地说，“他告诉你了，所以我们不再需要他了。扔下他。”

“不行！”汤姆说。他的语气比他想要使用的更加尖锐。他的手在写字台下面握住了俞饼的手，随后将那个迷失小子拖了出来。“他要和我们一起走。我保证过的。”

赫丝塔盯着那个男孩，那个男孩也盯着赫丝塔，一时间汤姆以为她就要拔枪将俞饼原地射杀了，然而一阵雷鸣般的威吓和愤怒的吼叫从胡椒瓶深处滚滚传来，那是迷失小子大发雷霆的咆哮声，于是赫丝塔将枪塞了回去，闪身穿过了门，并把门扶着，好让汤姆把那个吓得嘎嘎直叫的男孩拖出大楼，沿着阶梯走到下面的广场上。巨大的爆炸声回荡在周围的建筑物墙面之间，炫目的闪光照亮了夜空。*焰火可比我小时候的响多了*，汤姆心想，一边抬头望去，就看见一艘艘凶猛的白色飞艇低低地压着屋顶从城市上空俯冲而过，从它们的装甲船舱中雨点一样地喷泻下火箭。

“伟大的诸神啊！”赫丝塔大喊，“这正是我们所需要的！”

“那是什么？”俞饼发出悲鸣，紧紧地搂着汤姆，“发生什么事了？”

发生的事情就是一支狐狸精型的飞行中队脱离了绿色风暴舰队的主体，前来扑灭布赖顿的防空火力。随着飞行员们将皇后公园和黑岩区的焰火表演误认为防空炮火，并开始向他们扫射，月亮节庆典迅速地在恐慌中崩溃。嘉年华的游行队伍在海洋大道上翻滚扭动，好像一条被砍掉头的蛇，而与此同时，“安魂旋涡”号从他们上空的烟雾中穿过，加大马力朝云中 9 号驶去。在前方矗立着两座装甲大山，正是考姆翁布和班加西，更小的镇子和郊镇紧紧围绕在它们的下摆四周。

“一整个城镇聚落！”纳迦将军吼道，兴奋得就好像一个刚发现了狐狸的猎人，“那座大的几个夏天之前吃掉了巴尔米拉[1]定居地！”他的机械装甲嘎吱嘎吱地摩擦着，发出呲呲的声响，让他旋过身来面对着潜猎者方，并举起一条手臂匆匆敬了个礼：“所以这就是您为什么带我们来西面的原因，阁下！我就知道不可能是为了那座老掉牙的筏城！请求指挥进攻……”

“安静。”潜猎者方轻声说道，布赖顿的火光在她的青铜面具上微微闪亮，“那个聚落无关紧要。其他飞艇会让那几座牵引城的火炮和战斗艇忙于应付，同时确保布赖顿人不会试图帮助他们的市长。我们的目标是那座飞行宫殿。准备好登陆队。”

纳迦毫不怀疑地跟随了这位潜猎者整整十六年，然而这次对他来说也几乎有些过分了。当他的副官们分散开去传递她的命令，并去取随身武器和战斗盔甲时，他在原地站了片刻，就好像是被扇了一记耳光似的。随后，他回想起那些质疑潜猎者方命令的军官们的下场，于是便匆忙开始执行起来。

芮恩和西奥跑到了控制室的另一侧，刚来得及看到布赖顿与海岸

1. 巴尔米拉是叙利亚的古代城市。

之间的天空中绽放出一团团艳丽的高射炮爆炸，那些是班加西的防空火炮。闪烁而飘摇的光芒从四艘巨型战舰和无数战斗艇的气囊上滑过。

“一支绿色风暴的空中进攻单位。”西奥说。

“哦，魁科啊！”芮恩悄声说道，她想到了父亲，“你觉得他们会击沉布赖顿吗？我爸爸还在下面！西奥，他会被杀的，而这都是我的错！”

“他们不是为了布赖顿来这里的。”西奥说着，握住了她的手，“他们是为了这本书而来的！那个设置让海鸥守卫保险箱并杀了这些人的家伙，无论他们是谁，一定也呼唤了这些飞艇前来，他们把缆索切断让我们飘走，好让飞艇更方便在这里降落。”

从外面某处传来了空袭警报的尖啸，就好像是指甲在抓挠天空中的黑板。

“我们得离开。”芮恩说。

“怎么走？”西奥问。

“乘坐‘田凫’号，当然了。我不认为在昨晚之后谁会有空去排空它的燃料箱。”

西奥摇摇头：“就算我们到了船屋，绿色风暴也会在我们离开云中 9 号的空域前将我们击落的。”

“可是‘田凫’号是一艘游艇，不是一艘战舰！”

“绿色风暴不会关心那种细节问题。”

“可是你难道不知道暗号或是密码或是别的什么吗？难道你不能通过无线电告诉他们你是他们的自己人吗？”

“芮恩，我不是他们的人。”西奥说，“不再是了。我没做到他们的事。假如他们抓住我，他们会把我处死，然后送到永固湖去的。”

芮恩不清楚那是什么意思，但她看得出他在害怕，也许就像她一样害怕。有什么东西击中了上方的甲板，控制室随之晃动起来，火星和燃烧的残骸像下雨一样从窗前坠落。她仰视着西奥的脸，努力让自己听上去更勇敢。“西奥。”她说，“我的爸爸在布赖顿等着我，而你的妈妈和爸爸在扎戈瓦等着你，假如我们光是待在这儿，害得我们自己被杀的话，他们一定会很恼火的。来吧，我们必须得试试看！”

他们依旧牵着手，沿着楼梯跑到了底楼的入口处，杀人者一定是从这扇门出去的。门通往厨房外的走廊。周围没有人。他们能听见上方传来尖叫声、大喊声，还有人们逃出舞厅时的凌乱脚步声。外面天空中的爆炸在厨房窗户下的地板上投射出歪斜的明黄色菱形光斑，也给匆忙逃离的奴隶们扔在地上的平底煎锅和蜜饯托盘镀上了一层亮光。

他们跑向最近的出口，然后直冲了出去，进入穹顶宫前面的花园里。一群群派对客人正慌慌张张地穿过草坪，好像是受惊的羊群一样。没有离开云中 9 号的出路，可他们想要尽可能远离穹顶宫，因为他们害怕绿色风暴可能会轰炸那里。不管怎么说，他们是有钱人，习惯了得到任何他们需要的东西。就算缆车没了，那儿肯定还是会有飞艇吧，或是空中出租，或是某些勇敢的布赖顿人民会用空中脚踏船或是空中游艇来组织一场救援吧？

西奥不想被狂奔乱窜的人群困住，于是推着芮恩跑进某一座彭尼罗的抽象雕塑里躲避起来。他们挤在一起，望着飞貂军伴随着嗡嗡声在空中翻滚，朝着绿色风暴的飞艇冲去，月光下，一道道尾气烟迹在云中9号周围的天空中翻腾滚动，仿佛一团团纠缠的蜘蛛丝似的。这场景就如同在每一艘飞艇内部都有一颗火种，而飞貂军耐心地用一串串炽热的子弹探寻着它。等他们找到了，飞艇就会从内部点亮起来，好像是一只月亮节的灯笼一样，随后炫目的火光会在飞艇气囊上呈现出明暗不一的图案，最后整艘飞艇就会变成一座耀眼的火葬堆，一边被风从云中9号边上吹开，一边对柏树林投下怪异可怕的黑影。

但飞艇也在回击，还有那些偕同它们一起飞行的，复活的鹰隼和秃鹫。这些鸟如乌云一般拍打着翅膀降落到飞貂军的飞行机器上头，撕扯机器的飞翼和索具，还有毫无防护的飞行员。当飞貂军挣扎着要闪开它们时，就变成了飞艇的火箭和机炮的上好靶子。机翼被撕碎，油箱被炸飞，螺旋桨翻着筋斗飞过穹顶宫的草坪，就像是百叶窗帘的爆炸碎片一样。“糟糕的一天”号，它的机翼被扯了下来，一头扎进缆车车站里熊熊燃烧。“曼德拉队长”号向一侧转去，撞上了“摔跤奶酪”号，这两架机器一起砸穿了一艘绿色风暴驱逐舰的侧腹，并与它一起坠落，形成一团庞大的火球，优雅地朝海面沉去。

就在花园的边缘，一艘更大的飞艇在兜着圈子，等待战斗艇干掉飞貂军。在这艘飞艇的更远处，芮恩能看见考姆翁布的上层如同一座装甲岛屿从烟雾海洋上浮起。一艘宽大的飞艇悬浮在这座城市上空，抛撒下大片大片不断翻滚旋转的东西，这些东西看上去就像银色的豆荚，直到它们撞上某座堡垒或是某座炮台，便炸成了白色的闪光和高高飞入夜空的残骸。芮恩感觉到爆炸在她胸膛中回荡，仿佛是一个巨大的鼓在敲响。

“孑孓机。”西奥喃喃地说。

“什么，那些银色的东西？”芮恩问，“不，那些是炸弹。你能从它们爆炸的样子就一眼看得出来。你告诉过我你曾经驾驶过孑孓机。”

西奥点点头。

“你是说那些东西里是有驾驶员的？可是他们会被炸成碎片啊！”

他又点了点头。

“那怎么……”

“怎么我没有死？”西奥摇着头，不去看她，“因为我是个懦夫。”他说，“我是个懦夫，这就是原因。”

“安魂旋涡”号悄然穿过飘浮在海岸上空的重重笼罩的烟雾和灰烬。恐慌已经在聚集于那里的城镇之中爆发，它们都以为绿色风暴舰队是冲着它们而来的。有些镇子跑进沙漠之中寻找掩蔽；另一些给浮囊充气，然后扑通跳进海里；还有的借着这场混乱乘机试图吞噬它们的邻居。班加西和考姆翁布发射了密集如云的战斗飞艇，然而却被更快、更凶猛的狐狸精型飞艇以及大群大群的潜猎鸟所撕开。

一个充气单元在“安魂旋涡”号船艉附近某处爆炸了，外观如蜘蛛的马克四型潜猎者从气囊侧面爬了过去，围拢在爆炸单元边上，用灭火器朝着火焰喷射。转向舵也受到了损伤，而从通话管道中传来的带着回音的狂喊声则表明船舱后部已经被摧毁了。

舰桥上的单生人都脸色苍白神情紧张，史莱克看见他们脸上的汗珠在透过舷窗照进来的地狱般的火光中闪闪发亮。伊诺妮·零头戴钢盔，害怕地流着眼泪。无线电里不断咔啦咔啦地传来其他飞艇的求救呼唤和损伤报告：“愤然挥剑”号被拦腰撞了一下，正在一边燃烧一边坠落；“天山秋雨”号失去了船舵，飘进了班加西的侧腹中。一艘大难临头的护卫舰上有人在不断地尖叫，直到他们的信号突然终止。

潜猎者方无视以上一切。她平静地站在舵手的身边，向外凝视着云中 9 号缓缓飘离它的母城。

“跟上那座建筑。”她说道。

那些攻击布赖顿的飞艇迅速掉头离开去截击其他目标，但这座筏城的麻烦远没有结束。它的引擎室正在熊熊燃烧，大半的桨轮也成了残骸。进攻刚开始的时候它就拉起了锚，现在正随波漂流，后头拖着滚滚黑烟和金红色的火焰，一边漏着燃料，好像漏出了一艘艘燃烧的小筏子一样。所有能负责的人要么就是死了，要么就是在市长的派对里。

在一片混乱之中，没有人听到胡椒瓶里的警铃声，直到迷失小子制伏了最后一名守卫，然后蜂拥而出参与到这场欢乐中来。从引擎室、下层的污水处理场，以及海池下方臭气熏天的滤水池里，布赖顿的奴隶们看到了他们的机会，于是便冲出来加入了他们。他们用扳手、水池耙，以及嫩肉槌来武装自己，他们涌上这座城市的楼梯，抢劫各家古董店，并在画廊里纵火。布赖顿那些本性善良的演员和艺术家，曾经在许多晚宴派对上对于奴隶们的悲惨生活达成过共识，也曾经组织过社区艺术项目来显示他们对奴隶们的痛苦是多么关切，然而此刻他们都忙着逃命，乘坐超载的飞艇和倾斜的汽艇从这座城市中狂涌而出。

实际上，发生了这么多的事情，而这座残破的城市上空飘荡着的那团肮脏烟雾又是这么地浓密，以至于几乎没有人注意到云中9号已经不再与布赖顿的其余部分连接在一起了。

29　没有爆炸的少年

芮恩和西奥等着这场战斗平息，他们坐在那座高大雕塑的阴影中，背靠着雕塑的底座。今天晚上早些时候有几杯潘趣酒被遗弃在那里，于是芮恩喝了一杯。这场噩梦持续多久了？五分钟？十分钟？似乎已经过了一辈子那么久。她已经学会了分辨飞貂军机关炮的高音叫嚷声，与绿色风暴火炮更加低沉的突突声。火箭的声音很难区分，但只要有某架孑孓机爆炸，她总能知道，因为西奥会跳起身来，弓着背，紧紧闭上眼睛。

“你想要告诉我那是怎么回事吗？”她问，“这些孑孓机？”

“不。”

“你还是说吧。反正也没什么别的事可干。”

又一批孑孓机在考姆翁布的外侧裙摆上齐声爆炸，遥远的爆炸声让西奥缩了一下。随后，用芮恩几乎刚能够在各种噪音中听清的轻柔嗓音，他对她讲述了他身为飞行炸弹的短暂职业生涯。

“那是在锈水之战刚开始的时候。”他说，“敌人的郊镇全线突破，我方的舰队朝着山国西境撤退。我们都以为不需要投入战斗了。然后命令就下来了，必须把这个叫作黑岛的地方再多守住几个小时，因为复活军的某个外科机械师正在挖掘一件价值巨大的物品，决不允许让它落入城镇人的手里……”

西奥至今仍能在肚子里感到运载舰移动时的那种突如其来让人恶心的感觉，以及当孑孓机飞行员们手忙脚乱地登上各自的船时，弥漫在舷梯上的那种恐慌。

“等待的时候是最难受的。”他说，“被捆在我们的飞艇里，吊在孑孓舱的架子上，舱门敞开在我们脚下，你能看见下方的炮火发射。然后命令来了——‘孑孓机出动！’然后我们就出动了。”

他们出动了。释放开夹钳，然后就是漫长的坠落，向下，再向下，蛇形穿越敌人火箭弹的美妙而又致命的爆炸。最早的孑孓机是自动的，装有潜猎者的大脑，然而潜猎者的大脑无法像人类飞行员那样曲折地在地面火力之间穿过，而且当有像西奥那样的年轻人渴望着得到光荣，并愿意为了“让世界再次变绿”而牺牲的时候，为什么还要浪费潜猎者呢？

“目标是一座叫作狩猎之城马德堡的城市。”他对芮恩说，“我撞上了城市中层的某个地方。我以为我是朝着一座装甲碉堡去的，但那里其实是某种农场区的薄塑料顶。我降落在堆得很厚很厚的一捆捆青贮饲料上。我猜那就是为什么我没有丧命的缘故，只是晕过去了一两分钟。我猜那就是为什么孑孓机没有爆炸的原因。它们应该是在你一撞上去的时候就自动爆炸的，但机上也有一个手动触发装置，以防万一像我这样失效的情况，我一醒过来，就伸手握住了它，但是我没法……我就是没办法……”

“当然不了。”芮恩柔声说道，“你错失了你的目标。你不能炸死工人们，他们是平民。那会是谋杀。”

“的确是。”西奥说，“可那不是阻止我这么做的原因。我只是不想死。”

“决定得有点迟了，不是吗？”

西奥耸耸肩：“我只是坐在那儿痛哭。过了一会儿，他们过来拆除了我的孑孓机的引信，把我拖出来带走了。我以为他们要杀了我。我不会因此责怪他们。然而他们没有那样做。

“从小到大我一直听说各种故事，说野蛮人有多么残酷，他们如何折磨俘虏。也许有些的确是那样，不过这些人对待我就好像我是他们亲生的孩子一样。他们给我吃的，还解释他们有多抱歉不得不把我当成奴隶卖掉。他们不能承受把绿色风暴的俘虏都关在城里，你瞧，因为害怕我们会联合起来暴动。不过我是不会暴动的。他们让我明白了绿色风暴的错误有多么深重。这一切是多么愚蠢，这场战争。”

他抬起头望着芮恩：“那就是为什么我放弃了绿色风暴。现在假如他们抓到我，发现了我是谁，我干过什么，他们就会杀了我的。”

“他们不会的！”芮恩向他保证道，“因为我们不会让他们抓住你的！我们会想办法逃走……”

一阵引擎的轰鸣淹没了她的声音。芮恩警惕地站起身朝外面草坪张望。一艘伤痕累累的巨大白色飞艇正从云中9号的悬索之间钻了进来。

“伟大的神明啊！”西奥说，他的视线越过芮恩的肩头，“那是‘安魂旋涡’号！那是她的飞艇！”

安装在飞艇引擎吊舱上的凸起发射器朝各个方向旋转，徒劳地轰炸着任何进入射程的飞貂军。“露出的小裤裤”号和“黄色小圆点机器[1]”号被火箭弹轰成碎片，破碎的轻木和燎焦的帆布如雨点般坠落到那些躲在穹顶宫草坪上的人群头上。一艘叫作“只有这些吗？”的扑翼机绕着飞艇振翅飞舞，就好像一只小蚊子纠缠着一只恐龙，但它无法穿透强化过的气囊，几秒钟后一群潜猎鸟发现了它，将它撕成了木屑。“去你的，重力！”号朝着飞艇的船舱冲去，绝望地试图撞上它，可是更多火箭弹将它捶到一旁，它一头扎进了云中9号的某个外围气囊里。穹顶宫在颤抖，草坪上尖叫的客人们开始尖叫得越发高亢了，随着一些承载着甲板重量的气体喷入夜空之中，整个甲板开始向一侧倾斜。

1. 这个名字源于20世纪60年代一首著名歌曲《黄色小圆点比基尼》，曾登上排行榜首位。

奥拉·图旺布利的“战斗树袋熊”号和其他幸存的飞貂军意识到他们已经无力回天，便掉转头加速离去了。

“安魂旋涡”号将引擎吊舱转动到降落姿态，在云中9号的草坪上着陆了，芮恩遮住脸以挡住激起的灰尘和烟雾。早先时候逃出穹顶宫的派对客人们现在又逃了回来，从芮恩和西奥的藏身之处边上经过，也有的站在原地挥舞着用衬衫和餐巾制作的白旗。红衣士兵飞奔穿过灌木林，一边抛下他们的武器，一边试图赶紧脱掉他们身上的花哨制服。机枪在观赏性棕榈树之间响个不停。从那艘战舰船舱上打开着的舱门里涌出了一个个浑身尖刺，身穿铠甲的身影。

“潜猎者！”芮恩惊叫一声。她从没见过潜猎者，也从没真的相信过有潜猎者，但那些全身盔甲的身影的移动方式已经足以让她明白它们并不是人类，并且明白自己非常想要离它们远远的。她拔腿就跑，同时大声呼唤着西奥跟上她。“快来！我们抄近路穿过穹顶宫去船屋！”

穹顶宫的楼梯现在空无一人。芮恩和西奥飞快地爬上楼梯，跌跌撞撞地跨过遗弃一地的派对帽子和横七竖八的尸体。在以前史金把她卖给彭尼罗的那片阳光露台上，芮恩踩到一块蛋糕滑了一跤，摔倒在地。塞在她腰带里的《锡之书》擦伤了她的脊背，然后痛苦地插进了屁股里。当西奥扶她站起来的时候，她都能感觉到血在裤子里流淌下来。她想着是不是该试着扔掉这本书。或者向绿色风暴投降，把书给他们，并求他们宽恕。可是绿色风暴从不宽恕，不是吗？她来到布赖顿之后就见过各种宣传册和招贴画，还有《布赖顿夜间稿件报》国外新闻版上的那些头条标题，更多的蘑栖暴行以及绿色风暴的又一场野蛮兽行。假如他们发现芮恩带着《锡之书》……

他们从舞厅入口处回望草坪。战斗已经结束，潜猎者们正在那里四处走动，驱赶着一群群被俘的客人。“我想知道史金是不是也在那里？”芮恩说。

“还有布布怎么样了？”西奥说，他们继续前进，穿过舞厅，这里墙上和天花板上的灯光都熄灭了，碎玻璃在脚下咯吱咯吱地响。“还有彭尼罗呢？”

“哦，他会没事的。”芮恩说，“我打赌就是他把他们带来这里的。史金说他正在给《锡之书》找一个买家。这正是彭尼罗会做得出的那种事情，出卖他自己的城市以获取利益……”

他们走过电影室，那儿的放映机还在嗒嗒地播放着。在放映机的光亮中，芮恩瞥见了在螺旋楼梯上有什么东西在动。“辛西娅！”西奥喊道。

他们的奴隶伙伴从楼梯上跑了下来，她的派对装束反射着循环电影片段的色彩和光线，柔和地闪烁着。她在那上面做什么，芮恩想象不出。也许她心慌意乱，在所有人都从舞厅里逃走的时候，她却跑错了路。或者，也许彭尼罗夫人派她回来拿什么东西；她的一只手里正拿着某样闪亮的物品。

“辛西娅。”芮恩说，“别害怕。我们正在离开。我们会带上你。

对不对，西奥？”

“它在哪里，芮恩？”辛西娅呵斥道。

“什么在哪里？”芮恩问。

“当然是《锡之书》。”辛西娅的表情变得芮恩完全认不出来，冷酷、刚硬、聪明，就好像她的脸被一个新的领导接管了。“我已经查看过彭尼罗的保险箱。”她说，“我知道是你拿走了它。你一来我就知道你是带着某种目的的。你为谁工作？牵引城社会？那些非洲人？”

“我不为任何人工作。”芮恩说。

“但你却是。辛西娅·特怀特。”西奥说，“你是绿色风暴那一伙的，对吗？你杀了普劳弗瑞还有其他人。是你切断了云中 9 号的缆索！”

辛西娅大笑起来。“喔，你反应很快，非洲人！”她礼貌地行了个屈膝礼，“特工 28 号，隶属于潜猎者方的私人情报组。我干得很不错，不是吗？可怜的傻辛西娅。你们都是怎么嘲笑我的，你们和布布还有其他人。而一直以来，我都在为另一位女主人工作，一位会将世界再次变绿的女主人。”她举起手臂，僵硬地指向芮恩。那个闪亮的东西是一把抢。

芮恩麻木地把《锡之书》从上衣下面拿了出来，并将它举起来给辛西娅看。辛西娅一把将它抓过，退后几步。“谢谢你。”她说道，声音里带着一丝以往的甜美，“潜猎者方会很高兴的。”

“她派你到这里来寻找它？”芮恩说，她搞糊涂了，“可她怎么会知道……”

辛西娅笑得乐开了花。“哦，不是的，她相信它还在安克雷奇。她派了一支远征队前往彭尼罗所说的安克雷奇沉没的地方，但那里什么也没有。所以我被派到云中9号上来监视他，以防万一他知道安克雷奇真正的去向。当我听说你把《锡之书》带上来了的时候，我几乎不敢相信自己的运气这么好！我立刻向碧玉宝塔发送了一条消息，回复的命令是让我将它安全地留在彭尼罗的办公室里，直到支援到来。它很重要。它也许是通向最终胜利的关键。我的女主人不想要它的复制品，或是通过普通渠道送过去。她要亲自过来取它。在外面草坪上的就是她的飞艇。”她爱不释手地低头看着《锡之书》，“当我把它给她的时候，她会好好奖励我的。”

花园里的枪声停止了。芮恩能听见外面的阳光露台上有说话的声音，用一种她不懂的语言喊着命令。她朝辛西娅走了几步，提防着那个姑娘手里的枪。“求求你，”她说，“你已经拿到《锡之书》了。你就不能让我们走吗？假如绿色风暴抓到西奥……”

“他们会杀了他，就像杀死一个他这种懦夫一样。”辛西娅平静地说，“有机会的话我会亲手这么做的。不过我肯定我的女主人会想要先审问你们两个，并弄清楚你们对这本书了解多少。”

“我们根本不知道它的任何事情！”西奥叫道。

“那是你的一面之词，非洲人。等到审查机关开始对你动手之后，你或许就会想要改口了。”

“可是辛西娅……”芮恩摇着头，她依旧还在辛西娅的背叛所带来的震惊中没有恢复过来，“我想辛西娅甚至都不是你的真名吧，对吗？”

辛西娅看起来很吃惊：“它当然是真名。为什么不应该是？”

“嗯，这不太有间谍感。”芮恩说。

“哦？哪里错了？”

“没什么，没什么……只是——”

一只塞得满满的公文箱，从上方的楼座扔了下来，砸中了辛西娅的头，然后一下子爆开了，散落出金币、珠宝，还有一看就很值钱的古代科技残片。“哦——”那个姑娘叫了一声，瘫倒在地。她的手枪走火了，在芮恩头顶的某处天花板上钻了个洞。西奥一把抓住芮恩，将她向后拖开，生怕还有更多的行李会跟着下来，不过等他们抬头望去时，只看到彭尼罗苍白的圆脸从栏杆之间往下瞄着。

“她昏过去了吗？”他紧张地问。

芮恩走过去，俯身在辛西娅上方。那个姑娘的头发里全是血，当芮恩摸她的脖子时也感觉不到脉搏，不过芮恩不知道摸的地方是不是对。她说：“我想她可能死了。”

彭尼罗匆匆跑下楼梯。“乱讲，那只是开玩笑的轻轻一砸而已。不管怎么说，她是一个敌方特工，不是吗？要不是我脑筋动得快，说不定她已经杀死你们两个了。我正在楼上搜集一些值钱的东西，就听见了你们说话。”他咯咯地笑着把那本书从辛西娅指间抽了出来，“多么幸运！我还以为我已经失去它了。现在跟我来吧，帮我搜集其余的东西。”

芮恩和西奥木然地开始照着他说的去做。彭尼罗也许是害怕他们会试图抢劫他，便捡起了辛西娅的枪，一边稳稳地举着它，一边把金币和小雕像还有古董塞回那个公文箱里，并坐在盖子上硬把箱子关上。外面的喊声越来越近了，绿色风暴的士兵们被枪声吸引了过来，汇集到舞厅中。“好啦！”彭尼罗说，“现在，开路去船屋。我告诉你们吧，假如你们帮我拿这些东西，你们俩就都能和我一起走。不过动作要快！”

“你不能就这样一走了之。”芮恩抗议道，她跟着他穿过倾斜的走廊，而西奥则奋力对付着那只公文箱，“你的人民怎么办？”

“哦，他们啊。”彭尼罗不屑地说。

“你的妻子怎么办？她现在说不定已经变成俘虏了……”

“是啊，可怜的布布……”彭尼罗推开一扇门，带着他们走到穹顶宫后头的花园里。“当然了，我会想念她的——可怕的损失——不过时间会治愈一切。无论如何，我不能冒着自己丧命的风险去试图救她。我救自己是要为广大读者负责，这样全世界才能听到我来讲述布赖顿之战，以及我英雄般地对抗绿色风暴的故事……”

他们匆匆穿过花园，彭尼罗带头，芮恩和西奥轮流拎那个公文箱。绿色风暴的部队还没有到达云中9号的这一部分，在柏树林与覆盖着藤蔓架的小径之间没有任何动静。烟雾从飞貂军的小型机场的残骸那里飘来，不过绿色风暴一定觉得彭尼罗的船屋不是什么重要目标，因为它依然毫发无损地矗立在树林之中，圆圆滚滚的，样子滑稽可笑，星星点点的火光映射在它古里古怪的铜铸背脊上。

“我能听到引擎的声音。”当他们穿过树林来到船屋前面的停机坪上时，西奥说，“有人已经打开了门……”

“伟大的万能的保斯基啊！”彭尼罗叫了起来。

“田凫”号稳稳地停在打开的门口，它的引擎正发出突突的声响，为起飞做着预热。船舱里亮着灯，芮恩能看到纳贝斯克·史金站在控制台前。他一定是放弃了等她带来《锡之书》，决定先自救，以避免更多损失。她缩在后面，对他心生惧意。但彭尼罗脚下最后又加了一把速度，冲向那艘游艇。“史金！是我啊！你的老朋友彭尼罗！”

史金从“田凫”号流线型船舱的舱门上探出身来，从袍子里拔出一支手枪，冲着彭尼罗开了两枪。芮恩看见鲜血像是一个感叹号一样，在游艇的灯光中向上飞起。彭尼罗一个僵硬的倒栽葱，重重地砸在了一堆缆绳上，便一动也不动了。

“哦神啊。”芮恩轻声说道。她在安克雷奇时就听说过各种关于彭尼罗的故事，他是她生活中的一部分，在她的想象中他根本就是打不死的。

史金从船舱里走了下来，稳稳地举着手枪，昂首阔步地走向他们。“你拿到我的书了吗？”他问。

“没有。”在芮恩来得及回答之前，西奥说道，“绿色风暴把它偷走了。”

“那这个公文箱里是什么？”史金问，西奥把箱子打开让他能看见。奴隶商露出了他一贯的那种冰冷的、灰暗的微笑。“哎，好一堆东西啊，不是吗？”他说，“关上箱子，把它递给我。”

西奥按他说的做了。史金冷冷的眼神又滑到了芮恩的身上。

“现在呢？”她问，“你会对我们开枪吧，我猜？”

“诸神在上，不！”史金似乎十分震惊，“我不是一个杀人犯，孩子。我是一个生意人。我杀了你们的话能得到什么利益呢？没错，你们成功地惹恼了我，但听起来我们那些从绿色风暴来的朋友们很快就会到达，来教你们一些礼貌了。”

芮恩侧耳倾听，听见刺耳的异国话语飘荡在花园之中。灯光在船屋后方的树林中晃动。她想问史金关于她父亲的事，可他已经把彭尼罗的箱子推上了“田凫”号，自己也跟着爬了上去。引擎开始轰鸣起来。

“不！”芮恩尖叫道。她无法相信诸神真的要让那个恶棍史金毫发无伤地离开。可是“田凫”号的系泊夹钳已经松开，它从船屋的地面上升了起来，引擎吊舱利落地转到了起飞姿态。“这不公平！”芮恩吼道，然后又说，“那本书！那本书在我们这儿！西奥说了谎！带我们一起走，我就把书给你！”

史金听到了她的声音，但没有听清她的话。他向下瞥了她一眼，以他惯有的方式淡淡笑了笑，然后再次将注意力回到了控制台上。飞艇加速穿过停机坪，从两丛树木之间穿过，树木朝两旁分开以让它通过。随后它便优雅地升入空中。

“这不公平！”芮恩又叫了一声。她讨厌史金，也讨厌自己心里的恐惧。她现在理解为什么妈妈和爸爸从来不想谈论他们过去的冒险经历了。假如她这次能幸存下来，她永远也不会想要哪怕再回想起这个糟糕的夜晚。

“为什么你在那本书的事情上说谎了？”她问西奥，“假如我们把书给他，他说不定会带上我们一起走的。”

“他不会的。”西奥说，“无论如何，要是所有人都这么想要这本书，那么它一定是某种危险的东西。我们不能让史金这样的人得到它。”

芮恩深吸了口气。“没有人应该得到它。”她说。她走到彭尼罗躺着的地方，小心翼翼地把《锡之书》从市长扯破的长袍里拿了出来。史金的一颗子弹在书的封面上打出了一个深深的凹坑，不过除此之外它看上去完好无损。一摸到它就令她感到厌恶。它带来了多少麻烦啊！多少死亡啊！“我要把它扔到海里去。”她说，然后便带着书穿过了烟熏火燎遍布弹坑的飞行跑道，朝花园的边缘跑去。

然而当她越过栏杆向下俯视时，她看到的不是大海。云中 9 号飘得比她想的更远、更快。蜿蜒的白色浪花标出了海岸的位置，但那已经是在北面几英里之外的地方了，其他城市的灯光和炮火沿着海岸串成一列，仿佛项链上的珍珠。在她下方，非洲大陆的荒凉山丘静静地陈列在月光之下。

她站在那儿，呆呆地凝视着这一座座小山，双手紧紧抓着《锡之书》，这时她听见身后传来奔跑的脚步声，于是转过身去，便遇上了一队士兵手中的电筒和举起的枪。还有潜猎者也来了，其中之一攫住了西奥。有一个人看上去几乎就像潜猎者，他的脸像老鹰一样，全身覆盖着机械装甲，钢铁手臂中握着一柄剑。这个人走到其他人前面，说："不许动！你是绿色风暴的俘虏了！"

当"田凫"号穿出云中9号的缆索之间，进入开阔的天空时，纳贝斯克·史金露出了一个满意的淡淡微笑。绿色风暴的大多数飞艇都在几英里之外，还在班加西和考姆翁布的上空交战，而他们在彭尼罗的花园里着陆的那些部队则有着比一个潜逃的奇怪奴隶商人更加重要的事情需要操心。

他在游艇中的舒适座椅里坐了下来，拍了拍躺在他身边甲板上的箱子。在前方远处，他能看到一些小城市的灯光在沙漠的夜色中闪烁。他会在那些城市中的某一座安顿下来，直到他确信绿色风暴离开了布赖顿为止。 在那之后他会去看看他在那儿的生意受到了多少损失。毫无疑问，胡椒瓶肯定受损了。也许仆人们和商品们也会被杀死。不过没关系，他们都上了保险。他希望那个叫俞饼的男孩还活着。不过就算没有他，还是有可能找到在桃花源的安克雷奇，并装满一两艘奴隶船的……

他正在做着关于桃花源的美梦时，那些猛禽发现了他。它们是警戒着云中9号周边空域的巡逻鸟群的一部分。它们朝着他横扫过来，遮蔽了月光，史金还以为它们只是一片云。接着他就看到它们的翅膀拍打着，转眼之间，鸟群就开始对着“田凫”号的玻璃钢的舷窗撞了上来，并撕扯着它的引擎遮罩，用爪子和喙抽打着它柔弱的气囊。转向舵被扯了下来，打着旋在风中飞走。螺旋桨把几十只鸟切得粉碎，但又有几十只接替了它们的位置，直到“田凫”号的引擎里填满了羽毛和黏液。史金伸手抓向无线电，打开了所有的频道并大喊：“停止你们的进攻！我是一个合法的商人！我是绝对中立的！”可是接收到他信号的绿色风暴战舰都不知道这信号是从哪里来的，而这些鸟本身则无法理解这些话。它们又撕又扯，又抓又挠，又啃又啄，把气囊的织物从金属骨架上一条条撕了下来，直到纳贝斯克·史金抬头透过光秃秃的肋架望去时什么也看不见，只有像万花筒般搅动的无数飞鸟，在神圣的月光之下，黑乎乎地张开双翅盘旋着。当飞艇的残骸开始坠落的时候，它们扯掉了船舱的天花板，进入了船舱之中。

纳贝斯克·史金是一个通常不会显露出自己情绪的人，不过鸟实在是太多了，而距离落到地面似乎是一段长得要命的路。他一路尖叫着掉了下去。

30 绿色风暴的俘虏

那个穿着机械装甲的人叫作纳迦。芮恩听见他手下的人这么称呼他，并从她这里拿走了《锡之书》，押着她朝穹顶宫走回去。这是个吓人的名字，而他本人看上去也相当吓人，身上的外骨骼在嗞嗞喷气、嘎嘎摩擦，豪迈的步子踩得咚咚直响。不过他似乎挺文明的，在他手下的人用枪捅芮恩让她走快点时，他告诉他们别那样做。芮恩很吃惊，她松了口气。她听过一些故事，说绿色风暴一见到俘虏就开枪。她想过要问纳迦他打算把她怎么办，可是她没有那份勇气。她瞄了一眼西奥，希望他能解释一下绿色风暴的士兵们用那种奇怪的语言在相互说些什么，但是西奥一直在低着头走路，不看她一眼。

他们爬上了一条位于穹顶宫外侧的楼梯，经过一个有围墙的花园，一群被俘的奴隶和派对客人被关在那儿，由许多潜猎者看守着。布布·彭尼罗也在那里，她正试图唱一支鼓舞人心的歌来让所有人打起精神，不过在芮恩看来这完全没起什么作用。

她一开始以为自己和西奥要被带去和其他俘虏关在一起，然而士兵们让他们继续前行，走过了彭尼罗的游泳池。游泳池的水都流空了，在倾斜的甲板上形成了一大片宽广的水渍。在舞厅的窗外站着一个比芮恩目前为止所见到的那种没有思想、没有表情的恶汉要远远可怕得多的潜猎者。他身形高大，盔甲闪亮，而且他的头盔不像其他的潜猎者那样向下延伸以遮住他的脸，而是让部分的脸露在外面。这是一张毫无生气的苍白的脸，嘴巴好像一条长长的伤口，每当他那绿色发光的眼睛望向芮恩，这张嘴就微微抽动。她赶紧移开视线，因为自己引起了他的注意而感到胆战心惊。他是要对她说话吗？是要攻击她吗？然而他只是回敬了纳迦一个礼，然后站开几步，让这些潜猎者和它们的俘虏通过他身边，进入舞厅里。

有人把灯光又修好了。后勤医务人员将辛西娅搬了出来，放到一张担架上。当他们抬着她经过身旁时，芮恩听见她在呻吟。她为她的朋友还活着而感到高兴，但随后便想起来她不过是一个假的朋友而已，于是便不知道自己是应该高兴还是不高兴了。

此刻原本应该有乐师们正在演奏的那个表演台上，一群军官聚集在了那里。纳迦正步朝他们走去，干净利落地敬了个礼，向他们报到。那群军官之中最高的一位转过身来盯着俘虏们。她的脸是一张青铜的死亡面具，其上镶嵌着两只绿宝石般熠熠生辉的眼睛。

“啊！”西奥大喊了一声。

芮恩立刻就明白了这是潜猎者方。这还能是谁呢？她看上去全身上下流露出强大的力量。这种力量在周围的空气中如同静电一样噼啪作响，让芮恩颈后的寒毛都竖了起来。她能感觉到西奥在她身边浑身发抖，就好像他正面对着一位女神。

纳迦又说了一些别的，随后那个潜猎者从演奏台上优雅地走了下来。当纳迦从他装甲上的一个舱门里取出《锡之书》后，她的双眼就更亮了。她一把抓过这本书，仔细研究着封面上画出的符号，然后便发出一声悠长颤抖的满足叹息。纳迦指着芮恩和西奥问了几句，但那个潜猎者挥手打断了他的问题。她在瓦砾之间盘着腿坐了下来，打开《锡之书》开始阅读。

“现在是怎么回事？”西奥低声说，“我还以为她想要审问我们……”

“我想纳迦也是这么以为的。”芮恩说。不过看起来潜猎者方把他们给忘了。绿色风暴的士兵们都望着她，好像是在等待新的命令，然而她却全神贯注地读着《锡之书》。纳迦对他的一名同伴低声说了些什么。然后一名女子——既年轻又漂亮，身穿一款其他人那种白色制服的黑色版——对他说了几句，接着鞠了一躬，跳下演奏台，走到两名俘虏等待着的地方。“你们请跟我来。”她用盎格鲁语说道。

芮恩松了口气。这个人与其余那些绿色风暴的登陆部队相比，看上去不那么严肃。她制服上的名牌印着零博士，上方还有两个弯弯曲曲的文字，芮恩猜想那在山国语里是同样的意思。她看上去太年轻了，不像是一位博士。她挑起的眼睛和宽阔的颧骨让芮恩想起了在家乡桃花源里的那些因纽特人[1]朋友，剪短了的绿色头发与她那小巧的脸庞惊人地相配。不过她的语气并不友好。她从士兵那里拿过一支枪，指着两名俘虏："外面，请。马上！"

他们照她说的做了。当她把他们赶到外面的阳光露台上时，芮恩抬头瞥了一眼，看见那个高大的潜猎者又在看着她。她做了什么让他这样感兴趣？她赶紧移开视线，不过仍然能感觉到那绿色的目光紧紧跟随着她。

零博士挥着枪让囚犯们穿过阳光露台并走下楼梯，看起来她是要把他们带去那个有围墙的花园里与其他人待在一起。可是当到了楼梯底部的一块半月形平台上，离开了舞厅的视线和听力范围之后，她突然让他们停了下来，用她那种柔和而带口音的盎格鲁语说："那个潜猎者从你们这里拿去的是什么东西？"

芮恩说："《锡之书》。安克雷奇的《锡之书》……"

零博士皱起了眉头，就好像她从来没有听过那个名字一样。

"你们不就是为了那个到这里来的吗？"西奥问。

"显然如此。谁知道呢？"零博士耸耸肩，回头朝舞厅瞄了一眼，压低了声音，仿佛生怕她的女主人会听见她的话："阁下她认为，把进攻你们城市的原因告诉任何人都是不明智的主意。这本《锡

1. 因纽特人是北美的爱斯基摩人，相貌与亚洲人接近。

之书》是什么？是什么让它这样重要，以至于她要乘坐战舰到这里来拿到它？”

“辛西娅说得到《锡之书》的人就能赢得这场战争。”芮恩说。

她想尽量帮忙，但零博士只是瞪着她。是因为月光的缘故她的脸才一下子失去了血色吗？她的双眼瞪得大大的，视线穿过芮恩，望向了某个未来的可怕场面。“唉！”她长出了一口气，“当然了。当然了！这本书一定是通向某种古代科技武器的线索。也许是某种像美杜莎一样的东西，强大到能够摧毁整座城市。而你们就把它给了潜猎者方！你们这些傻瓜！”

“这不公平！”芮恩抗议道，“这不是我们的错……”

零博士短促地笑了一声，不过笑声中没有多少幽默的意味，只有恐惧。“现在得靠我了，是不是？”她问，“得靠我来阻止她了！”

她转身拔腿就跑，沿着楼梯向上跑回舞厅，走的时候将她的枪扔在了一边。

31　玫瑰绽放之时

纳迦将军还在生着气，因为他没有得到机会去阻截班加西和那个聚落里的其他城镇。他带着他的突击部队前去穹顶宫的下面几层楼面，希望能找到某些牵引城战士的潜伏巢穴，也许就能好好地打上一架。在舞厅里，潜猎者方坐在那儿阅读的时候，几个战斗潜猎者就站在一旁守卫。那本书的金属书页在她双眼发出的光芒下闪烁着柔和的绿光。她的金属指尖摸索着古老的划痕，发出轻微的嗒嗒声。

史莱克等候在窗前，望着他的女主人，但并没有真正关注着她。他的注意力集中在自己脑海里的那张脸上，伊诺妮·零刚才带走的那个年轻少女囚犯的脸庞。他能肯定，或者几乎能肯定，他以前曾经见过那张脸——那对如海水般灰色的眼睛，那个长长的下巴，那头铜黄色的头发，都激起了认知的火花，在他的心灵之中飞速穿梭。然而，当他想要将这个少女的特征与他记忆中的其他面容进行对比的时候，却发现没有一张脸能够对得上。

阳光露台上传来奔跑脚步声。史莱克转过身，并觉察到在他身后舞厅里的其他潜猎者也做出了反应，伸出了它们的刃爪，摆出架势。但来的只是零博士。

“史莱克先生！”

她在阳光露台上的尸体之间选出一条路朝他走来。她努力想露出一个笑容，但那笑容不知怎么走了样，变成了一种扭曲的表情。史莱克感觉到了她不均匀的呼吸，跳得飞快的心跳，以及她汗水中让人警觉的尖锐气味，于是便知道有某样事情要发生了。不管因为什么理由，伊诺妮·零已经决定要在此刻对潜猎者方发动她那件神秘武器了。

然而那件武器在哪里呢？她的双手是空着的，她的黑色修身制服里没地方能藏得下任何强大到足以伤害一个潜猎者的东西。他飞速将双眼在光谱的各种波段之间来回切换，徒劳地想要找到隐藏的枪支或是爆炸物的化学物质气味。

“史莱克先生。”零博士说着，在他身边停下脚步，仰视着他的脸，“有一件重要的事情，我必须告诉你。”汗珠从她脸上的毛孔里滚滚涌出。史莱克回过头扫描舞厅，猜想她是不是在“安魂旋涡”号刚降落的时候就带来了什么东西。他也查看了阳光露台，搜寻是否有设备藏在护墙上的雕像后面。什么也没有。什么也没有。

他的手被触碰了一下。史莱克低头望去，零博士的手指轻轻地放在他披着装甲的拳头上。她现在笑得挺自然了。在厚厚的眼镜片后面，她的眼睛里噙满了泪水。

她说：“玫瑰绽放与紫杉青郁，经历的时间同样久长。”

然后史莱克就明白了。

他转过身，快步离开她的身边，走进了舞厅。他不想离开的，他没有命令自己的双腿移动，可是它们自己动了起来。他就是零博士的那件武器。那就是他一直以来的身份。

“阻止我！”当他接近潜猎者方的时候他努力喊出了声。两个战斗潜猎者跳上前来挡住他的路，而他两拳就让它们失去了行动力，把它们的头砸了下来，于是它们便失去了视觉，只剩下傻乎乎的身体四处乱走，不断喷出火星和液体。不过至少他警告了潜猎者方发生了什么事。她转过身，站起来迎上他。《锡之书》在她修长的手指间闪着光。

“你在干什么，史莱克先生？”

史莱克没法解释。他是一个被禁闭在自己身体里的囚犯，没有能力控制它的突如其来的动作。他的手臂自己举了起来，他的双手张开。闪亮的刀刃从指尖弹了出来，比他旧的那副刃爪更长也更重。他就好像是一个坐在失控坦克里的乘客，眼睁睁地看着自己朝另一个潜猎者冲去。

潜猎者方亮出了她自己的刃爪，挥舞着迎上了他。他们相互撞击，装甲摩擦，火星四溅。从潜猎者方的青铜死亡面具后方传出愤怒的嘶气声。《锡之书》掉落了下来，生锈的活页弹簧摔断了，金属书页弹跳着撒落一地。这就是为什么我没法预见危险的原因，史莱克想。他回忆起了在潜猎者车间里的每一个孤独的夜晚，伊诺妮·零的灵巧手指在他的大脑里忙碌地工作着。为什么他从来就没有猜测过她对他做了什么呢？他到处寻找用来进行刺杀的武器，可他从来就没有怀疑过他自己。而一直以来，这种杀死他的新女主人的冲动就一直埋藏在他的心灵之中，等待着伊诺妮·零说出能够唤醒它的词句……

他能听到她就在他的身后，跌跌撞撞地穿过舞厅里的残骸废墟，一边还大声喊着，就好像是在鼓励他一样。“玫瑰绽放与紫杉青郁……”

他的右手挣脱了开来，刃爪直刺入方的胸膛，火星和润滑油随之喷出。新的刃爪十分精良，它们比潜猎者的皮肤更加坚硬。方再度发出嗞嗞的声音，她的灰色长袍扯破了，她的装甲被撕裂开来，那种起到血液作用的黏稠物质滚滚流淌。伊诺妮·零在她身后喊道：“你伤不了他的！我建造他就是为了杀死你，所以我给了他能做到这一点的武器！强化装甲！合金刃爪！还有你难以想象的力量！”

潜猎者方被激怒了，她向后一跃，迅雷不及掩耳地给了零博士一击，将她打得飞过了舞池。史莱克发力奔了过去，重重地打在另一个潜猎者身上，巨大的冲击力将她从倒地不起的少女身边推开，一直退到了外面的露台上，置身于月光中。更多的战斗潜猎者抓住了他，但他飞起一脚踢在他们腿上，然后挥爪切开了它们脖子上的连接之处。

脖子似乎就是波普乔伊的潜猎者的弱点，它们被切下的脑袋在人行道上当啷啷地滚动，就像是铁锅掉在了地上一样，绿色的眼睛也暗了下去。史莱克将它们晃来晃去的身体从前进道路上撞开。其中一个潜猎者缠在了从砸坏的窗户里飘出来的窗帘上，它脖子里喷出的火星点燃了窗帘织物。火焰沿着窗帘往上蹿去，很快就蔓延到了舞厅的整个天花板。火光照亮了方的装甲，她跌跌撞撞地穿过阳光露台，一条腿拖曳着，一条手臂仅靠乱七八糟的电线吊在肩上，全身上下各处裂口中漏出液体，就如同一只被碾碎了半边身体的甲虫。

史莱克想要放弃这场战斗。他想要回到着火的舞厅中去帮助零博士。然而他的身体不受控制。他朝潜猎者方大步走去，当她向他冲来时，他已经早有准备，一把抓住了她的头，拇指的刀刃扎进了她的眼睛之中，直到那绿色的光芒熄灭，他感觉到自己的刃爪吱吱地摩擦着她颅内的机械。

她嘶着气，尖叫着朝他踢来，撕裂了他躯体上的装甲——她的脚趾上也装着刀刃，他并没有预见到这一点。他奋力将她朝露台边缘的护墙砸去。石雕被砸得粉碎，柱子与框缘的碎屑在月光下爆出一团白雾，方从这些碎片之间摔了下去。史莱克的全身神经中鼓荡着身为一个格斗潜猎者的剧烈快感，跟在她后面纵身跳了下去。

还有芮恩呢？还有西奥呢？俘获者管不了他们了，这些俘虏，就这么站在那片新月形的平台上，相互大眼瞪小眼地看着对方，不太敢相信他们竟然被遗忘了。但他们又太警惕了，听到从他们上方传来的可怕动静之后，不敢冒险逃走。此刻护墙的碎片在他们身畔如雨般坠落，潜猎者方和攻击她的那个潜猎者像长满尖刺的彗星一样从上方的露台掉了下来。芮恩紧紧搂着西奥，瞪大了双眼看着。已经有数个世纪之久没人见过潜猎者与潜猎者之间的对战了，上一次出现这样的场面还是在失落年代里，北方的诸游牧帝国派出亡者大军相互攻伐。那还是在牵引纪元的黎明之前，那时候人还是人，城市还是待在你建造它们的位置上。

“可我还以为他是属于她那一方的呢。”芮恩抱怨道。

“嘘！”西奥焦急地嘘了一声，生怕她的话会向那两个潜猎者暴露他们的存在。

但那两个潜猎者的心里想着其他事情。方一脚将史莱克踢得摇摇晃晃地向后退去，不过她没有力气乘胜追击，她转而环顾四周寻找逃生的途径，用她那种低语般的声音呼唤着帮助。她抓住了平台边缘的栏杆，然后，当史莱克恢复过来，猛地朝她后背打来时，她翻过栏杆，跳到了下面的花园里。

史莱克跟着跳了下去。他能听到惊慌的单生人在他身后叫喊，他回过头去，就看到纳迦和他的手下跑到了残破的阳台上，向下俯瞰。他继续往前跑，跟踪着那个受伤的潜猎者所留下的油迹和体液痕迹。她一开始似乎朝着“安魂旋涡”号跑去，但她现在已经瞎了，可能其他的感官也受到了损伤。史莱克跟踪着她的刺鼻的机械气味，穿过茂密的灌木林，穿过树篱墙迷宫的绿色回廊，跑下公园的陡峭斜坡。一直跑到边缘的栏杆处，她遇到了死路，于是转过身来。那只拖着的手臂毫无用处地晃荡着，而她也几乎没有力气举起另一只手臂来。刃爪滑动，像破旧的剪刀一样发出刺耳摩擦声。

史莱克的心中充满了遗憾，脱口而出道：**“我很抱歉。”**

“那个姓零的女人！”潜猎者方嘶声说道，“她是个叛徒，而你是她制造的生物。我本应该更明智一些，不要信任单生人的……”

史莱克以凶残的一击砸落了她脸上的青铜面具。她的头顺着受伤的颈关节朝后甩去，月光落在这名死去的女飞行员的脸上，这是一张憔悴消瘦的灰色面庞，黑色的嘴唇向后缩去，露出橄榄石色的牙齿，双眼本应该在的位置上只有两只被砸碎的绿灯。她举起残废的钢铁手掌想遮住自己的脸，这个熟悉的动作令史莱克悚然一惊。他以前在哪里见过这个动作的呢?

她突然转身跑开，姿态笨拙，身体残破，失明的双眼凝望着群星。“你看到了吗？”她问，“东方的那颗亮星？那是奥丁。古代人曾经把众多强大的轨道武器送上天空，而奥丁就是剩下的最后一个。自从六十分钟战争以来，它一直在那里等待着，沉睡着。它极其强大。强大到能够摧毁数不清的城市。而《锡之书》中记载着唤醒它的密码。帮帮我，史莱克先生。帮我唤醒奥丁，让这个世界再次变绿。”

史莱克狠狠地砍了三下，砍断了她的脖子。她的脑袋掉了下来，长长的尖叫声随之沉寂了下去。

他把她的身体从栏杆处扔了出去，然后拾起头颅和掉落的面具跟着抛了下去。面具一路坠落，在月光下闪闪发光。而史莱克的怒气以及他新的力量似乎也消逝了。随着伊诺妮·零植入他心灵之中的秘密本能被关闭了，他的脑海中有各种残缺不全的干扰图案来回震荡。一个个记忆片段像蝙蝠一样朝他飞来。他举起双手想要挡开它们，但它们依然不断飞来。它们不是身为人类的平静而悲伤的记忆，好比当他垂死之际躺在黑岛时充斥于心中的那些，而只是自从他变成潜猎者以来所做过的每一件可怕事情的记忆。一场场战斗，一次次杀戮，屠杀单生人匪徒以领取赏金，有一次他在天空之城只是为了单纯杀戮的快乐而没有其他理由就杀死了一个乞丐男孩。他怎么会做出那种事情来的？那个时候他怎么会感觉不到此刻占据着他内心的内疚和惭愧？

随后一张疤脸浮现于他的记忆之中，犹如某样东西从幽深的水下浮了上来，它是如此清晰，他几乎能够说出它的名字：**“赫……赫丝……”**

“在那里！”他身后很近的地方有声音喊道，单生人士兵们慌慌张张地冲出灌木林，“住手！住手，潜猎者，以绿色风暴的名义！”纳迦身穿当啷作响的战斗装甲走在最前面，这些单生人小心谨慎地逼近，手里端着巨大的手铳和蒸汽动力的机关枪。

“她在哪里？”纳迦质问道，“你对潜猎者方做了些什么？”

“她死了。”史莱克说，他几乎看不清那些士兵，那张疤脸填满了他的脑海，**“潜猎者方死了。她第二次地死了。我摧毁了她。”**

纳迦又说了些什么，但史莱克没有听见。他感觉自己正在分崩离析，化成锈粉，唯一将他维系在一起的就是那段回忆，那张脸庞。她是他救下的那个孩子，他唯一曾经做过的好事：“**赫丝……赫丝塔……**”

他忘记了士兵们的存在，开始奔跑起来。潜猎者朝他冲来，他便将它们撞到一边。子弹在他的盔甲上弹跳，然而他几乎都没注意到。他的眼睛里闪烁着一条条伤害警告，可是他完全没有看见它们。“**赫丝塔！**”他狂吼一声，随后花园便将他吞没了。

32 “北极面包卷”号的航行

在海洋大道上的一层如盖子般厚重的烟雾下方，彩色纸带和纸帽子沿着倾斜的人行道翻滚飘移，这些都是在空袭开始时街道上的派对突然中止而留下的垃圾。

汤姆、赫丝塔和俞饼在阴影里蹑手蹑脚地走着，试图避开一帮帮趁火打劫的人和叛乱的奴隶，这些人在各个被砸烂了的商场里游荡着。火焰在露天剧院的舞台上跳着舞，每过几分钟就会有某个空港里的燃料槽爆炸，引起甲板阵阵晃动，爆炸的碎片像冰雹一样穿过屋顶，在海池中激起千万点白色水花。死去的节日游行者们身上复杂精美的服饰被撕得破破烂烂，轻轻飘荡在夜空之中，如同一群被屠杀的飞鸟的羽毛。

“他们还在下层甲板进行暴动。”汤姆一边说着，一边聆听从楼梯井里阵阵回荡传上来的各种杂音，“我们该怎么回到‘钻孔虫’号上去？”

赫丝塔笑了。她成功地将汤姆从史金的牢笼中解救了出来，这让她一直到现在都还感到高兴和自豪，即使他坚持要带上俞饼一起走，也没有破坏她高兴的情绪太久。“我都忘了！”她说，“你能相信吗？我一时激动把那件事给彻底忘了。汤姆，我们不再需要‘钻孔虫’号了。毕竟，我们没法乘坐贝壳船飞到云中9号上去，对吗？”

“你是说一艘飞艇？”汤姆怀疑地问，“我们有什么希望能得到一艘飞艇呢？它们从战斗开始以来就不断从空港涌出去，从声音听起来它们全都载得满满当当的。”

赫丝塔停下脚步，站在那儿对着汤姆直乐，俞饼赶紧缩到了汤姆背后。“‘鬼面鱼’号就在这里。”她说，“在彭尼罗那个愚蠢的博物馆里。它一直在等待着我们，汤姆。我们要偷走它。我们以前最擅长这个了。”

她飞快地做了解释，随后他们就赶紧朝老斯坦因广场走去。叫喊声和玻璃砸碎声隔着烟雾传来，有时候还有枪声。市议会低级官员和大有前途的表演艺术家的尸体吊在路灯柱子上。赫丝塔走路的时候手里的枪也随时戒备着，俞饼望着她，想起了自己所发下的那个要杀死她的誓言。他真希望自己有胆量来做这件事，然而她吓得他太厉害了。而她看汤姆的眼神中也有某种温柔让俞饼不安，令他想到也许她并不是全然邪恶的，也许与纳茨沃西一家共同生活也会很美好。他害羞地牵起了汤姆的手。

“你是说真的吗？”他问，“说要带我一起走？你真的会带我回家，和你们一起回桃花源吗？”

汤姆点点头，尽量露出一个鼓励的微笑：“我们只要顺路在云中9号停一下……”

不过当他们来到老斯坦因广场时，他就看到被切断的钢缆散落在缆车站四周。云中9号不见了。

“哦，魁科啊！”他大喊道，“它到哪里去了？”

他从没想到过它会不再挂在那里，它也许像布赖顿的其余部分一样受损，但却应该是飘在空中的，而芮恩也应该在那上面的某个地方等待着救援。现在他发现自己有多傻了。那座悬挂在无数气囊下的飞行宫殿对于绿色风暴的空中驱逐舰来说简直就是一个活靶子。

“芮恩……”他轻声说道。他无法相信，诸神将她带到了离他近在咫尺的地方，却竟然又将她带走了。

赫丝塔紧紧握着他的手。“来吧，汤姆。”她说，“如果我们能离开这个垃圾场，也许我们还能找到那个愚蠢的地方，它不是栽在海里，就是飘走了。记得吗，是彭尼罗在管着这座城市，他不会让自己过多卷入战斗的。”

她指向了宁禄·彭尼罗体验馆的脏兮兮的白色门面。正面墙上有几条难看的裂缝，令墙向外面的人行道上倾斜了过来，门也被从铰链上炸得掉了下来，当赫丝塔领着俞饼和汤姆进入里面的时候，她开始感到一种可怕的恐惧，觉得她可能来得太迟了，说不定其他某些绝望的难民会在她之前来到这里，把“鬼面鱼”号驶走。不过等她跑上楼梯时，就看到那艘老飞艇就停在她离开时的位置上。玻璃屋顶已经被震碎了，碎片撒遍了地板和“鬼面鱼”号的气囊上，但它看上去完全没有受到什么损伤。实际上，在赫丝塔上一次见到它之后，它还被打扫了一下，一个大大的数字1被贴在了它的侧腹部位，为空中游行做好了准备。在它的火箭发射架上甚至还有两支小型火箭。

在她身后，汤姆爬上了楼梯，然后停下脚步。“小赫……”他说道，“哦，小赫——”泪水在他的脸上淌下，他擦掉眼泪，紧接着为自己的失态而笑了起来，“这是我们的飞艇！”

“真是一堆垃圾！”俞饼一边惊叹，一边穿上一件从楼下的蜡像身上拿来的外衣。

“俞饼，去看看你能不能把灯打开。”汤姆说着，爬进了船舱里。这艘老飞艇的气味闻上去就像是一座博物馆。他弯腰从垂下的电线下方钻过，伸手抚摸着控制面板，认出了这熟悉的仪表阵列。外面房间里的灯亮了，从“鬼面鱼”号新近擦亮的舷窗中照了进来。

“还记得它怎么操作吗？”赫丝塔在他身后问。她说话的声音就像是人们在神庙中所使用的那种轻声细语。

“哦，是的。”汤姆同样悄声回答，“你永远也不会忘记的……”他近乎虔诚地伸出手去，拉动了一根操纵杆。一只充气救生筏应声从舱顶上的一个小暗格里弹了出来，把他砸翻了。他把充气筏塞到航图桌下面，又试了另一根拉杆。这一次“鬼面鱼”号开始颤动了起来，博物馆里回响起了它的双发热内—卡洛引擎逐渐升高的如雷声响。

在外面，俞饼双手捂着耳朵，在尾气中一边咳嗽一边喊：“你们怎么把它弄出去呢？”

“屋顶可以打开。”赫丝塔指着上方喊。

俞饼摇了摇头：“我可不这么想……”

汤姆将引擎熄火。他从“鬼面鱼”号的舱门探出身去，朝天花板上看。现在灯光亮了起来，于是就能清楚地看到为什么没有其他人费事到这里来偷“鬼面鱼”号了。一条巨大的钢缆，曾经是连接布赖顿与云中9号的众多缆绳之一，如今掉下来砸穿了宁禄·彭尼罗体验馆，将“鬼面鱼”号上方的玻璃砸得粉碎，并缠在了屋顶脆弱的梁架和支柱上。

“哦，伟大的魁科啊！”汤姆喊道。他开始感觉到他的神祇正在耍弄着他。假如他这次能幸存下来，他真要好好地考虑一下是不是该给自己找一个新的神了。

他跑回飞行甲板上，回到赫丝塔身边：“屋顶砸坏了。我们再也没法把它弄出去了！”

“有人来了！”俞饼边喊边朝博物馆的一扇窗外张望，“一大群人。我打赌是迷失小子，他们来瞧瞧这儿的声音是怎么回事！”

赫丝塔透过“鬼面鱼”号的前窗望着屋顶：“你估计我们能移开那些残骸吗？”

汤姆摇摇头：“那条钢缆比我们两个人加起来还要粗。我们被困在这里了！”

“别担心。”赫丝塔说，“我们会想出办法的。”她闭起眼睛，集中精神。而俞饼则在外头从一扇窗跑到另一扇窗，嘴里喊着关于迷失小子的什么话。随后，赫丝塔抬头望着汤姆，笑了起来。

“想到办法了。”她说。

她动手在又长又脏的控制台上拨了几个开关。“鬼面鱼”号猛地一倾，将汤姆向后抛去。在引擎发动与系泊夹钳松开的各种声响之中，他一开始没有意识到赫丝塔做了什么。接着，两声爆炸的冲击波震歪了窗户，“鬼面鱼”号升了起来，朝前冲去，于是汤姆才发现刚刚赫丝塔对着受损的正面墙壁射空了火箭发射架，将这堵墙轰到了外头的大街上，留下了一个大洞，大到足够这艘小飞艇飞到外面的天空中。

“你忘了俞饼！”汤姆喊道，声音努力盖过一侧引擎吊舱摩擦博物馆墙壁所发出的长长刺耳噪音。

“哦天哪！”赫丝塔大声喊着回答。

“回去！”

“我们不需要他，汤姆。航行不需要他。”

汤姆跌跌撞撞地回到打开的舱门边，探出身去，叫着俞饼的名字。那个男孩朝着逐渐升起的船舱跑来，伸出手臂，脸色苍白而恐惧，被爆炸的灰粉扑得像一张小丑面具。在引擎的轰鸣声之中，以及耳朵里依旧回荡着的爆炸余波的沉闷嗞嗞声之中，汤姆听不清他说了什么，但他也并不需要听清。“回来！”俞饼叫着，而“鬼面鱼”号则穿过烟尘向上升去，越过了老斯坦因广场，越过了挤满广场的迷失小子和趁火打劫者们惊讶仰望的脸，升入了她所属于的天空之中。“不要离开我！纳茨沃西先生！求求你！回来！回来！回来！”

“鬼面鱼”号继续飞行，摇摇晃晃，一会儿朝这儿，一会儿朝那儿，因为汤姆和赫丝塔在相互奋力争夺着控制杆。

“看在魁科的分上！”汤姆喊道，“我们得掉头回去！我们不能就这样把他留在后面！”

赫丝塔把他的手从方向杆上拉开，将他摔到一边。他撞在了航图桌上，重重倒地，疼得喊了起来。“忘了他吧，汤姆！”赫丝塔尖叫道，“我们没法信任他。他还说‘鬼面鱼’号是一堆垃圾！我没给他一刀算他走运！”

“可是他还是个孩子啊！你不能就这么抛下他！他会变成怎样呢？”

“谁管他？他是个迷失小子！难道你忘记他对芮恩做了什么吗？”

“鬼面鱼”号突然一下子升入了清澈的空气与月光之中。烟雾就像一片肮脏的雪地一样铺在船舱下方五十英尺处。在左舷方向的几英里之外，考姆翁布和班加西的上层建筑带着点点火光从烟雾层中探了出来。许多飞艇在附近低飞掠过，但没有一艘对“鬼面鱼”号表示出什么兴趣。赫丝塔扫视着前方的天空，在南方的远处她看见了云中9号残破的气囊组。她将“鬼面鱼”号的船头对准了那里，锁定了控制杆，然后在汤姆身边跪了下来。汤姆用一种奇怪的表情仰视着她，她忽然间意识到他在害怕她。这让她不禁笑了起来。她用双手捧起他的脸，吻了他，然后舔去了聚集在他嘴角处的咸咸眼泪。然而他将头转了开去。她自己也开始感到担心了。这次她是不是做得太过分了？

“我很抱歉。”她对他说，尽管她并不真的抱歉，“你瞧，汤姆，我很抱歉，我犯了个错误。当时我吓坏了。假如你想要的话，我们就回去。”

汤姆离开她身边，挣扎着站了起来。他不断回想起当她带着他离开胡椒瓶时，她脸上闪过的那种奇怪笑容。“你很享受。”他说，“对吗？就好比在你杀死史金那儿所有人的时候，你很享受……”

赫丝塔说：“他们是奴隶贩子，汤姆。他们是恶棍。他们就是把芮恩卖掉的人。他们卖掉了我们的小女儿。这个世界没有他们会变得更加美好。”

“可是……”

她摇着头，发出一声沮丧的喊声。为什么他就不能理解呢？“你瞧。”她说，“我们就是些小人物，对吗？我们一直都是这样的。渺小，微不足道，尽力想过好自己的日子，但却总是被一些人摆布，像是大叔还有史金还有马思嘉还有……还有瓦伦丁。所以没错，像他们一样强大的感觉很好；回击他们并与他们扯平一点的感觉很好。”

汤姆什么也没有说。借着仪表面板发出的光，她看见他的头撞到航图桌的地方有一块新的淤青。“可怜的汤姆。”她说着，倾过身去吻那块淤青，但他却又一次扭身避开了，两眼盯着油量计。

“油箱只是半满的。”他说，“我们起飞的时候你就知道了。假如我们回去，我们可能就永远也追不上芮恩。不管怎么说，现在那些奴隶应该已经抓住可怜的俞饼了。”

赫丝塔尴尬地耸耸肩，她真希望他能让她来告诉他这一点。他对那个迷失小子的执着让她感到气愤。为什么汤姆总是得这么关心其他人呢？她控制住自己的情绪。“俞饼应该能照顾好他自己的。”她向他保证道。

汤姆充满希望地望着她，想要相信她的话：“你这么想吗？他还那样年轻……”

“要是他还活着，他肯定已经满十二岁了。我没比他大多少的时候就独自生活在野外了，而我过得很好。何况我还没受过他那种盗贼馆训练。”她摸着汤姆的脸，“我们会找到芮恩的。”她保证道，“然后我们会找到燃料，等事情平静一些之后，再回到布赖顿去接俞饼。”

她张开双臂环抱着他，这一次他没有挪开，尽管他也没有回抱她。她吻了他，然后伸出手指梳过他日益稀疏的头发。她讨厌与他吵架。她也讨厌俞饼，因为他使得他们俩像这样争吵。她希望此刻其他迷失小子已经在用他那颗蠢脑袋当足球踢了。

33　离开

西奥和芮恩没有等着绿色风暴再次抓住他们。他们听见潜猎者方的垂死呼喊回荡在树林中时，两人正穿过花园逃走。

“那是什么？”芮恩停下脚步，她被那个可怕而孤独的声音惊呆了。

“我不知道。”西奥说，“不好的事情，我想。”

又一队绿色风暴士兵跑过时，他们躲进了灌木林里。士兵们的头盔闪着橙色的反光。芮恩回头张望，就看见穹顶宫开始烧了起来。

“西奥！它着火了！”

“我知道。”他说。他就站在她边上，近到在火光中她都能看清他赤裸的胸膛上起了鸡皮疙瘩，看清他在寒风中微微颤抖。突然间，他伸出手臂抱住了她：“你应该让绿色风暴抓住你，芮恩。云中 9 号正在坠落。你作为囚犯的话可能会更安全些。我不能让他们抓到我，但是你可以。他们看上去还不错，纳迦和那个姓零的女人。你应该回去。”

“那你呢？”她问，“我不能把你就留在这儿。”

“我会没事的。”他说，然后又说了一遍，想尽量让自己听上去更肯定一些，“我会没事的。这个地方在缓慢下沉。它会在沙漠里降落，我会尝试从南面离开；那儿有一座定居地，就在提贝斯提山脉[1]里，在沙海的南面。也许我可以步行走到那里。”

“不。”芮恩说。她挣脱开他身边，因为当他抱着她的时候，她的大脑就停止了思考，会想要同意他说的任何事情，可是在内心深处，她知道他是在胡扯。就算他能在云中 9 号坠落过程中幸存下来，要徒步出发穿越沙漠也相当于是自杀。“我和你一起留下来。”她说，“我们会找到办法离开的，不用再说了。来吧。我们回小机场去。也许那里会有一架还能用的飞行机器……”

她动身穿过烟雾滚滚的花园，莫名便觉得有了希望，于是颇为自得。然而当他们再次来到小机场时，她却看见这里被摧毁得比她想象的更彻底。飞貂军的活动机库和营房被撕开了巨大的口子，残骸散落一地，而至于那些在地面上就被逮了个正着的飞行机器，就只有烧焦的碎片留了下来。不过在她前一晚与奥拉 · 图旺布利说话的那个凉亭的废墟之间，她找到了两件毛绒衬里的皮夹克，它们就挂在一个大衣

1. 提贝斯提山脉位于撒哈拉沙漠中部。

架上，衣架则极不协调地矗立在瓦砾之间，完好无损。这似乎是某种慰藉。她扔了一件给西奥，他感激地穿上了，终于能脱下他的那对银色翅膀，仿佛是一个天使被从天堂里驱逐了出来。

芮恩穿上了另一件，一边试着想一个新的计划出来。“好吧。”她说，“也许我们最终还是会到沙漠里去。我们会需要水，还有食物。指南针也会很有用的……”

西奥没在听。凉亭废墟后方的树木枝叶间传来窸窸窣窣的声音，吸引了他的注意。他打了个手势让芮恩安静下来。

“哦，神啊！”她悄声说道，“不会又是绿色风暴吧？”

但那只是宁禄·彭尼罗。史金的第一枪打在了他长袍口袋里的《锡之书》上，撞断了几根肋骨，而第二枪擦过了他的太阳穴，把他震晕了过去，一边脸上涂满了血。不过他已经恢复了知觉，打着和芮恩与西奥相同的主意，拖着腿艰难地来到了小机场，想要找到什么办法好逃离云中 9 号。他从灌木林中凄楚地望着他们，涩声喊道：“救命！”

“别管他。”当芮恩朝他走去时，西奥说。

“我不能这么做。”芮恩说。她真希望她能做到那样。按照彭尼罗的所作所为，他根本不值得她伸出援手；但是不帮助他的话，就会令她变得像他一样坏了。芮恩在他身边跪下来，从她上衣下摆撕下一条来，给他的脑袋打上绷带。

“好姑娘。”在她动手的时候，彭尼罗说，“我想我的腿也断了，就在我倒下去的时候……那个魔鬼史金！禽兽！他朝我开枪！开枪射我然后飞走了！"

"唉，现在你明白可怜的汤姆·纳茨沃西的感受了吧。"芮恩说。她的自制绷带一缠上去，就被血浸透了。她真希望自己以前在桃花源里的时候，在斯卡比俄斯夫人的急救课上更用心一点。

"那可完全不一样。"彭尼罗说，"那是——伟大的保斯基啊！你是怎么知道汤姆·纳茨沃西的？"

"因为我是他的女儿。"芮恩说，"史金告诉你的那些关于我的事情是真的。汤姆是我爸爸。赫丝塔是我的母亲。"

彭尼罗的喉咙里发出咕咕的声音，他的眼睛在恐惧和痛苦中突了出来。他望着芮恩从她的衣服上撕下另一条布，眼神就好像是觉得她要用这条布来勒死他一样。"在这块着火的甲板上，就没有一个人是不具有另一重身份的吗？"他虚弱地问，然后便沉重地瘫在了芮恩的臂弯里。

"他死了吗？"西奥来到她身后，问道。

芮恩摇摇头："只是皮肉之伤，我想。他晕过去了。我们得帮他，西奥。他从辛西娅手底下救了我们。"

"是的，但那只是为了他能再次得到《锡之书》。"西奥说，"别管他了。也许绿色风暴会找到他，然后在他们离开的时候带上他一起走……"

可是在他身后，随着航空引擎的轰鸣，一架架天蛾型与狐狸精型飞艇从树林后面开始升入空中，在烟雾上投下长长的影子，从云中9号的吊索之间穿梭而过。绿色风暴已经在离开了。

伊诺妮·零被窗帘焚烧的焦臭惊醒。她的头疼得厉害，当她试图呼吸的时候，呛人的烟雾冲进喉咙深处，令她不停咳嗽，喘不过气，不得不翻过身来。

在她上方，火焰如涟漪般一波波流过舞厅的华丽天花板，仿佛某种明亮的液体一样。她撑起身，摸索着寻找她的眼镜，可是她的眼镜被砸碎了，而四周又到处都是升腾的火焰。在火光中，她看见《锡之书》散落的书页正渐渐变黑。

伊诺妮奋力冲过一道摇曳的火墙，跑到了外面的露台上。眼前的烟雾和火光还有跑动的人影交织成一片模糊，当她踉踉跄跄地穿行于其中，寻找楼梯时，纳迦将军挡住了她的路。她从他身边退开，却被一个倒在地上的潜猎者绊了一下，一屁股坐在了地上，只能无助地面对着那个身穿装甲的人。

“零博士？”他说，“这……这场袭击……是你干的？”

伊诺妮知道他接下来就会杀了她。她的心中充满了恐惧，这种恐惧甚至从她的嘴里渗漏出来，变成了一种尖细的奇怪声音。她紧紧闭上双眼，向天京的那座小教堂废墟中的神祇轻声地念了一段祷告，因为虽然她从来没在那神祇身上花过太多时间，她还是觉得他肯定明白恐惧的意义，受苦的意义，以及死亡的意义。于是她的恐惧消失了，她睁开双眼，看见在烟雾之上有一轮明月凌空，浑圆而皎洁。刹那间，她觉得这是自己有生以来所见过的最美丽的东西。

她对纳迦将军微微一笑，说："是的。是我做的。我在潜猎者史莱克的大脑里植入了秘密指令。我令他摧毁了她。这件事必须完成。"

纳迦跪了下来，他巨大的钢铁手掌搂住了她的头。他倾身向前，笨拙地在她的眉心印下一吻。"干得漂亮！"他说着，扶着她站了起来，"干得漂亮！让潜猎者来杀死潜猎者，呃？"

他领着她离开火场，经过一群群浑身上下烟熏火燎、震惊地望着他们的士兵和飞行员，穿过草坪朝着"安魂旋涡"号走去。他从别人那里拿来一件斗篷，裹在她颤抖的肩头。"你想象不到我等这一天等了多久！"他说，"哦，在最开始的那几年，她是一个优秀的领袖，可随着战争拖延，她不断地消耗着人和飞艇，就好像他们只是一场游戏中的筹码。长久以来我一直试着要想出一个办法……而你做到了！你帮我们除掉了她！顺便一提，你的朋友史莱克先生跑到不知什么地方去了。他有危险性吗？"

伊诺妮摇摇头，想象着史莱克此刻应该会经历的事情："很难讲。我抑制了他的一部分记忆好给我的秘密程序腾出空间。现在他完成了他的使命，那些记忆会开始重新浮现。他会很疑惑的……也许会发疯……可怜的史莱克先生。"

"他只是一架机器，博士。"

“不，他并不仅仅是机器。你必须告诉你的手下去寻找他。”

纳迦挥手让两个哨兵走到一边，爬上了“安魂旋涡”号的登舷跳板。到了船舱里，他让伊诺妮在一张椅子里坐下。她感觉无比疲倦。她的脸映在他锃亮的胸甲上，朝她自己凝视着，这张脸上糊满了血迹和灰尘，没有了眼镜之后看上去光秃秃的。纳迦拍拍她的肩膀，粗声粗气地咕哝道：“好啦，姑娘，好啦。”就好像他是在抚慰一只受惊的小动物那样。他的触摸正是战士的那种笨手笨脚、不习惯于温柔的方式：“你是一个非常勇敢的年轻姑娘。”

“我不是的。我很害怕。太害怕了……”

“可勇敢就是这个样子的，我亲爱的。就是克服恐惧。假如你不害怕，就不能算是勇敢。”他从自己装甲上的一扇小门里拿出了个酒壶，“来，喝一点白兰地，它会帮你稳定下来。当然，我们不会让任何人知道是你干的。在正式场合，至少，我们必须悼念潜猎者方的逝世。我们会把这事归罪于城镇人。这将会彻底燃起我们的战士们的怒火，超过这场战争开始以来的任何时刻！我们会在所有的前线发起进攻，为我们领袖的死亡复仇……”

伊诺妮被白兰地冲人的味道呛得喷了出来，赶紧将酒壶推开。她说：“不！这场战争必须结束……”

纳迦笑了，显然误解了她的话：“没有了那个铁巫婆来指挥我们该做什么，绿色风暴依旧能够赢得战斗的胜利！别担心，零博士。没有她我们会做得更好。把那些野蛮人的城市炸到瘫痪！等我登上领袖的位置，你会得到奖励的——宫殿、金钱，还有任何你喜欢的工作……”

伊诺妮摇摇头，完全被弄晕了。望着这个全身装甲的人在久经战火的狭窄船舱里大步走来走去，她发现自己一直都低估了绿色风暴。战争是他们的根本，他们会尽全力来确保这场战争一直持续下去。

“不。”她说，“这不是我为什么要——”

然而纳迦将军暂时已经忘记了她，正在向他的副官们发布命令：“在所有的频道里发布一段消息，潜猎者方在战斗中倒下了。在这个悲剧的时刻，我们需要稳定的局面，诸如此类的话。为了将我们对野蛮牵引主义的光荣战争继续下去，由我来接任最高指挥官。然后让‘安魂旋涡’号准备好离开。我要在我们的某位同志试图篡夺权力之前回到天京。”

“那么俘虏们呢，将军？”

纳迦犹豫了一下，瞄了一眼零博士，说：“我不会以一场屠杀来为我的统治揭幕。把他们带上船。不过请告诉那个姓彭尼罗的女人不要再唱歌了。”

潜猎者史莱克从灌木之间的藏身之处望着绿色风暴的登陆队匆匆回到“安魂旋涡”号上。某个带着扬声器的人在大喊：“史莱克先生！史莱克先生！快上船！我们要离开了！”

史莱克知道一定是零博士下令让他们来找他，他对那位外科机械师心怀感激，却没有走出来。他得待在云中9号上。他在舞厅外面见过的那个姑娘并不在被赶进空中驱逐舰的俘虏们之中。假如她留了下来，史莱克也会留下来。以某种他还没有理解的方式，那个女孩应该与赫丝塔有关。也许待在她附近的话，他就会再次找到赫丝塔。

34 谁捡到就归谁

俞饼躺在海滩后方的沙丘上。寒冷和背叛让他感到麻木。他望着布赖顿发动起破损的引擎，歪歪斜斜地驶走了，迷失小子的胜利呼喊声伴随着烟雾从水面上飘来，喧嚣而刺耳。

他九死一生才逃了出来。当迷失小子蜂拥冲进博物馆里的时候，他就像一只躲避追猎的野兔一样拼命狂奔，从后门跑了出去，一路穿过着火的大街小巷，一边绝望地抽噎着："纳茨沃西先生，回来，回来……"直到他最终跑到了城市的艉部，从那里的一座观景平台上盲目地纵身跃下，跳进大海中希望得以逃生。

游到岸上让他精疲力竭，他几乎要淹死在了海浪中。现在，尽管又冻又饿，他还是得继续上路了。因为一座座饥饿的沙漠城镇越过沙丘从他身边滚滚而过，又有一座座凶猛的两栖郊镇冒着蒸汽朝他急速冲来，它们都是被飞艇和飞行机器的残骸吸引而来，这些残骸散落在沙滩上，被潮水来回冲刷。俞饼以前从来没有接近过任何一座牵引城，他几乎无法相信它们在滚滚浓烟之中朝他压迫而来的轮子有多么高大；或是在它们隆隆驶过的时候大地颤抖晃动的程度有多么厉害。他被尾气和扬起的沙尘呛得连连咳嗽，跌跌撞撞地从它们边上逃开，跑进了沙漠之中。

他现在可真的是一个迷失的小子了。他不知道自己身在何处，也不知道要往哪里去。他跑啊跑啊，跑了一个小时又一个小时，在连绵的沙丘上滑行，在漫无边际的干旱砾石和荒芜岩堆上蹒跚前进。他害怕黑暗，害怕浓密的阴影，然而当月亮向着西方的地平线沉去，黑暗便愈加深沉了。最后，在一条干枯溪流的岸边，他崩溃了。他将湿乎乎的膝盖紧紧抱在胸前，以获得一丝温暖，大声哀号着："可怜的小俞饼，你会遭到什么样的命运啊？"

没有人回答。而这才是最让他害怕的。舒寇叶和印羽和芮恩辜负了他，而那些虚假的妈咪和爹地则欺骗了他；史金先生舍弃了他，而汤姆·纳茨沃西则抛下了他。然而，他宁愿与他们任何人待在一起，也不想要独自一人留在这儿。

月亮照在掉在附近的某个东西上，闪闪发光。因为俞饼从小受到的训练就是去猎取闪亮的东西，所以他想也不想地就爬了过去。

一张脸从沙子里露出来，直愣愣地盯着他。他将它捡了起来。它是用青铜做的，损坏得相当厉害。眼睛的地方开了两个洞。嘴唇微微分开，形成一个微笑，让俞饼觉得十分安心。这张脸很美。俞饼将它凑到自己脸上，通过眼孔窥视着逐渐西沉的明月。然后他将这张面具塞进他的外衣里，继续前进。他感觉自己勇敢些了，不禁开始猜想这片沙漠里还埋藏着其他什么财宝。

又走了几十码后，他的尖眼发现了在一条干涸的河床上有什么东西在移动。他像一只动物那样紧张地蹑手蹑脚潜近。一只断手正在沙砾上爬动。它看起来是金属做的。它爬起来就好像一只残破的螃蟹，用手指拖着它自己挪动。电线、机械，以及某种看上去像是骨骼的东西从手腕里探伸出来。俞饼望着它，然后，因为它看上去好像是有着某种目标似的，他开始跟了上去。

没过多久他就路过了另一些不那么活跃的身体部件。一条扯断的金属腿以一个不自然的角度扭曲着，挂在一块大石头上，然后又是一段伤痕累累的躯干。那只手像蜘蛛一样在躯干上爬了片刻，然后继续朝前爬去。又走了几百码后，俞饼发现了另一只手，它还连接在一大段手臂上，正在摸索着朝一片满是沙砾和小石块，并且长着矮小的金合欢树的斜坡爬去。

在那里，他便找到了头颅部分。那是一张皮包骨头的灰色面孔，包在一个金属的颅骨之中，周围环绕着一团乱糟糟的电缆和导管。它看起来已经死了，然而当俞饼在它边上蹲下来时，他知道它觉察到他了。那双玻璃眼睛上的透镜虽然碎了，但是内部的精细机械结构在抽动着，发出嗒嗒的轻微声响，犹自挣扎着想要看见。毫无生气的嘴嚅动着，这个头颅对俞饼悄声说着话，声音轻得他几乎听不见。

“我损坏了。”

“就一点点。”俞饼附和道。他为它感到抱歉，这真是个可怜的头颅。他说：“你叫什么名字？”

“我是安娜。”那个头颅轻声说，然后它又说，“不，不。安娜已经死了。我是潜猎者方。”它似乎有两种声音：一种是沙哑的，如同发号施令，另一种则听上去犹豫不决，还带着惊讶。“我们被阿尔汉格尔斯克抓住了。”第二个声音说，“我今年十七岁。我是一名第四类奴隶，属于斯蒂尔顿·凯尔的船坞，不过我在建造一艘我自己的飞艇，而且……”然后第一个声音呵斥道：“不！那是很久以前的事，在安娜的时候，而安娜已经死了。萨特雅，我亲爱的？是你吗？我搞糊涂了……”

“我叫作俞饼。”俞饼说道。他自己也有点糊涂了。

“我想我损坏了。”那个头颅说，“瓦伦丁要了我——剑锋刺进了我的心脏——我好冷……好冷……不。是的。我现在想起来了。我想起来了。那个姓零的女人的机器……而纳迦将军袖手旁观听任其发生……我被背叛了。”

“我也是。”俞饼说。他看见沿着头颅的边缘有一圈扭曲的零配件，正是那个青铜面具被撕扯下来的痕迹。他从外衣里取出那个面具，尽可能地将它安装回原位。

“请帮助她。”这个头颅轻声说，然后又说，“你要把我修好。”

“我不懂怎么做。”

“她——我会告诉你的。”

俞饼环顾四周。零零碎碎的潜猎者身体部件正向他慢慢地移动过来，它们穿越沙地，朝着头颅归来。那些手指抓握的动作令他想到了自己曾帮舒寇叶修理过的摄像蟹。“我也许能行。”他说，“但不是在这里。我需要工具和材料。如果我们能够收集起你所有的零件，然后找到一座城市什么的……”

“就这么办。”头颅下令道，“然后我会向东走。去山国。去我在额尔德尼铁支的家。我要向单生人复仇。是的，是的……”

“我和你一起去。”俞饼说，他急着想要不被再次抛弃，“我可以帮助你。你会需要我的。”

“我知道《锡之书》的秘密。”头颅轻声对它自己说道，“密码安然无恙地留在我的记忆中。我要回到额尔德尼铁支，然后唤醒奥丁。”

俞饼不明白那是什么意思，但他很高兴有人来告诉他该做什么，哪怕她只是一颗头颅。他站起身来。不远处，一件破烂的灰色长袍挂在一丛灌木的枝杈上迎风猎猎飞舞。俞饼将长袍拉下来，把它打了个结，做成类似包裹的样子。然后，就在潜猎者方自言自语地轻声说着把世界再次变绿的时候，他开始收集她散落的身体碎片。

35 困在空中

一旦绿色风暴离去，云中 9 号上似乎非常安静。风儿依旧从垂落的吊索之间吹过，发出轻轻的吟唱，剩下的气囊相互挤来挤去，而从燃烧的穹顶宫里时不时地传出地板塌落的撞击声，但这些都不是人所发出的声响，所以它们似乎都无关紧要。

西奥和芮恩把失去意识的彭尼罗抬到了一片柏树林地中，位于他的船屋和树篱墙迷宫之间。在林地中央有一座喷泉，他们把彭尼罗放了下来，尽可能地让他舒服些。然后西奥坐了下来，头枕着手臂，也睡着了。这倒让芮恩吃了一惊。尽管她也很累，她知道自己太害怕也太焦虑了，根本睡不着。西奥是不一样的，她猜想道。他曾经上过战场，他也许已经习惯了这种绝望的不安。

“布布，我的小鸽子，我可以解释一切的！”彭尼罗喃喃地说了一句，然后翻了个身，半睁开眼睛。他看见芮恩就坐在他身边，于是嘟囔道：“哦，是你啊。”

“继续睡。”芮恩说。

“你不喜欢我。”彭尼罗气呼呼地说，“你瞧，我对你的父亲很抱歉，我真的很抱歉。可怜的小汤姆。我从没有故意伤害他的。那是一场事故，我发誓。”

芮恩检查了一下他的绷带。“不光是那个。”她说，“是你写的那本书。那里面全都是谎话！关于弗蕾娅小姐，还有安克雷奇，还有我妈妈与猎手团做交易的事……”

“哦，可那一部分是真的。”彭尼罗说，“我承认我也许在某些地方为了故事的节奏感而添油加醋了，可真的就是赫丝塔·肖把阿尔汉格尔斯克引过来的。她亲口这么告诉我的。‘我才是那个将猎手团带来这里的人。’她说，‘我想要让汤姆再次回到我身边。他是我那份掠食者的赏金。’然后，几个月之后，在一群阿尔汉格尔斯克的难民中，我遇到了一位迷人的年轻人，名叫茱莉安娜。她曾经是那个恶棍朴特·马思嘉的女奴之一，她告诉我她曾经目睹他们达成交易。说有一位女飞行员去见她的主人，并告诉了他安克雷奇的位置。一位年轻的女飞行员，几乎还是一个女孩，脸被一条吓人的伤疤分成了两半……”

“我不相信你的话。”芮恩恼火地说。她扔下他，跑到了花园里。这不可能是真的。彭尼罗又在耍他的老把戏了，歪曲事实。可是为什么他要坚持单单那一部分的故事，而承认其余的都是谎言呢？芮恩不安地猜想着。好吧，也许他是这么相信的。也许妈妈就是这么告诉他的，为了好吓唬他。至于马思嘉的女奴，就算她见过马思嘉和一个带疤的女飞行员说话，也不能表示那就是妈妈，空中贸易是一种危险的生活，肯定有很多女飞行员的脸都受过伤……

她晃晃脑袋，试图将这些烦人的念头赶出去。她有比彭尼罗的愚蠢故事更加重要的事情需要担心。云中 9 号就在她的脚下摇晃不定，夜风中回荡着拉紧了的吊索所发出的吱呀声。烟雾沿着倾斜的草坪喷涌而下，掩盖住了四处散布的尸体和翻倒的自助餐桌。芮恩搜集起一些掉在地上的小点心，一边吃，一边站着眺望穹顶宫。很难相信这座美丽的建筑竟然发生了如此巨大的变化。它已经被熏黑了，烧得垮塌了下去，从破碎窗户里透出的唯一亮光，就是不断蔓延的红色火光。中央大穹顶像一只爆裂的马勃菌一样张开一个大口子。在它上方，那些气囊看上去还能坚持住，但它们已经被烟熏黑了，而且一些更加凶猛的火焰从彭尼罗房子的客房一侧直蹿入空中，距离那些气囊的底腹已经近得很危险了。

就在她驻足观望的时候，芮恩发觉有人站在附近看着她。“西奥？”她说着，转过身来。

但那不是西奥。

她吃了一惊，在陡峭的草地上失去平衡摔倒了，吓得直打嗝。潜猎者没有动，只是紧靠在倾斜的花园上。他正瞪着芮恩。在他眼睛的位置上只有圆形的绿灯，所以又怎么能做出瞪眼之外的任何表情呢？

火光照耀在他破旧的装甲和污迹斑斑的刃爪上。他的脑袋抽搐着，油和润滑液从他的伤口里滴下来。

“你不是她。”他说道。

“我不是。”芮恩附和道。她的声音就好像小老鼠的尖厉叫声。她不明白这架可怕的老机器说的是谁，但她可不会与他争论这一点。她在草地上不停扭动屁股，试图慢慢离开他。

潜猎者缓缓走近，然后又停了下来。芮恩觉得她能听见他的装甲头颅内部有奇怪的机械在不停旋转和震颤着。**“你像她。”**他说，**“但你不是她。”**

“的确不是。我明白的，很多人都把我们搞混了。”芮恩说。她想知道他到底是把她错认成谁了。跑是没有用的，她对自己说，可是她的身体不听她的，因为它迫切地想要活下去。她撑起身就逃，连走带滑地爬过潮湿的草地，沿着花园的斜坡猛冲了下去。

“回来！”史莱克恳求道，**“帮帮我！我必须找到她！”**他动身跟着她跑，然后又停下了。追赶那个姑娘只会增加她的恐惧，而他在那张奇怪而熟悉的脸庞上已经见到了对他的恐惧和厌恶，这令他感到惊恐。他望着她消失在烟雾中。在他身后，穹顶宫的中央圆顶坍塌进了舞厅之中，无数火星喷薄而出。碎片像转轮焰火一样滚过他身边，撞进喷泉和花圃里，或是从甲板的边缘弹飞了出去，掉到下面的沙漠里。

史莱克无视这些，而是好奇地晃着脑袋。他灵敏的耳朵在这片嘈杂之中听见了空气引擎的嗡嗡声。

芮恩嗬嗬地喘着气，心脏怦怦狂跳，一路冲回柏树林地里。彭尼罗已经睡着了，也可能是又失去意识了，但西奥跳了起来：“芮恩，出什么事了？”

“潜猎者！”她总算喘着气说了出来，“绿色风暴还留下了一个潜猎者。就是那个又大又丑的，与另外一个打架的……”

彭尼罗呻吟一声，翻了个身。西奥轻轻地将芮恩拖到一旁：“芮恩，如果这个潜猎者想要杀死我们，它现在应该已经找到我们了，不是吗？它会追你，现在已经能到这里了。”

芮恩考虑了一下。“我觉得它损坏了。”她说。

“我说得没错吧。”

“我觉得它疯了。”她继续说了下去，她回想起那个潜猎者和她说话时的奇怪方式，于是紧张地傻笑了几声，“我猜想，假如正常的潜猎者应该是到处杀人的话，也许还是和一个发疯的潜猎者一起困在一座注定毁灭的飘浮岛屿上更好些。也许它只是想聊一聊天气。或者想给我织件毛衣。”

西奥笑了起来。“不管怎样，”他说，“会没事的。按照我们气体泄漏的速度，再过半小时左右我们就会坠落在沙漠里了。”

“你说得这好像是件好事一样。”

“这是好事。”西奥说，“过来瞧瞧。”

她跟着他穿过树林来到林地的另一头。从那里再过短短一段陡峭倾斜的草坪就是甲板的边缘了。在栏杆后方，他们能看见大地，看见云中9号的影子从蜿蜒的沙丘和荒芜的礁岩上滑过。四周，一簇簇灯光和幽灵般扬起的沙尘标志着一座座小型城镇和村庄的到来。它们争先恐后地朝着它们所认为的云中9号会坠落的地方驶来。

“拾荒镇！”芮恩哀号一声，“我们要被吃掉了！”

“云中9号会被吃掉。”西奥说，“我们不会。我们会在那些镇子到达前就离开，跑进沙漠里，然后以旅行者而非猎物的身份登上那些镇子。我们可以从穹顶宫里拿一些金子或者古代科技或者别的什么来付旅费。我们会没事的。”

芮恩平静了下来。这就是妈妈和爸爸如何走到一起的，她想，一起经历这样的冒险，从中就会产生出患难与共的情感。这种情谊强烈得足以克服任何事情：猜疑，丑陋，任何事情。当然，西奥并不丑。远远算不上丑陋。她转过头来望着他，他们的脸是这样接近，她的鼻尖甚至都擦到了他的脸颊。

就在这时——就在芮恩知道他们马上就要接吻了的时候，而且她心里有一半真的很想这么做，另一半则恐惧接吻更甚于恐惧拾荒镇——就在这时，草坪就好像是在惊涛骇浪的大海中一艘小船的甲板一样，猛地在她脚下坠落了下去：把她抛到了西奥身上，又把西奥抛到了一棵树上。

“真讨厌！”她叫道。

云中9号如皇冠般的一圈气囊上正在发生灾变。从穹顶宫腾起的大火持续烘烤之下，中央的气囊破裂了，气体喷射而出，如同一股奔腾的蓝色火焰。有几个较小的气囊还在坚持着，但它们不足以持续支持云中9号的重量。甲板倾斜得更加厉害了，水从喷泉和游泳池里倾泻到边缘外，形成了一条条短暂的白色瀑布。各种残骸碎片也掉了下去；雕像和凉亭，盆栽植物和花园家具，帐篷和乐器，都像天降甘霖一样掉落到了下方的沙丘上。

一座座沙漠城镇都加快了速度，横冲直撞，互不相让，都急着想要第一个到达坠落地点。

“鬼面鱼”号穿过烟雾和尘土，飞进了云中9号的阴影中。从左舷窗口望去，倾斜的底部犹如一座巨大残破的墙壁，上面点缀着斑斑驳驳的弹坑和焚烧的残骸。赫丝塔打开探照灯，便看见一些扭曲得像麻花的维修步道从眼前移过，然后又是一条警告标语，用十英尺高的白色字母印着：**禁止吸烟**。缆车悬吊在断裂的缆索上，沾满血迹的舞会长裙和夜礼袍在破损的缆车车厢里随风飘舞。

“我们来得太迟了。”赫丝塔说，“这里不会还有人活着。”

“不许这么说！”汤姆对她说道。他的语气严厉，因为他们之前的争吵仍令他感到不舒服。他不想再吵架了，因为现在重要的是找到芮恩。然而他和赫丝塔之间的关系发生了变化，他却不知道是否能将它修复。她的冷酷，还有她抛弃俞饼时的那种平静，都让他的心揪了起来。

他怒气冲冲地使劲拉着“鬼面鱼”号的操纵杆，驾驶着它往上升，越过甲板的顶部边缘，小心地钻过一团乱的吊索之间。忽然间，他希望和他在一起的是弗蕾娅而不是赫丝塔。她才不会把可怜的俞饼留在后面。她会找到办法离开史金的高塔而不必杀死所有那些可怜人。而且她才不会这么轻易就放弃找到芮恩的希望。

“还记得在伦敦的时候么？”他说，“记得美杜莎发射的那天晚上，我把你从伦敦带了出来？那一次看上去也是毫无希望了。可是我还是找到了你，不是吗？而现在我们也会找到芮恩的。”

在他们下方，云中 9 号就像一个吊在链子上的香炉。赫丝塔将探照灯对准了其上的花园，那里已经变成了一片废墟。

芮恩和西奥把彭尼罗夹在中间拖着，像螃蟹一样打横穿过花园，想找到一个能在云中 9 号的甲板着陆的时候为他们提供掩护的地方。

“干得好！”彭尼罗对他们说。他暂时苏醒了过来，“干得妙！我要为你们所做的而给予你们自由……”然后他又晕了过去，这令他变得沉得根本抬不动。他们把他放下来，芮恩坐在他身边。地面就在下方五百英尺处，或许还要近，芮恩已经能看清在到处点缀于沙漠中的岩石之间顽强地生长着的一棵棵灌木，还有那座行驶在云中 9 号的阴影下的城镇，它靠着巨大的桶状车轮滚滚而行，其上层建筑的每一道门窗都清晰可见。空中充斥着过度紧绷的缆索所发出的声音。在悠长的金属吱呀声之下，另一种杂音越来越响。芮恩抬头望去。缠成一团的缆索在花园上方晃荡，一道探照灯的光束从它们之中刺了进来，照花了她的眼睛。随后光束移开了，犹如一根由光所构成的长手指，漫无目的地摸索着草坪。在光束后方，她看见了一艘小飞艇。

“快看！”她喊道。

“拾荒者。”西奥呻吟了一声，“要么就是空中海盗！”

下方城镇上的人似乎也是这么想的，因为一枚火箭噗噗地射了上来，在小飞艇后方的夜空中爆炸了。飞艇转了开去，然后又缓缓飞了回来，它的方向舵片轻快地摆动着，仿佛一条好奇鱼儿的鳍。船舱的窗口露出了一张脸。方向舵又摆动了几下，引擎吊舱跟着转动，然后这艘飞艇便在一片金属平台上降落了下来，离芮恩和西奥不是太近，但也没有远到让芮恩认不出那两个爬出船舱并匆忙穿过草坪向她跑来的人。

一开始她完全没法相信。妈妈和爸爸会到这里来，这似乎是根本不可能的，所以她闭起眼睛，想甩开这种令人伤心的幻觉。那不可能是他们，那不可能，无论她的眼睛是怎么告诉她的。显然她所经历的冒险已经令她难以承受，令她开始产生幻想了。

然后一个声音叫道：“芮恩！”跟着一双手臂抱住了她，抱得紧紧的，而那正是她的父亲，他拥抱着她，一边笑，一边说着：“芮恩！”不停地说了一遍又一遍，眼泪在他被灰尘弄脏的脸上冲出了白色的沟壑。

36 奇怪的会面

“我很抱歉。”她说道，“我真的很抱歉，我太傻了——”然后她说不下去了，她再也想不出该说些什么。

“没事的。”爸爸不断对她说，“没关系。你没事就好。这是最重要的……”

然后爸爸站到了一旁，换到妈妈拥抱她，这是一个更用力，更紧密的拥抱，把芮恩的脸拉得紧紧地贴在瘦骨嶙峋的肩膀上，紧接着妈妈的声音在她耳边问：“你都还好吗？你没有受伤吧？”

“我很好。”芮恩抽噎着说。

赫丝塔退后一步，双手捧着芮恩的脸，她惊讶地发现自己感受到了多么深厚的爱意。她高兴得都哭了，而她以前几乎是从来不哭的。她不想让汤姆和芮恩觉得她变得软弱了，于是扭开了头，跟着便注意到了那个跟在芮恩身后看着他们的高个子黑人男孩。

“妈妈，爸爸。”芮恩一边说着，一边转身把他拉近了，“这是西奥·恩戈尼。他救了我的命。”

“我们相互救了对方。”西奥害羞地说。他也哭了，因为他想象着要是自己回到扎戈瓦的家中的话，他自己的母亲和父亲会如何迎接他。

赫丝塔怀疑地望着这个英俊的年轻飞行员，不过汤姆与他握了握手，并说：“我们最好先上飞艇。”

他转身朝等待着的飞艇走去，西奥也走了上去，但当赫丝塔动身跟上他们的时候，芮恩说：“不，等等。彭尼罗……”

汤姆和西奥没有听见她的话，可是她的母亲听见了。

芮恩急匆匆地穿过树林朝喷泉跑去。彭尼罗被空气引擎的声音惊醒，挣扎着站了起来。他看见芮恩便咧开嘴笑了，虚弱地说：“我对你说了什么啊，呃？永远不要气馁！”然后，当认出在她身后浮现出来的那个身影之后，他加了一句：“哦，伟大的保斯基啊！”

赫丝塔上一次看到彭尼罗的时候，是在她杀光了猎手团的那个夜晚，他跑进了安克雷奇的苍茫雪夜之中。她上一次和他说话是在那之前不久，在阿丘克先生和夫人家被洗劫一空的厨房里，当时她告诉了他猎手团是怎么会到那里来的。

彭尼罗虚弱地向后退开，他的脸惨白而没有生气，上面覆盖着干涸的血迹。赫丝塔飞快地跨了两步便赶上了他，一拳将他揍翻，然后趁他趴在她脚下的时候抽出了她的匕首。

“求求你！”彭尼罗哀声叫道，“饶命啊！我什么都给你！”

“闭嘴。”赫丝塔说。她把他的喉咙凑到刀刃边，并弯下腰来，好让血不要喷到她的新风衣上。

芮恩从侧面朝她一拳打来，把她撞开。“妈咪，不要！”她喊道。

赫丝塔闷哼一声，愤怒地喘着粗气：“你不要管……”

可是芮恩不能不管。她看见了母亲见到彭尼罗时的眼神。不是仇恨，也不是愤怒，更不是渴望复仇，而是恐惧。为什么妈妈会害怕彭尼罗呢？除非彭尼罗所说的关于她的事情是真的！赫丝塔又朝他走去，于是芮恩跳到他们之间，展开双臂保护他。“我都知道了！”她叫道，“我知道你做了什么！所以假如你想要他永远闭嘴，已经太迟了！假如你现在想要保守这个秘密，你就得把我也杀了。”

“杀了你？”赫丝塔一把抓住芮恩夹克的领子，将她用力推得顶在一棵树上。“我真希望没有把你生下来过！”她吼道。她挽了个刀花，换了个姿势握住磨损的骨质刀柄。刀刃映射着火光。反光滑过芮恩惊恐而不屈的脸庞，一瞬间，赫丝塔觉得这张脸非常像她的那个同父异母的姐妹，凯瑟琳·瓦伦丁，为了保护她而死在了她们父亲的剑下。

“妈咪？”芮恩用微弱而震惊的声音问。

赫丝塔放下了匕首。

汤姆和西奥匆匆穿过树林跑来，连走带滑地从倾斜的草坪上下来。“出什么事了？”西奥喊，他走在前面，“芮恩？你没事吧？”

“她想要杀死他！”芮恩的腿已经软得跪在了地上。她哭得几乎说不出话来，不过她反复说着，直到他们都明白了为止：“她想要杀死彭尼罗！”

汤姆低头看看彭尼罗。彭尼罗哆哆嗦嗦地举起了一只手。

“汤姆，我亲爱的伙伴，咱们先别急……”

汤姆一时间没有回答。他想起了自己当年的感受，那时候他仰天躺在安克雷奇的雪地里，确信自己就要死了。他仍然能感觉得到自己胸口的那个枪眼，能够尝得到血的味道。他仍然能够听见彭尼罗驾驶“鬼面鱼”号离开时引擎逐渐微弱的突突声。一时间，他感觉自己就像赫丝塔一样的狂怒难抑，想要亲手夺过刀来，结果了这个老恶棍。然而这些感觉迅速消散了，他伸手握住妻子的手：“小赫，看看他。他又老又无助，他的宫殿被大火烧毁了。这还不算是足够的报应吗？我们还是赶快把他带上‘鬼面鱼’号吧，要赶在这个地方沉得更低之前。”

“不！”赫丝塔喊道，“你难道忘了上一次我们让他上船后发生了什么吗？你难道忘了他对你做了什么吗？他差点就把你杀了！你不能就这样饶过他！”

“我可以的。”汤姆坚定地说，他在彭尼罗身边蹲下，对西奥点点头，两人一起将他扶起，“否则还能怎么样呢？杀了他？那样做有什么用？改变不了任何事情。”

“会改变的。”芮恩说。她的声音里有一种奇怪的味道，汤姆忍不住抬头朝她望去。她哭得很大声，非常不淑女地抽泣着。她的脸上糊着一把鼻涕一把眼泪。当她妈妈朝她转过身来，她害怕地跌跌撞撞跑开了，大声喊道：“要是她杀了他，他就不能告诉你她是怎么把安克雷奇出卖给猎手团的了。”

赫丝塔的头猛地一颤，仿佛被这个女孩打了一拳。“骗人！”她说，她试图想要发出一声嘲笑，“彭尼罗给她灌输了他那些骗人的话！”

“不。”芮恩说，“不，这是真的。这些年来，每个人都感激她从猎手团手里救了我们，然而一开始正是她把他们带到我们这儿来的。我也希望这不是真的。我对自己说这不可能是。然而这就是真的。”

汤姆看着赫丝塔，等待着她拒绝这一切。

“我是为了你才那么做的。”她说。

“所以那是真的了？”

赫丝塔退了一步，离开他身边：“那当然是真的！你以为那天晚上我驾驶‘鬼面鱼’号跑到哪里去了？我直接飞到了阿尔汉格尔斯克，告诉马思嘉他在哪里能找到安克雷奇。要是不那样做，我就会失去你，而我不能——我不能——哦，汤姆，看在诸神的分上，都已经是十六年前的事了，现在已经不重要了，不是吗？不是吗？我已经把它都解决好了，不是吗？我杀死了马思嘉还有他的手下。而我做这一切都是为了你……”

然而她深爱到为之出卖了整座城市的是另一个汤姆·纳茨沃西。那个汤姆是一个勇敢、英俊、热情的少年，他可能会原谅她，可是这个年长的汤姆，这个怯懦的安克雷奇历史学家，只是站在那儿瞪着她，嘴巴傻乎乎地张着，一脸惊愕，而他的傻女儿则在他身边哭着鼻子。他永远也不会理解她做了什么。他们俩没有一个能理解。她与他们完全不同。她以前真是个傻瓜，竟然相信自己能够生活在他们的世界里。

“这么多年来……”她说着，扔掉了她的匕首，“这么多年来在桃花源里……”她说着，望着它划出一道亮光插进彭尼罗身边的草坪，“这么多年来和你们两个在一起……神啊！我真太厌烦了！”

她浑身发抖。这让她回想起了美杜莎发射的那一晚，那时她首次鼓起勇气吻了汤姆。那时她也是全身不受控制地发抖，这正是一切的开始。而现在她再次颤抖，因为一切都走向了终结。她转过身，飞快地从他身边走开，穿过一片狼藉的花园。透过烟雾中的一条缝隙，她看见有个什么东西若隐若现，四四方方，低低矮矮。她还以为那是某幢建筑，随后才意识到那是某种愚蠢的迷宫。好吧，这样也行。她快步走向了迷宫的入口。

“赫丝塔！”汤姆喊着，跟在她后面。

“你们走！”她向后瞥了一眼。他正急急忙忙追在她后面，在穹顶宫的火光中只显出一个狂乱的剪影。芮恩和她的非洲少年跟在汤姆身后。“你们走！”赫丝塔喊道，她转过身，脚下却没有停，倒着走了一两步，同时指着“鬼面鱼”号，“把芮恩带上飞艇然后就走，趁彭尼罗还没有再一次偷走它……”

可是汤姆只是又喊了一声：“赫丝塔！”

“我不走了，汤姆。”她说。她流着眼泪。片片烟雾从她身边飘过，还有燃烧的气囊织物碎片，热风扬起了她的风衣下摆，犹如一对黑色的翅膀，她看上去犹如一个可怕的天使。“回到桃花源去，快乐地生活。但不是和我一起。我留在这里。”

“赫丝塔，别发傻了！这个地方就要摔得粉碎了！”

“它只是坠落而已。”赫丝塔说，“我会活下来的。下面有一些城镇，严苛的沙漠镇，还有拾荒平台。正是属于我这种人的地方。”

汤姆几乎追上了她。在着火的建筑物的亮光下，她能看见他的脸上有眼泪闪闪发光。她很想很想朝他走去，亲吻他，拥抱他，可是她知道她再也不能碰到他了，因为无论她做了什么，都总是会成为他们之间的障碍。“我爱你。”她说着，转身就跑，冲进了迷宫之中，甲板在她脚下上下颠簸。似哭似笑的声音从她的嘴里发出，她却全然无法控制。在她身后，她能听到汤姆在喊着她的名字，声音越来越微弱了。头顶上方，云中9号的气囊一个接一个地烧了起来，将迷宫中填满了无数奇形怪状急速变幻的阴影。赫丝塔一边抽泣，一边跌跌撞撞地走着，她冲进树篱墙时，枝叶刮到了她的脸。她这才开始意识到这里是一个糟糕的地方。当甲板坠落的时候，她需要比这里更好的掩蔽处。这时她已经来到了迷宫中心。有一个东西蹲在那里，就好像它一直都在那里等着她一样。

她在草地上滑了一段才停下来。那个等候着的身影舒展开来，站了起来，居高临下地面对着她。她一开始以为它是由火焰构成的，然而那只是着火的气囊在它那打磨锃亮而又遍布凹痕的装甲上映出的反光。它那死气沉沉的脸上展露出一个笑容。赫丝塔认识这张脸，十八年前在黑岛上，是她亲手往这张脸上铲了土，把这个老潜猎者深深埋葬，并在他的坟墓上垒起石堆。然而，似乎她那样做只是在浪费时间。她能够闻到他身上熟悉的气味，那是福尔马林和灼热金属的味道。

“赫丝塔？”汤姆的声音呼唤道。他的声音微不可闻，远在花园之中的某处，现在她已经再也听不见了。

而史莱克向她伸出了他那双让人望而生畏的大手，并说道：“赫丝塔·肖。”

又一只气囊轰的一声爆开，化作一道光辉四射的喷泉直冲云霄。在甲板下坠的同时，汤姆发现自己片刻间飞在了空中。他重重地落到了草地上，不停翻滚，直撞到一尊保斯基的雕像上才停了下来。“赫丝塔！”他一边翻身爬起来，一边喊道，可是他的声音随着他的使劲而断断续续，然后他的心脏似乎也跳跳停停了。他揉着自己的胸口，可是一点也不能缓解痛苦。他跪了下来，然后脸着地摔倒。疼痛将他紧紧钉在了草地上。他昏了过去，而当他醒来的时候，有人正在他的身边。“赫丝塔？”他喃喃地说。

“爹地……”是芮恩，她的双手抚在他的背和肩上，她的脸俯下来凑近了他，满面泪水，惊恐万状。

“我没事。”他对她说，他说得没错，尽管他感到还有一点恶心和晕眩，但疼痛已经过去了，“以前也有过的……不算什么。”

他尝试着站起来，不过芮恩的朋友西奥过来扶起了他，不费什么力气就将他搀了起来。西奥带他穿过花园回来的时候，他肯定又失去意识了，因为他以为赫丝塔和他在一起，可是当他环顾四周的时候她却不在，而他们则已经身在“鬼面鱼”号打开的舱门口了。彭尼罗正从飞行甲板的窗口朝他们张望。一切都是如此让人头昏脑涨，特别是由于整个花园都在晃动和摇摆，他唯一能确定的事情，就是芮恩紧紧地握着他的手，努力想要对他笑，可是她同时却在不停地哭泣。“芮恩。”他说，“我们不能走，我们得找到你的母亲……”

芮恩摇摇头，帮西奥把他搀上飞艇。“我们要趁早把你从这个讨厌的地方带走。”她说。

舱门关上了，西奥走向飞行甲板去帮助彭尼罗发动引擎，芮恩则跪坐在她父亲身边，紧紧搂着他，就好像她还是个小女孩时，当她生病或者害怕的时候，他曾经搂着她的那样。“好了，好了。”他以前就是这样对她轻声说的，所以现在她也轻声说道：“好了，好了。”然后抚摸着他的头发，亲吻着他，直到他再次平静下来。然后，她试着不去想妈妈，以及妈妈所做的事，所说的话，还有妈妈匕首上明晃晃的刀光。她尽力告诉自己，她再也没有母亲了。

她老了好多啊!

史莱克曾以为自己已经理解了单生人，以及时间会对他们造成的影响，然而见到他那可怜的孩子还是令他感到震惊，她的脸饱经风霜，有了皱纹，她美丽的红发变得粗糙而灰白。他向她伸出手去，同时收起了刃爪，而她的反应则和大多数单生人面对他无路可逃的时候一样，不成词句的恸哭，以及突然失禁所带来的温热恶臭。她害怕他，这让他感到难受。他尽可能温柔地将她拉近，说：“**我真想念你。**”

赫丝塔紧紧扑在他布满凹痕的装甲上，她唯一能做的事情就是一边颤抖一边哭泣，同时聆听着她所听过的最令人伤心的声音——双发热内—卡洛引擎逐渐远去的轰鸣，因为“鬼面鱼”号抛下她起飞了。

云中 9 号最终坠落到了地面，一开始先是吊在下面的缆车像一只拖着的锚一样犁进沙地里，然后是甲板的边缘碰到了一片礁岩。一条条架空步道从底部撕裂了下来，翻滚着飞过沙丘；砸碎了的飞行机器和连根拔起的树木倾洒在沙漠之中。一条钢缆被扯断了；一只松垮垮的气囊脱离了开来向上飞去，穿过烟雾和尘土高飞远走。穹顶宫成片成片地爆裂，古董和美术品像炮弹碎片一样抛了出来。楼梯扭得弯曲；阳光露台压得变形；游泳池挤得粉碎。云中 9 号在地上弹了一下，削掉了一座巨大沙丘的顶部。一个个糖果色的圆形穹顶飞快地滚过沙漠，后面追着一众贪婪的小镇。残骸再次砸到地上，喷出一团团火焰，后面拖着无数缆绳和瘪瘪的气囊，它跌跌撞撞，翻翻滚滚，抖抖滑滑，最后终于停了下来。

一时之间，寂静无声，直到千百亿扬起的细沙轻飘飘地撒落，仿佛发出一声叹息。就在这片寂静之中，在那些拾荒镇隆隆驶来吞吃残骸之前，潜猎者史莱克站了起来，双手抱起赫丝塔，带着她走进了沙漠之中，走进了无边的黑暗。

本故事将在《致命引擎Ⅳ·黑暗平原》中迎来结局

图书在版编目(CIP)数据

邪恶装置/(英)菲利普·瑞弗(Philip Reeve)著；
姜迪夏译．一上海：上海译文出版社，2019.4
(致命引擎系列；3)
书名原文：Infernal devices
ISBN 978-7-5327-8014-3

Ⅰ.①邪… Ⅱ.①菲…②姜… Ⅲ.①长篇小说一英
国一现代 Ⅳ.①I561.45

中国版本图书馆CIP数据核字(2019)第035745号

图字：09-2018-892号

邪恶装置
[英]菲利普·瑞弗 著 姜迪夏 译
责任编辑/黄雅琴 装帧设计/胡 枫 王楠莹

上海译文出版社有限公司出版、发行
网址：www.yiwen.com.cn
200001 上海福建中路193号
上海市崇明县裕安印刷厂印刷

开本 890×1240 1/32 印张 12 插页 2 字数 179,000
2019年4月第1版 2019年4月第1次印刷
印数：0,001—8,000册

ISBN 978-7-5327-8014-3/I·4926
定价：58.00元